20世紀日本文学の「神話」

中国から見る私小説

20世纪日本文学的一个“神话”

魏　大　海［著］
金子わこ［訳］

鼎書房

目次

第二章　自然主義文学と「私小説」の成立

第三章　初期の様々な私小説論

第四章　代表的な私小説作家

第五章　多面的見解および定義づけの試み

日本語版への序

ずいぶん以前から日本現代文学の「私小説」について深く関心を持ち、調べてきたが、２００２年に中国の山東文芸出版社から『私小説――20世紀日本文学の神話』を出版した。しかし、それは中国人読者向けの書物であった。つまり、重要な日本現代文学の一ジャンルを、文学的研究的関心によったもので、また初歩的ではあったとしても、広く中国の文壇あるいは中国人読者たちに紹介しなければいけない、といった責任感から始めた仕事でもあった。

周知の通り、中国現代文学史の中には、魯迅のほかに蘇曼殊や郁達夫といった著名作家もいた。これらの作家たちが日本の当時の「私小説」ジャンルからの強い影響を受けて日本の「私小説」のような作品も中国で出版していた。そのことはむろん、中国現代文学史上の常識でもある。また、20世紀90年代以降の中国文壇では、陳染、林白、衛慧などといった若い女性作家たちによって書かれた作品に「私小説」という名称が当てられた。しかしそれは、実際には日本の「私小説」と微妙に違っている。その違いは何処にあるのか、また何故違うのか、といった問題も、日本の「私小説」ジャンルを探る私の動機の一つであった。今も昔も、日本の「私小説」とは一体どういうものか、という質問によくぶつかる。日本文学の研究者であるにもかかわらず、私はそれらに明快な答えが出せなかった。

前述したように、中国で「私小説」のような作品を書いた作家たちも少なからずいたのに、である。だが、そこには、実は近代以降の中国では日本のような第一人称としての「私」の使い方がほとんどなかった事実と関連して、中国での「私小説」についての概念規定が曖昧なまま永年見過ごされてきたという背景もある。そうしてそれぞれ違った意味を含んだ「私小説」の名称が、中国の現在の文壇ではしばしば使われている。

中国語に「望文生義」という言い方がある。違った言語、たとえば日本語と中国語の中には同じような表現あるいは漢字の書き方があるが、両者は意味が全く違う場合も多いということである。たとえば、「勉強」という言葉は、日本語の基本的な意味は学問や技術を学ぶことや、さまざまな経験を積んで学ぶことを表すが、中国語では「無理に何かをやらせている」という意味になる。これと同じように、中国で「私小説」という熟語を見たとき、その「私」の字からくる最初の感じは、日本語のような「第一人称」としての意味ではなく、個人の秘密で暗い体験・心理・感覚あるいは行為などの意味に強く繋がっている。日中の「私小説」が中身としては似ているところがあるのに、「私」という一字の持つ伝統的な意味の違いで、両者に大きな差異も出てくるわけである。

さて、中国ではもちろん、日本の現代文学研究界でも、「私小説」ジャンルについての公認された概念規定はまだないから、中国人読者に「私小説」の概念を明晰に説明することはさらに難しい。たとえば、写実的に自分のことを書く小説が「私小説」だと言ってみると、しかし、自分のことを書かない作家がいるだろうかという反問は、もっとも有力な質問である。あるいは、作品の中のすべての表現が作家の現実の生活・心理・感情あるいは経歴と同一だと見る、それを「私小説」の一番の特徴だとすれば、その同一性は何によって証明できるのかといった反問が、また待ち受けている。日本現代文学の中で、「私小説」ジャンルが非常に重要な位置を占めていることは確かなことであるが、しかし、一体何が「私小説」なのか？　その概念をどう理解、説明したらよいのか？　それらについて、私は今もって迷ったままである。

ここで『日本文芸史』（河出書房新社２００５年版、12頁）の一節を引用してみたい。――この「私小説」の不可思議とも言える力の解明こそ、これからの文学研究の大きな課題である。勿論これまでさまざまな研究があらゆる角度からなされているが、いまひとつ、その魅力を説得的に語っているとは言いがたい。「私は」という語りのメカニズムの力を解明すべきなのだが、現在のところ、必ずしも進んでいるとは言いがたいのである。「私小説」批判はたやすいのだが、そうした批判によっても「私小説」はいぜんとしてその力を失っていない。この「私小説」の魅力を説得的に解明した時、大正文学はより成熟したものとして私たちの眼前に現われるはずである――と。

最後に、拙著の日本語訳が出版できることを喜んでいる。この中国人読者向けの「私小説論」は、日本の「私小説」研究者の目から見ればどう見えるか、その反応について不安も感じている。そして今は中国の古い諺「抛磚引玉」を思い出すばかりである。つまり、自分の不十分な所論が由縁で、有識者の御高論を引き出す、という意味である。願わくば、そうありたい、と。

またここで、訳者の金子わこ女史に感謝の意を表したい。法政大学大学院私小説研究会の勝又浩教授に感謝したい。拙著の改正・翻訳・出版のあらゆる面で、御親切と御叱正を受けた。法政大学大学院私小説研究会のメンバーたちに感謝したい。さらに、鼎書房の加曾利達孝さんに、厚く感謝の意を表したい。

２０１０年春節

魏　大　海

序　文

このところ、中国の文学界ではしばしば「私小説」という文字を目にする。この文学的呼称はもともと日本近代文学の産物である。しかし、「私小説」をどのように理解するか、あるいは「私小説」をどのように定義するかというと、これは非常に難しい問題である。日本においても、長期にわたって難儀で厄介な問題となっている。「私小説」の本質とは結局何であろうか？　一見簡単そうな問題だが、しかし多くの文学探求者が困惑させられてきた。表面的にみれば「私小説」は自伝、随筆、プライバシー暴露文学のようではある。が、実際には、このように定義できるほど簡単なものではない。

日本の文学界では、早くからはっきりとした肯定的な「私小説」観があり、「私小説」とは一般的意味の自伝、随筆、プライバシー暴露小説などだけではなく、実はもっと広範な文化的意味を持つ民族文学様式であると見なされている。また同時に、否定的な見方もあり、「私小説」はなんら謎めいたものではなく、「私小説」を日本の文学、文化、伝統に強引に関連づけるべきでないと考えられている。

「私小説」は、明言しがたい文化芸術的現象あるいは対象でもある。多くの研究者が孜々として、辛抱強く、「私小説」の姿やその定義を探求し続けているのである。その結果についてはさておき、このような努力は間違いなく称賛に値すべきものである。

ごく素朴な初歩的印象に基づけば、「私小説」は19世紀末、20世紀初頭に西欧の自然主義文学が日本に入ってきてから生まれたもので、また日本の近代作家がおのずから探求し、最終的に実現した独特の小説形態である。「私小説」は近代日本文学独自の民族的特徴を持つシンボルであり、現代の日本の作家が集団として主観的に選び取った特異な成果である。あるいは、「私小説」は早くから日本現代文学史の上で、特異な客観的存在となっており、日本文学と文化の血脈に流れ込み、現代日本文学の伝統的な小説形態や表現となっていった、といえる。また、「私小説」は日本民族の美意識を表現する独特な方法（俳句のような）とさえいえるであろう。

ひとつはっきりと認めねばならぬことは、真に日本の近現代文学の本質的特徴を理解したいと思うなら、同時に日本の「私小説」の基本的歴史、評価、衆目の認めるところの様式特徴を理解せねばならないということだ。20世紀という時空において、「私小説」に関する評論と研究は、一貫して日本近代、現代文学研究の重要な対象、任務、課題であった。ここ数十年来、西側諸国の日本文学研究者も日本の「私小説」についての紹介と研究に力を入れ、西側諸国の世界文学の視野の中でも日本の「私小説」は注目される文学的、文化的話題となっている。

同様に、前述したように、中国の文学界および中国の日本文学研究領域でもこの独特の日本文学様式は相当な注目を集めている。現代中国の文学創作、評論の視野・領域の中でもかつて話題になったことがある。

しかし、中国の日本文学研究分野での「私小説」の紹介と研究は、まだ初歩的段階にあるというべきだ。多くの場面で引き合いに出されることもあるし、少数の紹介文献や研究成果もあるが、全面的に深く掘り下げた整理研究は、まだ不足しているといわざるをえない。このような意味からも、本書が行なった概説的な整理と探求は、中国の読者が日本文学の中の、この独特な様式の存在を理解し認識する手助けになると考えられる。

このような概説的な研究成果は、実証的研究の厳しさと学術性に欠けているかもしれない。しかし、当面の中国の日本文学研究分野においては、基礎的で、紹介の役割を担う研究はやはり必要である。このような初歩的な研究が、さらに多くの研究者の注目と興味を引くことになり、「たたき台」の役割を果たせれば幸いである。この概説的な研究成果である『私小説――20世紀日本文学の「神話」』は、「私小説」作家や作品を掘り下げた研究ではなく、専門的な理論的著作でもない。日本の「私小説」様式についての一般的な研究成果であるから、本書の主な役割は、中国の幅広い文学読者に日本の「私小説」の様々な基本的傾向と特徴を概略的に理解してもらうことである。総じていえば、筆者の意図した執筆構想に基づくと、本書の執筆目的と特徴は、詳細で具体的な作家、作品の考証ではなく、文学的、歴史的角度から若干の代表的な「私小説」作家と作品を紹介し、評論することを通して、また時期の異なる様々な「私小説」論の考察と評論を通して、日本の「私小説」の基本的創作情況、文体の特徴と本質的様式形態とを、広い視点から描き出すことに力点を置いている。本書によって中国の読者は、日本の現代文学の中にこのような特有の小説様式があること、その基本的定義、文学史的価値や文化学術的な意義などについて理解できることと思う。

第一章　19世紀末の文学背景と情況

日本の近現代文学の中で、「私小説」は避けて通れない文学的現象である。あるいは、「私小説」は日本の近現代文学史上で極めて重要な影響をもち、重要な位置を占めているといえる。それは歴史的に相当長い間、文学界の主流に位置したばかりでなく、一種の小説文化の精神的伝統として長い間に融合され、日本の現代文学の血脈に流れ込み、顕在的あるいは潜在的な文学の本質、特質になっている。多くの研究者は、真に日本の近現代文学を理解し、日本の近代文学ないし日本の現代文学の精髄と本質を体得するには、日本の「私小説」の基本的歴史と特徴を広く深く理解し、研究することが必要だと考えている。

20世紀の初頭以来、日本には多くの著名な「私小説」作家が出現し、「私小説」作品は枚挙に遑がない。しかし、この文学現象の基本的特徴や様式の本質を明瞭にまとめようとしても、それは簡単なことではない。「私小説」の作品の量が厖大で、判定の基準がまちまちで、その確定が困難であるばかりでなく、作家および作品の存在形態も千差万別であるからだ。太宰治などを典型的な「私小説」作家だという人もいるし、まったく「私小説」作家ではないという人もいる。諸説入り乱れ、確定することは難しい。そういう理由で日本国内では、専門的に深く掘り下げた「私小説」の研究成果や理論的著作が、数えるほどしかない。限りがあり分散した研究資料に基づき分析・整理を重ねることは、あまり楽しい仕事ではない。このような矛盾を解決することは、確かに難しい。

このような状況ではあるが、可能な範囲において、日本の評論分野の過去、現在の主要な観点および代表的な作家と作品をおおまかに紹介し、同時に西欧の一人か二人の日本文学研究者の「私小説」に関する論述を紹介する。このような基本的状況の歴史的分析・整理を通して、及ばずながら日本の「私小説」の基本認識を形づくることができればとおもっている。

まず、日本の「私小説」ジャンルあるいは現象に詳しく踏み込む前に、それが生み出される前の民族の文化土壌と当時の日本の社会的、政治的状況と文学界の状況とを簡単に理解する必要がある。

簡単にいうと、日本の文学史研究者の一般的認識では、日本の「私小説」は19世紀末、20世紀初頭の日本自然主義文学から進展変化したということになっている。同時に、「私小説」は日本民族の風土的文化心理的伝統と密接な関係があるということを認めねばならない。「私小説」とそれ以前の日本の伝統的な文学形式あるいは様式も、当然ながら不可分の関連あるいは因果関係がある。そもそも、日本の自然主義文学も西欧の自然主義文学を源泉としている。面白い現象であるが、西欧の自然主義文学が日本に入ってきた時、西欧の自然主義文学は終末を迎えていたのである。どうして、このような衰退間近な文学様式がはるばると日本にやってきて、しかも堂々と主流の文学様式となり、日本特有の伝統的意味をもつ小説様式「私小説」に変身したのだろうか？　この状況自体が、すでに文化土壌自体の重要性を物語っている。それでは、いわゆる民族の文化心理的伝統とはどのようなものなのだろうか？　簡単にいえば、特定の社会、歴史を形づくる特定民族の文化的共通性である。日本の文化的「共通性」はどのように形づくられたのであろうか？　またどのようなところに具体的に現れているのだろうか？

まず、日本は島国で、四方を海に囲まれている。それで長きにわたって外界と隔絶された特異な状況におかれた。そこに生まれ育った日本の国民は、長期にわたり日本以外の様々な様相・事象を理解することができず、序々にある種の特有な文化的心理を形づくっていった。このような心理の基本的特徴は閉鎖的で、日本以外の社会の情況に関心がない、あるいは「自我」を封じ込めること以外の公共の状況にあまり関心がないといってもよい。

ここで言及しているのは総体としての文化心理的状態である。日本が最初に西欧に向けて門戸を開いたからといって、あるいは、日本の現代社会がアジアで最も西欧化しているからといって、日本民族の伝統心理の強い「閉鎖」性を否定することはできない。まさにこのような心理的「閉鎖」性が、「私小説」という文学様式の流行と伝統化を生み出した最も重要な内在的原因であるといえる。

また一方では、多くの学者が、「私小説」は東洋と西洋の文学および文化形式が混ざり合って生み出された産物だと考えている。周知の通り、日本の著名作家、文学評論家である加藤周一が、肯定的でも否定的でもない観点から、いわゆる「雑種」性文化の様々な特徴を詳述したことがある。彼は日本文化の特性にいわゆる「雑種」という言葉をあてた。加藤周一の論述の中のいわゆる「雑種」は、早くから言語学的意味の単純な否定語ではなくなり、ある種の生命力に富んだ文化様式あるいは価値形態の明確化と肯定である。ときには、文化上の相対立する傾向が、かえって美しく融合し一つになることがある。たとえば「閉鎖性」と「開放性」は相和して日本文化の伝統の中に共存している。だから広義的にいえば、日本の「私小説」に対してもまた同様な文化概念の中でそれをゆるやかに認識、理解することもできる。開放性という意義からいえば、日本の自然主義文学は西欧19世紀末のフランスの自然主義文化思潮あるいは文学の影響を源としている。しかし文化心理の「閉鎖性」という意義からいえば、日本の「私小説」は西欧文学の影響を受けた日本の自然主義文学を源としてはいるが、日本特有の民族文化の土壌に根を張り、深化し、広がりをみせたのである。このような関連も文化融合のある前提と必然を具現している。

「私小説」の縦方向の血縁をたどれば、紀元10世紀前後の「日記文学」（紀貫之の『土佐日記』など）に行き着くということだが、ここでは触れないことにする。

一、明治前後の社会文化的背景

周知のように、日本の文化ないし経済、科学が今日の様相を呈するにあたっては、まず1868年の「明治維新」を挙げねばならない。「明治維新」は不徹底なブルジョア階級革命だとよくいわれるが、しかし、日本の歴史上最も重要な政治的革新運動として、日本近代の新生ブルジョア階級政権が次第に確立されていったことをそれは示している。これを機に、一連の重大な政治的改革が次々と実施された。日本の当時の改革活動の頻度は、日本の政治・文化史全体を通して最多である。

明治初期、日本の国家政治改革の目標は立法権を抑制し、行政権を優先させ、行政権力を中心とした官僚政府体制を作り上げることだった。当時の政治生活分野における急激な変化は、必然的に社会文化生活の多くの分野を直撃した。あるいは、社会文化生活分野の変化はもっと早くから始まっていて、明治維新という突然の政治的変化に先んじていたといえるのかもしれない。

たとえば、16、17世紀あるいはもう少し早くから、日本はすでに医学、化学などの広範な領域を通して西欧諸国の科学思想や文化形式との接触を開始していた。思想および文化分野の変革欲求は、明治維新政治改革の内在的起動力のひとつとなった。明治以降、新政府は大号令をかけて産業を興し、資本主義経済を発展させた。同時に政府、民間は一丸となって、西欧諸国を手本とし、大学、高校、中学、小学校の教育改革を懸命に推進した。彼らは、教育体制、内容、形式について大いに西欧国家に学び、西欧各国から多くの外国人教員を招聘し、また出費を惜しまず大量の公費留学生を欧米へ派遣した。

重要なことは、明治前後の日本国民が上下みな共通の認識をもち、西欧の文明は日本ないし東方の文明に勝っている、と考えていたことである。当時は西洋の文化、芸術、社会風潮が崇拝された。よって、彼らが実行したのは、そっくりそのまま物真似の借用主義または西欧化政策に近かった。ある人の統計では、1871年頃の日本の知識人の中で、国学（日本学）の信奉者は漢学者のわずか十分の一で、漢学を信奉する日本人学者は洋学（西洋学）学者の半分であったという（歴史学者・坂本太郎氏の説）。

疑いのないことだが、当時の西洋の工業文明は東方各国の農、漁、牧畜文明に優先していた。近代以降、東方各国はまさに西欧に学ぶ過程にあり、異なる形式の近代化のプロセスを開始あるいは完了したのかもしれない。しかし、他の東方国家と比較すれば、日本の情況はより特異である。日本は西欧文明の学習と模倣を最も積極的に、徹底的に推進したが、しかし唯一日本というこのアジアの一国家は植民地化という厄災を逃れ、長期間「単独専行」でのスピード発展の道を邁進した。20世紀前半の日本は歴史上に不面目な痕跡を残したが、文化融合と世界文化発展史の視点から見れば、日本は確実に西洋化の全過程において多くを得たといえる。日本は西洋の伝統と現代文化の中の多種多様で豊かな滋養をたくさん吸収したばかりでなく、同時に効率よく日本民族独自の文化遺産を留め、発展させたのである。

文化の受容と影響についていうならば、文化的書籍の翻訳は日本の文化的歴史の中で、一貫して重要な位置を占めていた。昔の日本でまず直面した翻訳課題は中国の古代漢文典籍だった。当時の翻訳作業はまだ真の翻訳とは言えず、いわゆる模倣や解釈であったのかもしれない。しかし、日本民族の外来文化を受容吸収する能力は驚くべきものである。昔の漢文化の受容吸収は日本最初の文字と文学を生み出した。風俗、宗教ひいては封建社会の政治制度など様々な分野で、漢文化は日本に極めて大きな影響を与えた。しかしながら明治前後には、日本の漢文化に対する認識は動揺をきたし、転じて西欧諸国の各種多量の重要書籍を翻訳するようになった。このことは日本が猛スピードで近代化、西欧式資本主義社会に突入するために、様々な分野での理論的根拠と指導を提供することになった。記録によると、明治初期の訳著は「自由民権」学説の伝播あるいは国家政体建設に関する学説が重視されていた。たとえばミルの『自由論』、スマイルズの『西国立志編』および『英国憲法』『フランス憲法』『共和政治』などで、それらは日本近代化の過程でみな重要な役割を果たした。そのほかに、当時の翻訳者自身が社会変革進行過程での重要な文化啓蒙思想家であった。彼らは、日本近代国家の建設と発展に全身全霊を捧げ、書を著し説を立て、新思想の宣揚に努めた。たとえば、当時の文化の勇将福沢諭吉は、多くの訳著の他に多種の重要な著作『西洋事情』『文明論之概略』や『分権論』などを出版した。それらの訳書、論文はすべて当時の日本社会が公に認める文化指針となった。福沢諭吉には日本の近現代文化の発展において失望を感じさせる負の側面があったと考える人もいるが、彼の積極的役割は否定できるものではない。

総じていえば、当時まだ完全には封建社会の制約と制限から抜けきっていない明治初期の社会文化生活の中で、日本国家の執政者と文化、思想啓蒙家は同じ認識をもち、一致団結して努力していたのである。彼らの基本的欲求は民族国家の経済と文化を振興し、日本の政治的地位と国家の実力を高めることだった。

まさにこのような社会、政治、文化状況の積極的な雰囲気の中で、坪内逍遙、二葉亭四迷などの文学先駆者が、日本近代文学を創設する重要な仕事をし始めたのだ。おおまかにいえば、まさにこの時期から、外来文化と民族文化の大融合の中で、20世紀前後の日本文化融合の果実の一つとしての文学様式「私小説」が、徐々に胎動を始める時期に入ったのである。この時期の文学理念と創作状況は、後の「私小説」様式と大きな隔たりはあるが、しかし、この早期のいわゆる文化的基礎を離れては、後に出現するほとんど絶対的、民族的な文学形式についても想像不可能なのではないか。このような意図から、本書は試みとして明治維新後の文学状況から書き起こすことにした。

二、翻訳文学と政治小説

明治初期、日本文学は社会、政治、文化の大きな環境的影響を受け、また思想啓蒙を最も重要な文学の任務と見なしていた。当時、伝統的戯作文学はなお多くの読者をもっていたが、翻訳文学の隆盛がより大きなインパクトを与えるという特殊な様相を呈していた。一般的常識によると、日本初の翻訳文学は川島忠之助訳の『新説八十日間世界一周』(1878・7)であるという。またある文献によると、丹羽(織田)純一郎の『欧洲奇事・花柳春話』(1878-79)が最初だという。

あきらかに、当時の翻訳文学はまだ未成熟で、作家、作品の選定もまことに気まぐれで、行き当たりばったりであった。しかし、以下の二つの特徴は注意しておかねばならない。ひとつは、日本文化の特殊性あるいは位相の特徴に鑑みて日本文学界が選択した訳書の著者、作品が広汎であったことだ。選択の対象としては西洋の古典作家ボッカチオ、シェークスピア、スコットなどの代表作品ばかりでなく、近代作家リットン、ユーゴー、デュマなどの名作もある。ふたつ目は、明治初期の日本の社会、政治、文化の必要性から、西洋の文学作品を選択して翻訳紹介するという動機があったが、当初は純粋に文学的分野の必要性に基づいてということよりも、むしろ、より影響力をもつ観点としては、文学を一種の教化手段とみなしていたということだ。そのねらいは、西洋社会の風俗人情を形の上で紹介し、日本人に西洋人の政治、歴史と社会状況を理解させ、日本の社会、政治ひいては時代遅れの風俗を改良することだった。

このため、当時選択された小説の多くは政治的であった。——当時の日本では「政治小説」と呼ばれていた。典型的なものは、フランスの作家ユーゴーの長編小説『レ・ミゼラブル』である。翻訳小説の啓蒙と影響のもとに、日本でも矢野龍渓の『経国美談』（1883）などの独自な政治小説が生み出された。この類の小説は西洋の民主主義を宣伝、普及することを目的とし、当時の青年知識層にすこぶる好評だった。また人口に膾炙する同類の作品には東海散士の『佳人之奇遇』（1885）がある。東海散士はアメリカに留学したことがあり、彼は政治小説の文体と戯作小説の表現を見事に結合させ、新鮮な感覚をもたらした。彼の小説の多くは欧米を舞台とし、祖国の自主独立を渇望する日本青年や清朝中国、スペインなどの熱血青年を描いている。日本文学史の専門家の間では、これらの小説の文体はまだ多分に講談調小説の特徴をもっている、とみなされている。

したがって、現実の社会風俗を表現する真に写実的風格をそなえた「政治小説」は、後に続く須藤南翠の『雨窓漫筆緑簑談』（1886-88）、『新粧之佳人』（1886）及び末広鉄腸の『雪中梅』（1886）、『花間鶯』（1887-88）などというべきだろう。面白いことに、この類の写実主義文学の風格をそなえた「政治小説」は、坪内逍遙など重要な作家の文学改良（写実主義文学と文学理論の確立）と大体同時期であり、多かれ少なかれ相互作用または影響をもっているというべきだ。

西洋の「政治小説」の翻訳、出版は、日本近代文学の確立、発展に対する意義が重大であったことは疑いない。また一方で、当時の日本国民の資質と性格の傾向の変化もまた、直接に文学に作用しているのではないか。この時期の日本文学の状況は、後に隆盛になる「私小説」文学様式にまだそれほど大きな影響をもっていないのかもしれない。しかし、別の角度からみても完全にそうだとはいいきれない。明治以来の社会、政治の変化および文学状況の変化と発展は、日本国民の人格的特徴や注目点に変化を生み出し、自ずと後の文学変革と、ある種の広範で文化的な基礎の発展を形づくることになったのだ。

このような大摑みな見方も、時には現実の歴史状況と符合することもある。翻訳文学の隆盛はのびやかな文学的気分を作り出した。文献によると、日本文学界の「翻訳熱」は明治20年代（1890年前後）が頂点であるという。まさにこのような状況の下で、ゾラの『居酒屋』、イプセンの『人形の家』、ドストエフスキーの『カラマーゾフの兄弟』、モーパッサンの『女の一生』など一系列の西洋名著が続々と翻訳、出版された。これらの訳書の登場と「私小説」の出現および特性には関連がある。なぜならば、これらの作品の日本での影響は大きく、日本近代小説の中の写実主義と自然主義文学の生成と発展に対し、また日本の作家の認識あるいは近代的「自我」の表現に対し、大変重要な影響と役割をはたしたからだ。同時に、日本の文学界には、早期の翻訳文学が日本の「私小説」に最も大きな影響を与えたという認識があり、ドストエフスキーのように個人の心理を子細に分析、観察した小説がそれに含まれる。

日本の文学界の多くの論者は、また、日本の「私小説」に表現される「自我」と西洋文学の「自我」表現は同じでないとみなしている。西洋文学の中の「自我」表現は往々にして一種の触媒的作用にすぎない。しかし、明治以後の隆盛な翻訳文学や西洋文学の大量の導入と紹介がなかったら、日本文学の中の近代的な「自我」意識も、この時この地で徹底的に覚醒させられることはなかっただろう。もちろん、日本文学の中の「自我」の覚醒というのは、「私小説」的な「自我」表現を含んでいる、というべきであろう。多くの読者においても「私小説」の中の「自我」は閉ざされ、抑圧された印象と感触を表し、「私小説」はまだ一種の「前近代的」文学状況の中にあると言う人さえいる。しかし、「私小説」式の「自我」表現とは、つまり「自我」覚醒後の主動的な表現であることは否定できない。あるいは、20世紀という特定の文化的雰囲気の中で、日本文学がその伝統的象徴としてなぜ「私小説」というこの文学様式を選び取ったかという理由は、翻訳文学あるいは西洋文学の影響下で生まれた「私小説」が、日本近現代社会文化のプロセスの中での個の解放の特異な方法と結果を体現したからである、ということができる。

三、『小説神髄』と『当世書生気質』

坪内逍遙（1859‐1935）は日本近代文学史上、最も重要な代表人物のひとりである。彼は小説家、評論家であり、同時に演劇評論家、劇作家であり、英文学研究者及び翻訳家でもあった。坪内逍遙の日本近代文学への最大の貢献は、彼の文学理論書『小説神髄』（1885‐86）である。『小説神髄』の重要な意義はまず、日本近現代小説の中の写実主義文学の伝統（「私小説」も写実文学に属する）を論述、確立したことだ。次に、『小説神髄』の日本近現代文学史上の重大な貢献のひとつに、小説を日本近現代文学中の最も主要な芸術表現形態あるいは内容としたことだ。

『小説神髄』は文学の独自性を強調し、伝統文学の中の勧善懲悪主義を否定し、近代的で新しい写実主義小説の文体と方法を提唱した。しかし、『小説神髄』は曖昧な感じを与え、多くの問題を徹底的に論じていないという見方もある。このような見解にも確かに道理がある。しかし『小説神髄』の歴史的意義は、坪内逍遙がこれによって、日本近代文学の理論的先駆者となったことである。彼は第一人者として、理論的に、体系的に、いわゆる近代文学がそなえもつべき基本的特徴と表現形式を思考し、論述したのである。

坪内逍遙は、日本近代文学改良運動の先導者であった。『小説神髄』の基本的構成は、上下二巻である。上巻は小説総論、小説の変遷、小説の主眼、小説の本質、小説の種類、小説の裨益、下巻は小説法則総論、文体論、小説脚色の法則、時代小説の脚色、主人公の設置、叙事法に分かれている。概括的に言えば、坪内逍遙はこのような論述を通して、日本の伝統文学あるいは戯作文学と西洋近代の新興小説との区別や差異を対比し、日本近代文学の発展の趨勢に必要な分析と規定を試みようとしたのである。

創作にあたり、坪内逍遙が参考とした主要文献は、菊池大麓の訳した『修辞及華文』、フェノロサの『美術真説』、スコットの『小説理論』などである。このほかに、日本国内の当時の文学評論（本居宣長の『源氏物語玉の小櫛』など）と英国の評論雑誌などもある。これらの文献は、完全な文学理論体系を構築するには不十分だったが、しかしこのことは、坪内逍遙の日本近代文学の創設者としての地位を危うくするものではなかった。当時の日本は、まさに社会、政治、文化改良運動のまっただ中で、人々は日本の立ち後れた伝統を改革して、西洋先進国の文化に近づき、追い越そうと躍起になっていた。このような情況下で、坪内逍遙は政治家になりたいという理想をなげうって、自己の先駆的で飛躍的な力を文学改革への努力に投入したのである。

言うまでもないが、日本の伝統的文学観も中国の近代までの文学観と同じように、文学を宗教、道徳を普及させる道具としかみなしていない。このような観念には明らかに「前近代」的な理論あるいは思考方法の特徴があるが、しかしそれは当時の日本にはまだ影響力があった。坪内逍遙が『小説神髄』を著した目的はこのような古い文学観を否定し、文学本来の価値を人々に認識させんがためである。

当時の日本の文学理論はまだ幼いよちよち歩きの段階にあり、坪内逍遙の『小説神髄』もまた不完全な理論著作である。重要なのは、坪内逍遙がその理論の中で「勧善懲悪」のモデル文学に反対し、文学の理想はまず「真実」を表現することだと強調しようと試みたことである。この意義の上で、坪内逍遙は、文学は人間の生活の中の醜さ、罪悪を含むすべての面を避けるべきでないと強調した。このような観念は、疑いもなく日本近現代写実主義文学（自然主義文学と「私小説」を含む）の成立と発展に理論上の最初の拠り所を与えた。しかし、我々は『小説神髄』の論述の中に、坪内逍遙が芸術的主張の上で伝統的勧善懲悪主義を否定していても、自身の情感としては、逆に伝統文学のこの種の傾向に対し何とも言い難い親近感をいだいていたことを容易にみてとることができる。別のいいかたをすれば、彼は文学の中の勧善懲悪の役割を徹底的には否定しきっていなかったのだ。彼は小説の中でも繰り返し述べていた。「小説の勧善懲悪に裨益する所ある由は、先きに已にしばしば説きつ。世人もまた之れを口にする者多し。殊に東洋の小説作者は、醫鬱排悶の効能と勧善懲悪の裨益とをもて小説、稗史の目的と心得、専ら勧懲を主眼として稗史を編む者比々是れなり。奨善懲悪を主髄として小説、稗史をものにするときには、其勧懲に裨益すべきはもとより其筈の事なりかし。よしや勧誡を主眼として、脚色趣向を結構せずとも、其妙神に入るにいたらば、暗に読者を奨誡して反省せしむることあるべし。……[1]」。

あるいは、坪内逍遙の否定しようとしているのは、ただ単純な倫理学的意味での「勧善懲悪」主義で、そのような文学効用の単一化は、小説の特殊意義や役割をおとしめてしまう観念と認識になるといえるだろう。彼は論述中で、引き続き、西洋の学者の観点を援用して言っている。「小説は訓誡の種となるべき物を夥多納めたる宝蔵なり、問屋なり、人ひとたび其扉を開かば益を得ること蓋し小少のことにはあらじ。訓誡といへば一向に仁義道徳の主義を奉じて人の行状の曲正直邪を評判せるものとのみ思ふもあらむが、予がいふ訓誡は之れに異なり。げにや道徳の主義の如きは人生必須の規律にして寔に大切なる標準にしあれど、予のいふ訓誡は区域ひろくて、唯さることをのみいふにあらず。たとひ道徳の区域を離れたるものといへども、苟にも人間を警誡して其内外の体裁をば改良するの力ありなば、総じてこれらをも通称して訓誡とはいふなりけり」。坪内逍遙が主張しているのは、新しい、広義的な「勧善懲悪」主義である。しかしある伝統的な文学研究者の目からは、このように道徳の支えを取り払ってしまった小説定義は、文学的ないわゆる「無理想主義」であるのかもしれない。もちろん、坪内逍遙と森鷗外の間で交わされた激烈な「没理想論争」は、上述した局面でのものではない。森鷗外との関連の論争文中での坪内逍遙の基本的観点は、シェークスピアの作品は極めて自然で、まるで造化のようだというものだ。「造化は無心なるべし」。よって「没理想的」なのだ。

坪内逍遙が尊んだものが、まさにこのような「没理想」の自然的創作の妙で、作家が創作の中で哲学者のような深遠な理想的文学認識あるいは理念をもたねばならぬことを否定していた。このような概念は、時に坪内逍遙の『小説神髄』の中にはっきりと現れている。いわゆる無功利的な「傍観式の如実描写」が、坪内逍遙の徹底さを欠いた文学理論思想の土台となっている、といってもさしつかえない。

特定の歴史時期において、坪内逍遙の文学理論の合理性と進歩性がはっきり見て取れることは肯定できる。彼の芸術主張は完全に伝統を排除したのではなく、伝統文学理論あるいは認識の基礎の上に改良を実行したのである。また、『小説神髄』中に提唱された多くの観念は、以後の日本の自然主義文学ないし日本の「私小説」に対し、疑いなく基礎的で必要な下地となっている。

どのようにいっても、坪内逍遙のリアリズム小説理論のムードと体系作りは、日本近現代文学の形成と発展に重大な影響をもたらした。日本近代文学の実験小説のひとつとして、逍遙は、殆ど時期を同じくして有名な『当世書生気質』（1885-86）を書いた。この小説は『小説神髄』同様に大変な注目を集めた。人々は、彼の提唱するいわゆる新しい小説とは一体どんなものなのか読んでみたかったのだ。

『当世書生気質』は長編小説で、『小説神髄』の中で提唱された写実主義創作の方法を具現化するねらいが逍遙にはあった。しかし面白いのは、この小説は『小説神髄』よりも先に世に出たことである。

小説の主人公は、十人余りの学生である。彼らの中には、勤勉な者も怠惰な者もおり、硬骨漢も意気地なしもおり、気ままで好色なプレイボーイもいる。小説には美貌の秀才小町田が妹のような芸者田の次と知り合い、二人の出逢いから恋仲になるまで……このため小町田は休学する……を描いている。行き来するうちに、小町田は田の次が親友守山の実の妹であることを知る。書き続けていくうちに、坪内逍遙は伝統的「戯作文学」の古い型に嵌っていってしまったようだ。本来、彼の初志は、新興の写実主義創作の技法を世に示すことだったが、しかし伝統文学の牽引力は誠に大きく、もともと不完全だった理論家を、いとも簡単に伝統文学の古巣の中に引き戻してしまったのである。彼は幾本かの糸口の展開の中で小町田と田の次のめぐり逢いを描いている。しかし、最後には父と娘、兄と妹が再会しハッピーエンドとなる結末は、善は善に報われ、悪は悪に報われるという、勧善懲悪的なお決まりのかたちである。小説技法の上でも内容の上でも、『小説神髄』の理論主張とは大きな開きがあると言わざるをえない。

『当世書生気質』が失敗作とみなされた理由は、当時の書生の生活情況を非常に表面的に描写しただけにすぎないという点である。その後、坪内逍遙自身も、自分のこの作品に不満を示し、「旧悪全書」と称した。

しかし、また別の面から見れば、『当世書生気質』は写実的な小説の一部の基本的特徴を備えており、当時の日本文学界に多かれ少なかれ一定の影響を与えた。日本文学界の一般的な史的評価に基づくと、坪内逍遙は優秀な小説家ではない。理由は、彼の小説は常に過剰に抽象的言語に依存しているからである。彼の表現する表面的な写実は、徹底性を欠き、小説の中に作者（あるいは物語を主宰している語り手）の存在あるいは主宰の役割が無作為にみられる。このほか、坪内逍遙の文学的言語も「近代性」に欠けている。彼は伝統的な「言語」秩序から徹底的に踏み出すことができなかった。彼の主観的願望の中では、伝統を打ち破り新しい技術を作りたいという欲求が溢れていたのだが、実行する段になると、様々な困難が折り重なっていた。

公平に言って、『当世書生気質』がすべて間違っているというわけではない。坪内逍遙は多くの「戯作文学」作品を読んでおり、昔の多くの作家や作品を、彼はもともと非常に愛していた。よって、坪内逍遙は伝統文学の表現方法について熟知していた。この小説の中で、銭湯、芸者屋、すき焼き屋など多くの遊び場の描写は、適切で面白い印象を与える。

それらの描写の中で、最も成功している部分は会話である。「書生」言葉を織り交ぜた会話は非常に魅力的である。

「この小説の最大の魅力はこうした「書生」たちの繰り広げる〈会話〉にあると言ってよいのだが、それは先述したようにまず〈語り手〉が〈思想〉や〈言葉〉の秩序から離脱し、登場人物たちの言動に視聴覚を働かせていくことが必要であった。別言すれば〈語り手〉が後退し、登場人物たちがそれぞれ発語という形で身を起こすことが必要であった。この場合において初めて読者は〈語り手〉のコントロールを脱し登場人物たちを自分のものにすることが可能となるし、逍遙もまた〈語り手〉の規制を自ら脱却し、登場人物たちになり代って発語するような自由を獲得できたのである(2)」。

山田有策の以上の論述は適切かつ正確である。坪内逍遙の小説実験は、あきらかにある分野で予期していた理想と目標を実現した。そのほかに、三好の論述も部分的に写実主義文学の真実の光景と存在方式を描き出している。小説中の「会話」はもともと作者（あるいは「語り手」）があまり関与しない領域である。伝統文学の中の人物の対話が写実主義の創作標準に合わないけれど、とかく人物の自然な心理の論理あるいは真実にかなっている。ゆえに、坪内逍遙の『当世書生気質』は日本の伝統文学の桎梏から真に抜け出してはいないが、小説の中の「会話」は後の写実主義文学創作にちょっとだけのモデルを示したことになるかもしれない。後の写実派の小説家たちがこの点を認め、明確に意識するかは別として、坪内逍遙の開拓的創作の影響は必ず存在している。

四、二葉亭四迷の『小説総論』と『浮雲』

明治初期のもう一人の重要な作家は二葉亭四迷（1864-1909）である。もし、日本近代小説の改良過程の中で、坪内逍遙の主要な功績が初めに提出された写実主義の文学理論だとすれば、二葉亭四迷のそれは創作実践の上で、比較的成功した現実主義小説『浮雲』（1887）を世に出したことだ。日本の近代文学史でも認められていることだが、二葉亭の文学活動は、坪内逍遙の理論改革から大きな影響を受けている。二葉亭は本名を長谷川辰之助といい、1864年に生まれた。18歳のとき、二葉亭は東京外国語学校ロシア語科に入学した。学生の頃、文学に大きな興味を覚えた。しかし専攻語学の制約で、二葉亭が早期に触れたのは、ロシア作家ゴーゴリ、ゴンチャロフ、レールモントフ、ツルゲーネフやドストエフスキーなどの作品である。ロシア作家の小説作品を読むことのほか、彼は当時のロシア文学評論家ベリンスキー、ドブロリューホフなどの文学理論に興味を覚えた。さらに興味深いことには、二葉亭は同時に明末清初の中国作家魏叔子に傾倒し、魏叔子の小説の中に体現されている経国済民文学観と虚偽をみくだす人物観に大いに好感を示している。

二葉亭四迷の主要な業績は、小説の創作分野に体現されている。しかし、二葉亭も有名な理論書『小説総論』（1886）を世に出したことがある。この理論書の日本近現代文学への影響は、坪内逍遙の『小説神髄』に比べることはできない。しかし、二葉亭と逍遙という文学界の両雄の交友が『小説総論』の著作と『浮雲』の創作を取り持つものとなった。1886年1月、二葉亭四迷は初めて坪内逍遙を訪ね、意気投合した。会ったばかりなのに、二葉亭は『小説神髄』の中のある問題について質問をした。坪内逍遙も二葉亭四迷のさっぱりした性格に惚れ込み、そのロシア文学の素養から出た、深い文芸への思いを称賛した。二人はこの後終生の友誼を結んだ。この後、坪内逍遙の薦めにしたがって、二葉亭は彼の理論書『小説総論』を世に問うた。実際は、『小説総論』は短い論文を拡張、充実させただけのものだが、『当代書生気質』を評論する過程では、二葉亭は自己の写実主義小説観をはっきりと述べている。

『小説総論』の理論的基礎はベリンスキーの「芸術理念」である。これに基づき、二葉亭はまず、現実世界の構造および現象と本質の関係を詳述した。彼は写実主義芸術観の基本観点を強調した——芸術形成の基本方法もまた真実を認識する基本方法である。このような観点に依拠し、芸術家は感情という道具の助けを借りて、直接、様々な現象世界の中から、事物の本質と真実を感じ取る。つまり、二葉亭四迷は現実主義を批判するロシアの文学理論家の文芸観を受け入れて、彼も同様に芸術というのは真理を直接感じとることだとみなした。よって、芸術のひとつの形態としての小説もまた、直接的に真理を表現し、伝達するべきである。これがすなわち、二葉亭四迷のベリンスキー文芸理論の精髄に対する理解だった。彼はこのような理論が提唱する小説方法は必然的に写実であると確信した。なぜならば、彼の考えでは、いわゆる「写実」とは諸般の現象を媒介として直接に真実を描くことであるからだ。二葉亭四迷はその『小説総論』の中で、まず写実主義小説の根本原理をこのように述べ、それから人物造形の技巧方法などに論を推し進め、最後に写実的小説の評価基準としてまとめたのである。

『小説総論』の全体的印象はあまり体系的でなく、整合的でないことである。多くの問題に対し、著者自身の透徹した思考が不十分である。もちろん、『小説総論』は完璧な理論著作ではないけれど、坪内逍遙の『小説神髄』で論述されていない内容にも言及している、という者もいる。『小説総論』

の素朴な筆致は、基本的には純粋な写実主義文芸方法論を正確に紹介、論述している。こういう意味から、『小説総論』は特定の時代価値と役割をそなえている。また、二葉亭四迷の写実主義文学主張は、自身の文学創作および後のその他の写実主義文学創作ないし「私小説」の隆盛に対し、一定の対比、参考的役割を担ったということも認めなければならない。二葉亭四迷の語るいわゆる「写実」は、後の自然主義文学あるいは「私小説」表現の中の「写実」とは明らかに同じではない。『小説総論』は『小説神髄』のある種の補完ということができる。

創作の分野では、二葉亭四迷の長編小説『浮雲』が未完の作品として残されている。表面的に見れば、この小説の文体には統一がなく、主題も調和が保たれていない。これらは明らかに作品の欠陥である。しかし『浮雲』の文学史的な地位にゆるぎはない。『浮雲』は全部で三篇から成っている。第一篇は日本の近世文学の影響を受け、叙述の中に「戯作文学」の痕跡を留めている。第二篇と第三篇ではゴンチャロフとドストエフスキーの文学技法の模倣が始められている。特筆すべきは第三篇で、作者は素朴な口語的表現を用い、人物観察、造形方式などに相応の変化が見られる。ドストエフスキーの『罪と罰』の影響を受け、二葉亭四迷は徐々に筆致を人物の内面に近づけ、いわゆる「心理的写実」を重視しはじめている。

日本の文学界では早くから、「私小説」はある程度ドストエフスキーの「自我心理表現」を踏襲しており、二者の間には「自我」を表現する上で近似点がある、とみられていた。このような意味からいえば、二葉亭四迷は一定程度「私小説」の出現のために準備的な役割を担ったのではないか。『浮雲』の主人公文三は、日本近代文学の中で初めて「自我」意識を強調して描かれた知識人像であるということだ。

『浮雲』の主な特徴は、現実を如実に再現し、さらけ出し、相対する人物の性格の典型を描き出すことによって、日本のある時代の庶民の理想的生活を提示している。作品中の主な人物はみな「三人称」で語られ、それぞれ際だった特徴をもっている。しかし、現在の文学的基準で判断すると、二葉亭の描く人物は、しばしば隈取り的な感覚や印象をもたらす。主人公の文三はうだつが上がらない下っ端役人で、エリートの昇は世の中をみくびっており、お政は実利的にしか人を見ない功利主義者という、西洋でよくあるタイプの人物像が並べられている。このような平凡で類型化された市井の男女は、みな公式化、単純化された人物像をもっているが、しかしまた同時に生き生きと日本の近代文明の様々な成果と偏向を提示してもいる。

もちろん、このように隈取り化された人物造形は、のちの「私小説」の芸術原則とはまったく相容れぬものである。

前述したように、日本の研究者は一般に、『浮雲』の前二篇と第三篇は差異が大きく、第三篇はほとんど「完全にドストエフスキーの模倣」であるとみなしている。重要なのは、作家二葉亭が内海文三の精神世界に溶け込んで、文三と一緒に懐疑し、苦悩し、躊躇し、錯乱し、為す術を知らず、ついには小説を未完の運命に陥れてしまったことである。一方で、作者が設定した人生の苦境と現実問題の中で、主人公文三は大きな現実的成長を遂げている。ゆえに、小説の中断は想定外の反面、効果もあげている。[3] これはどういうことかというと、『浮雲』は中断という形で記録されたが、その重要な文学史的地位は、如実に明治初期の社会状況を再現し、現実主義文学を批判する創作様式を樹立したということだ。これと同時に、前後矛盾する作品形態はある特定の意味で啓示性がある。「作者が作中人物とともに思考の糸のもつれに混乱し、果ては放心するその文章をおもしろいと思ふ。造型の均斉にのみ小説の成否をみるのは一面的な見方であつて、作者が作中人物とともにこれほど同じ呼吸をしてゐる生きた現実を伝へる文章は、今日までさうざらにあるものではない[4]」。このように『浮雲』

を解読する過程で、作品の中の「三人称」は、実質的な意味の「一人称」に置き換えることができる。このときの文三は、後の「私小説」中の「自我」形成に十分密接な関連をもっている。まとめていうと、明治維新以後の西洋化運動の中で、文学者としての坪内逍遙と二葉亭四迷は、率先して自身の写実的小説創作の領域の中で、意識的にまたは無意識的に近代的「自我」の定義づけの問題に注目し、思索したのだ。後の「私小説」中の「自我」への関心と描写は、より純粋で、より感性的、直接的であり、それ以前の写実主義文学中の「自我」描写とは違うが、依然としていわゆる社会性、観念性の類とやはりあれこれの緊密な関係があったということは認めねばならない。

　また、創始期の啓蒙作家として、まず「自我」の思索を、小説創作の特定登場人物と文体の中に融合させたのは二葉亭四迷である。二葉亭四迷の創作動機は多様複雑で、小説様式と文体の革新への希求であり、古きを除き新しいものを打ち立て、社会の時弊を改革したいという欲望と衝動でもあった。同時に彼も、近代的な雰囲気の中の「自我」という形を認識、表現することに対し、非常な情熱と興味を示した。二葉亭四迷本人もこのように言っている。「『浮雲』には一貫してゐる思想といふ程のものはありません。始めは何とかいふ考でかきましたよ、今は忘れて仕舞ひましたがね。三回あたりからは日本の新思想と旧思想をかいて見る気になつたのは覚えて居ます。お政に日本の旧思想を代表させ、昇、文蔵《ママ》、お勢などには新思想を代表させて見たのです。旧思想の根底は中々深いものですからね、新思想がこれに調和した上でなくては、迚も勢力はなからうと思ひます。……[5]」。このような創作に関する記述からみて、二葉亭四迷の小説創作と「私小説」との差は大きい。

　しかし、国々の文学的な内在的特質は、どうしても捨てきれないものだ。よって、ある種の歴史的な回顧を通して、日本の「私小説」の特定する遺伝子とその姿を探し求めることができるかもしれない。

まず早期の作家を紹介し顕在的な特徴を比較対照することは、後の「私小説」の様式を認識する上でも重要であることは疑いがない。

『浮雲』が開いたある可能性が、後の日本文学の連綿とした地下水脈となっていることは、日本の文学界でも認められている。『浮雲』の形成した文学様式は、まさに後のいわゆる「私小説」であるという。……つまり、実際には二葉亭の文学観念と創作は、「私小説」と必然的に切り離せない関係がある。[6] この関係というのは、「自我」に対する写実的な関心のほかに、どのような面を含むのか？

これは今後さらに歩を進め深く探求すべき重要な課題というべきである。総じて、『浮雲』に対しては、また別の角度からの理解が可能である。たとえば後藤明生は、日本近代文学の中の「自我」の状況を論じたときに、明治時代の日本文学の一大変化は、いわゆる「和魂漢才」を「和魂洋才」に転化したことだ、と指摘した。これは日本の近代化の進展によって決定された。しかし「漢才（中華文化）」にしても「洋才（西洋文化）」にしても、どちらも外来の「異文化」である。昔から今に至るまで、日本の学問、文化あるいは文学の理想はみな前述の「異文化」とのいわゆる「混血」と密接に関連している、と彼は言った。「混血」は同時に一種の「分裂」でもあり、もっといえば、日本文化あるいは日本文学はまさに一種の混血＝分裂の楕円である、と後藤は考えている。後藤の観点と、日本文学の純粋性を強調する日本の研究者とは抵触している。後藤にとっては、日本近代文学のキーワードは「和魂洋才」だ。日本近代文学は西洋文学との混血＝分裂の楕円だ。近代文学中の「自我」はすなわち混血＝分裂の楕円「自我」である。面白いのは、後藤明生は二葉亭四迷の『浮雲』を考証の対象としていることだ。彼は、もし『浮雲』が日本近代文学の始まりだとすれば、内海文三は日本近代文学中最初に描かれた主人公であり、また日本近代文学の中で最初の「自我」＝個体の典型的形象である、と言っている。[7] 後藤は論述の中で、二葉亭四迷の訳書『あひゞき』（［ロシア］ツルゲーネフ）について述べている。彼は、この翻訳は国木田独歩や田山花袋のような自然主義作家に決定的な影響を与えたと述べている。

　後藤明生もまた、二葉亭四迷の『浮雲』の中の主要な部分は、ロシア作家ドストエフスキーの文学様式の影響を受けていると考えている。日本近代文学の起源である『浮雲』の構成の中で、主人公文三はまさに混血＝分裂の楕円の形象で、「自我」分裂的な人格の特異な人物形象で、現代の真実の「自我」を実現し得ない架空の人物である。彼は遙か彼方の目標が見えているのだが、笑顔で迎え入れることができず、快楽と苦悶との揺れの中で悶々と過ごすことしかできない。最後に後藤明生は、内海文三の人物形態は、消し去ることのできない特殊な系譜を構成していると強調している。関連の作家に、森鷗外、永井荷風、芥川龍之介、宇野浩二、牧野信一、横光利一、太宰治がいる。客観的かどうかは別として、後藤の理論は独特で説得力がある。

　後藤明生の結論的論述はとても面白い。彼は、問題はどのように内海文三の「自我」を読み解くかにある、と言う[8]。日本文学史の中で内海文三の「自我」と対立するのは、いわゆる「私小説」の特殊化され、絶対化された「自我」だ。言ってみれば、これも対立関係の中の密接な関連である。後藤明生のこの観点は大変重要である。

　もちろん、『浮雲』にはもう一つの重要な意義がある。周知の通り、日本語にも文語文と口語文があり、二葉亭四迷の『浮雲』以前は、文学の中の言語表現はまだ文語文で、当時の文章語と口頭語も同じではなかった。しかし『浮雲』（特に第三篇）では、率先して「言文一致」の口語文主張が実践された。よって、この意義上、二葉亭四迷は日本の近代文学あるいは近代文化史の上に「不朽の功績を残した」（高田瑞穂の説）と評価する者もいる。

五、硯友社と尾崎紅葉

1868年の明治維新から20世紀初頭は、日本文学史の上でも十分に豊かで輝かしい重要な時期であった。この時期には文学の巨匠と称される夏目漱石、森鷗外を含む多くの著名な文学者が出現した。これら文学者の創作の中に体現された様々な思想内容と創作特徴は、疑いなく後の日本文学の発展ないし現代日本の文化形成に、軽視することのできない重要な影響を生み出した。

もちろん、この時期の文学状況も極めて豊富で、簡単に概括することは難しい。ここでは硯友社の代表作家について簡略に述べ、日本近現代文学の連関性、およびこの種の文学と写実主義文学との外在的対立と内在的抵触について明らかにしたいと思う。内在的関連というと、牽強付会であるかもしれない。しかし、広義的に理解すれば、特定の国の文学的特徴は、種々の内在的、必然的結びつきを作り出す。

別の言い方をすれば、正しく日本の近代以来、「私小説」は最も前述の内在的関連を体現し、最も民族特性をもった文学様式である。この種の文学の中の民族性あるいは特異性は、さらに悠久の歴史的淵源をもっている。

硯友社は日本近代文学史上、初めての文学結社で、1885年に結成され、主な発起人は尾崎紅葉、石橋思案、丸岡九華、山田美妙などである。創立当初、結社の趣旨や目的は文学を通じて友好を深めるという程度のもので、文学と人生に対しある種の娯楽的態度をもっていた。しかし、後の硯友社は大きな発展をとげた。広津柳浪、泉鏡花、永井荷風、田山花袋、小杉天外など多くの明治文学界の著名作家が次々と硯友社の会員になった。その中でも田山花袋は後の日本自然主義文学の代表作家であるばかりか、傑出した短編小説の代表作「蒲団」が日本の「私小説」文学様式の先駆となった。このような不思議な関連は、十分に興味深い。

このほか、硯友社の成立した年に坪内逍遙の『小説神髄』が出版されている。よって、これらの作家たちも写実主義文学理論の影響あるいは洗礼を受けていることは間違いない。

各自の文学理念が同じでないことと伝統文学の影響により、多くの硯友社の作家は写実主義の創作方法にただ表面的に賛同をしているだけだった。実際、彼らは『浮雲』のような現実批判の精神に欠けていたので、時代と現実の本質的関連と相互感触を真に把握し、表現することはできなかった。創作の上で、硯友社の作家が極めて重視したのは文章の彫琢、字句の練り上げであり、また小説のストーリー構成、語りの面白さを大いに重視していた。彼らの筆になる華麗な文体の中には、いかんせん江戸時代の封建社会の旧道徳、旧思想が含まれていた。

これに対し、作家の国木田独歩は「硯友社」の文学を「洋装した元禄文学」と称している。つまり、これらの作家は表面的には迅速に変化していく社会の現実に関心を持っており、写実的手法で現実を表現しているようだが、実は彼らは人物の「自我」と現実の関係を処理する際に、しばしば真実から離れ、偶然のストーリー構成に向かってしまうのだ。

日本では、写実主義文学と現実主義文学を同等視する者もある。しかし、日本の近代文学の中には、西洋の文学的意味での現実主義文学は未だ出現したことがない。日本の写実主義文学は、19世紀末に西洋で流行した自然主義文学により近いというべきだ。そう考えると、当時の全体的文化動向の中で明治時代の「硯友社」作家がもたらしたものは、後退感覚である。

どちらにせよ、このグループの作家は一時は隆盛で、後の日本文学界の重要な創作力量を構成していたのだ。それで、簡略に彼らに言及し、その基本的創作の特徴を分析しておく必要がある。

「硯友社」の文学の中で、真っ先にふれねばならない作家は尾崎紅葉だ。尾崎紅葉は「硯友社」文学の最も重要な創始者で、このグループの最も代表的な作家である。次は泉鏡花だ。面白いのは、同時期のどうしても取り上げねばならないもう一人の作家幸田露伴は硯友社の会員ではない。人々は、習慣的に露伴と紅葉を並べて論じ、当時の日本文学界を「紅露時代」と称している。二人の小説の風格ははっきりと異なるが、共通の特徴は、いわゆる「雅俗折衷体」である。つまり、尾崎紅葉と幸田露伴の小説創作においては、しばしば江戸時代の井原西鶴的な小説文体と江戸以降の写実主義文学の表現が融合一体となっている。

実質的に、反時代的復古思潮をもつ「紅露文学」が、なぜ新しい時代の明治文学の重要な内容を構成したのだろうか？　理由の一つは、伝統的価値と懐古趣味の遺伝作用にあるのではないか。もう一つは、坪内逍遙などが力を入れて提唱した写実主義改良小説が、まだ後世に伝わる名作としての評価を獲得していなかったからではないか。反対に、尾崎紅葉の流れは、新時代の文学の代表と称することはできないが、「風俗的写実」の文体と技法で、小説のストーリー的魅力、構成の面白さを際だたせたのだ。

尾崎紅葉は、自らの創作の才能を最大限に発揮し、一代の文豪と称された。彼の出世作は『二人比丘尼色懺悔』（1889）である。代表作は『三人妻』（1892）、『多情多恨』（1896）、『金色夜叉』（1897）などである。その中で『三人妻』は最高の出来映えといわれている。小説は、主人公余五郎と三人の妾の間の複雑な葛藤をめぐり、類型化された性格描写を通して、封建的家庭関係における義理人情を描き出している。尾崎紅葉の小説の題材選定、人物造形およびストーリーの叙述方法などが、後の極端な写実を尊ぶ「私小説」様式とは大きくかけ離れていることは明らかである。しかし、尾崎紅葉の特殊な意義は、このような文学が日本近現代文学の形態に鮮やかな反面的比較対照を提供しているることだといえるのではないか。作家、作品の関係からいうと、尾崎紅葉は冷静に対象を比較している。彼は作家と登場人物の単純同一化をはかったことはない。尾崎紅葉は常識人だったので、本の中の人物のように消極的に「自我」をもてあそぶ気にはならなかったのだと論じる人もいる。彼は微に入り細をうがった人物描写に熱中し、巧みに一枚一枚現実感覚と人情味に富む世の中の風景画を描き出した。このほか紅葉はまた、人物の心理分析描写が得意で、広範な読者の大衆的、通俗的文学嗜好に迎合した。

面白いのは、日本文学史の記載によると、尾崎紅葉が明治28年（1895）に『読売新聞』に大変特異な小説『青葡萄』を掲載したことだ。中村光夫はこれを「手記」といい、福田清人は「私小説」だとはっきりと述べた。『青葡萄』の粗筋は簡単で、尾崎の弟子・小栗風葉が尾崎の家の庭でブドウを採って食べ、疑似コレラに罹り、騒動を巻き起こしたという内容だ。小説には二つの重要な特徴がある。一つは登場人物がみな作者の身の回りにいる身近な人間であること、二つ目は病気に罹ったことと創作とが共通の事態にあることだ。

一般の文学史上で認められている「私小説」の起源が、田山花袋が10年後に発表した短編小説「蒲団」（1907）であることは疑いないが、「私小説」には前述した様式の特徴や要素以外に、なお触れねばならないその他多くの判定要素がある。しかしまた、少数の者は、田山花袋の小説の風格も尾崎紅葉のある種の影響を受けているという。総じていえば、ある仮説がたてられるのかもしれない。『青葡萄』も「自我」について述べており、「自己暴露の儀式」を試みようとしていたのだ。『青葡萄』は後の「私小説」の前触れといえるのではないか。少なくとも『青葡萄』は「私小説」のいくつかの要素を含んでおり、「私小説」の起源、特質とも潜在的な関連がある。[9] いずれにせよ、当時の世界文学の潮流が重視していたのは、現象的な写実と「自我」の解放である。しかし「紅葉文学」の主流は、人に陳腐の感を与える。読者に楽しみをもたらすが、この種の作品は大衆の心を痺れさせる麻酔のような良くない作用をもっている。後の写実主義文学（自然主義と「私小説」を含む）の空前の隆盛は、ある意味からいえば、文学は社会的な文化良識をもつべきだということを強調するものだった。日本の写実主義文学もこのように古い文学様式に反発する努力の中で、徐々に新しい様式、人文範式を確立したのである。

尾崎紅葉の創作と『青葡萄』の特徴と評価について簡単に述べた目的は、「私小説」の根はやはり日本近代文学の土壌の中に埋められていたということを説明するためである。『青葡萄』と後の「私小説」様式の更なる関係については、ここでは深く追求しないことにする。

六、幸田露伴と日本の浪漫主義文学

日本浪漫主義文学の創作の特徴と思想傾向の考察は、自然主義文学が動き出す前の日本文学界の状況と社会文化発展のプロセスを理解する助けとなる。幸田露伴の小説は明らかに浪漫主義の特徴を持っていたが、この著名な作家は硯友社のメンバーでもなかったし、浪漫主義の作家グループにも属していなかった。

幸田露伴（1867-1947）が文学界に身を置いたのは尾崎紅葉の後で、創作の初期は坪内逍遙の影響を受けたが、のちに井原西鶴の旧体小説に傾倒した。しかし露伴の小説の主題、人物、内容、風格などは尾崎紅葉の小説とは違いが大きい。幸田露伴の代表作は『五重塔』（1891-92）である。小説は全体的に明朗な印象を与え、個人の奮闘と信念の力を表現している。読者は作品の人物像とストーリーを通して、「観念性」が露伴のような作家の創作の中で重要な役割を占めていることを理解することができる。「観念性」は「感受性」と対立する。「私小説」はまさに「感受性」をより強調する文学類型である。

しかし、前にも繰り返し述べたように、このような「対立」は完全に関係を抹殺することはできない。

『五重塔』の主人公は、すぐれた腕をもつ大工の十兵衛だ。十兵衛は優れた技術をもっているが、容貌が愚鈍なために不遇をかこっている。彼は谷中の感応寺が五重塔を建てることになって、川越の源太親方が仕事を任されることになったことを耳にして、これは天下に名をあげる絶好の機会だと思った。彼はすぐに住職を訪ね、自分に五重塔を建てさせてくれと頼み込む。源太親方はさっぱりとした気のいい人で、即座に十兵衛を自分の助手とすることに同意した。しかし十兵衛はこの申し出を拒絶した。源太はさらに折れて、十兵衛が棟梁となり、自分は助手を務めると言った。十兵衛はそれでも同意しなかった。最後に、やむなく源太はすべてを十兵衛に譲り、その上建立技術の「秘伝」まで十兵衛に譲り渡した。頑固な十兵衛はこの申し出も受けず、あくまでも自分の力だけで五重塔を建立することに固執する。

源太はついに激怒し、その弟子たちも彼を恩を仇で返すとんでもない男とみなし、憎悪をつのらせた。彼らは、あれこれ十兵衛に危害を加えたが、彼は屈服しなかった。反対に血の滲むような努力を重ね、ついに五重塔の建立に成功した。落成式の前日、不幸にも暴風雨に襲われた。十兵衛は自分の力を信じ、暴風雨の中、塔のてっぺんに登った。彼は成功した。暴風雨のあと、五重塔は雄壮にそこに立っていた。

小説の内容と人物の志向はもちろん積極的であり、前向きだ。しかしこのような筋書きは、旧式文学の「観念先行」のきらいがある。実際、幸田露伴のこの作品は、明治初期にまだ根強かった封建的残滓から抜け出すために、福沢諭吉の提唱した独立と自尊を裏付けるねらいがあった。幸田露伴はまた、理想、理念派の作家と称せられ、彼の小説は日本の明治初期に盛んに興りはじめた「自我」中心思想をよどみなく表現していた。しかし当時の日本の思想、文化界は、「自我」の定義づけに対し、まだ表層的で認識が浅かった。幸田露伴の小説設定は同様にぎこちない虚構の中でなされていた。比べてみるとやはり尾崎紅葉の風俗的写実は、より多く現実体験、主体的感覚に依拠している。

幸田露伴の「観念先行」は、一定程度小説の芸術的品位をおとしている。同時に小説は表面上は積極的、前進的な感覚を示しているが、実質的には当時の真実の時代精神から離反していた。彼の小説は、二葉亭四迷のような真の近代的「自我」の苦悩には触れていない。

幸田露伴の文学理念と後の「私小説」の基本創作精神も根本的にあい反するものである。ここで特に紹介するのは、ひとつには彼が日本近代文学草創期に十分注目された作家であることと、もうひとつは日本の「私小説」が生まれる前の特定の芸術的、文化的土壌について説明するためである。

同じ目的から、同時に出現した日本浪漫主義文学についても簡単に触れておきたい。浪漫主義文学の主要な業績は詩の分野に現れ、重要な代表的人物には北村透谷、島崎藤村、平田禿木、戸川秋骨、星野天知などがいる。彼らの多くは文学雑誌『文学界』の創刊同人である。『文学界』はまさに日本浪漫主義文学の大本営である。浪漫主義前期の活動を紹介する理由は、同様に前述の浪漫主義作家、詩人の様々な文学活動がかつて日本国民の近代「自我」の文化的造形、個性の解放と関連があったからである。また一方では彼らも自然主義文学の形成、発展に必要な文化的地ならし、下準備をしたのだ。

『文学界』の発起人は北村透谷である。この象徴的意義に富む浪漫主義詩人はちょうど明治元年（1868）に生まれている。北村透谷は傑出した詩人であるばかりでなく、批評家でもあった。彼とその他の日本浪漫主義詩人のグループは、キリスト教精神に基づく平民意識、欧米文学を元にする浪漫主義精神と個人主義思想を大いに鼓吹した。このグループの作家たちは、自己の直感を通して人間の内在精神を把握することに努め、ある程度の精神解放に到達した。1893年、北村透谷は文学の専門書『内部生命論』を著し、当時の人類の生命を軽視する思想傾向を糾弾し、人間の内部生命力の重視を鼓吹し、文学の実質が「空の空なる事業」であり、文学は瞬間的なインスピレーションに依拠し、形象的に「内部生命」の極地を表現するべきだと強調した。彼は、文学の責任は、無形の自然力と向かい合い、魂の刃で絶対を指向することだと言った。当時の実用主義が主流の日本の社会文化的雰囲気の中で、このように「現実功用説」に反対する文学主張は、大きなインパクトがあった。

北村透谷などの開拓者的努力は、一定程度未来の文学的発展を方向づけていた。なぜならば、そのような個体生命力の自然な喧伝がなかったら、また、そのような無限を憧憬する精神の解放がなかったら、自然主義文学ないし「私小説」文学様式のような高度な写実的、絶対的な「自我」の凝視と暴露へ到達することは難しかったのではないか。日本浪漫主義文学が集団で作り上げた文化的前提は、日本文学の発展を促進する軽視できない歴史的存在というべきだ。

北村透谷の主な詩作は長詩『楚囚の詩』（1889）と『蓬萊曲』（1891）である。これらの詩作にはバイロン、ゲーテの影響が大きく、明らかに模倣の痕跡がある。このような個性化が未成熟な詩の形式を通して、北村透谷は現実社会に対し強い否定を表し、彼は苦しい体験の中で、近代日本の文化人特有の「自我」覚醒を明らかにした。北村透谷の苦闘と当時の日本社会の現実状況は大いに関連がある。

明治20年（1887）代頃、日本新政府は絶対的政治権力体制を確立し、当時の政治権力は、宗教、思想、芸術など各領域を含む国民の内在精神を統治していた。明治23年（1890）10月、日本の国家権力の頂点である天皇の名の下に、いわゆる「教育勅語」が発布され、核心は――「国家至上主義」であった。当時の普遍的観念として、政治権力は同時に思想的権威あるいは倫理的権威を代表していた。それで、国家政治とはあまり関係がなく、社会とかけ離れている文化芸術ないし個体意識は「倫理の悪」と見なされ、政府当局の抑制や否定に直面した。近代初頭の日本の主流社会は、幕開けと同時に、このような政治勢力の絶対化の過程に置かれた。よって、明治初年に福沢諭吉などが主導した啓蒙運動は非常に重要な文化歴史的意義がある。同様に、明治10年（1878）頃の自由民権運動もまた軽視できない歴史的功績がある。

総じて、日本の近代文学は、まさにこのような社会歴史的背景の中で生まれ、成長した。その前途は多難であり、同時に特定の存在理由と目的任務を担っていた。このような過程の中で、坪内逍遙、二葉亭四迷、森鷗外、夏目漱石などは、各々異なる歴史的役割を果たした。北村透谷もまたしかりである。彼は人心を揺り動かす自由民権運動に身を投じ、失敗の後に、転じて文学に身を投じた。北村透谷の特定の意義は、政治から文学に転向した直接の原因がただ運動の失敗にあったのではなく、人類に対するある種の絶望的認識と感覚にあったことだ。つまり、北村透谷は「民権運動」の内部から「前近代的な」文化の退廃を感じとったのである。この退廃はヒューマニズム或いは人類に背を向けるものであった。北村透谷は、近代文学の目的と意義はそのような旧式なヒューマニズムを否定し、伝統的な審美観と倫理観に挑戦することである、と考えていた。彼は人間を尊重する「内部生命」を鼓吹し、恋愛をしているときの高尚な情感を「内部生命」の最高の表出として尊んだ。彼は偏狭卑俗な実利主義文学に反対し、文学の効用は普遍の人間性を解放すること――「自我」の全面解放にあると強調した。

このような空想的「自我」形態は、もちろん実現困難だった。現実からくる様々なストレスと失望が、北村透谷が自殺を決意した根本的理由だったのだろう。北村透谷は日本近代以降初めて自殺した重要作家である。彼の自殺は象徴的意味をもっている。同様に、「私小説」も功利主義の文学に反対した。実は、その曲折した執拗な「自我」の追求は、理想崩壊のあとの必然的結果なのだ。このような意味からいうと、透谷の創作と後の「私小説」様式は関係がないわけではない。北村透谷は、後の自然主義を中心とした日本近代文学の方向と特質を予言していた。

日本民族の近代文化的「自我」の確立という意味から言えば、北村透谷が独自の歴史的役割を果たしたことは、疑いない。彼は常に茫漠たる状況に身を置いて、神性と人間性の永久的対立に苦しんでいた。彼はその長詩『蓬萊曲』のなかに書いている。

おもへばわが内には、かならず和らがぬ両つの性のあるらし、ひとつは神性、ひとつは人性、このふたつはわが内に、小休なき戦ひをなして、わが死ぬ生命の尽くる時までは、われを病ませ疲らせ悩ますらん。

七、森鷗外と夏目漱石

森鷗外と夏目漱石は日本の「近代文学の双璧」といわれる。このような文学の巨匠は、後の日本文学発展史の中ではあまり多くみられない。もちろん、彼らと後の「私小説」様式に何らかの関連があるという人はあまりいない。しかし、彼らのある創作期間は、まさに盛んになりつつある日本の自然主義文学と重なり合っている。ある者は、本質的にいって、彼らの基本的創作方法は反自然主義だと考えている。それで、森鷗外と夏目漱石の基本的創作状況を簡単に紹介することは、読者がより立体的に日本の近代文学の状況を把握し、日本の自然主義文学あるいは「私小説」様式のために、より多くの現実に存在する比較対象(反証的意見も含める)を設定するのに役立つだろう。

森鷗外と夏目漱石の経歴、創作の特徴には比較的大きな差異がある。比べてみると、明らかに共通する点は、ふたりとも幼少の頃から漢籍と日本の古典を研究し、大学時代にはふたりとも抜きんでたエリートだったということだけだ。卒業後、鷗外はドイツに、漱石はイギリスに留学する。ふたりは同じように書物から得た知識と自らの体験を通して、特定の西洋国家の文化思想と文学芸術を十分に理解し、作家であると同時に学者でもあった。また、ふたりとも、日本の近代文学史および近代文化史の中で極めて重要な役割を担い、影響をもたらした。

森鷗外（1862-1922）は本名を林太郎といい、藩主の御殿医の家に生まれた。5歳で漢学を学び、9歳でオランダ語を学び始めた。11歳のとき、父について上京し、ドイツ語を学ぶ。後に東京医科学校予科（東京大学医学部の前身）に入学。1881年7月、わずか19歳の鷗外は大学を卒業し、若くして志を得て、陸軍副軍医に任じられる。22歳にして日本国公費留学生としてドイツに留学する。鷗外約5年間、鷗外はミュンヘン、ベルリンなどの大学で学び、当時の西洋文化精神を身につけた。鷗外は自らの専攻する自然科学領域だけでは満足せず、余暇には多くの西洋の文学作品を読み、ショーペンハウアー、ハルトマンなどの哲学思想に触れた。ハルトマンの美学はロマン主義的傾向があり理念と理想を重視した。このような特徴は明らかに鷗外の後の創作、評論に表現されている。

鷗外の処女作は1890年『国民之友』に掲載された『舞姫』である。この小説はある意味で、文化啓蒙的性質をそなえている。なぜならば当時の日本は未だ濃厚に封建主義が残存した雰囲気から抜け出していなかったからだ。そのなかで『舞姫』は反封建的特徴と近代の個的「自我」意識の覚醒を表現している。――この作品と二葉亭四迷の『浮雲』はともに、日本近代文学史上の先駆の作と称されている。これらの作品は近代「自我」の問題に触れているが、しかしここでの「自我」意識、「自我」表現は、本質的に、後の「私小説」の中の殆ど絶対の「自我」写実とは大きな差異があることがわかる。以下の簡略な記述によって、この差異に触れたい。

日本文学界では、『舞姫』の主人公豊太郎は、鷗外の青年時代の内在精神の真実の姿だとみなされていた。ここでの作家の「自我」と登場人物はまた多くの「同一性」をもっている。このような視点からいうと、鷗外のロマン的風格のもとでの写実的筆法は、後の「私小説」様式が強調する絶対の「同一性」となぜか似通っているのである。鷗外がドイツ留学から帰ってきてから、同名のドイツの若い女性が彼を追って日本に来たといわれている。

本当のエリスと小説中のエリスは同一人物ではないが、豊太郎の苦悩は鷗外自身の切実な体験で、人物の「危機」感覚あるいは悲劇的運命は、鷗外の出身家庭が名をあげ家を興すことを人の道とみなしていたことに原因がある。もちろん、それは当時の日本社会では正統的な道徳、倫理であった。面白いのは、『舞姫』の中の現実と「自我」の対立、人物と作者の同一性が、後の日本の「私小説」の判定指標にぴったりと合っていたことである。もちろん、それは表面的な近似であり、本質的には大きな差異があった。

『舞姫』の主人公太田豊太郎もドイツ留学生だった。ドイツで彼は西洋の大学の自由な気風と薫陶を受け、徐々に近代人特有の自我意識に目覚めた。彼はまるで機械のように、ただひたすら上司の命令に従うことを望まなかった。ある日、豊太郎は父親の葬式を出せない舞姫エリスを助けた。美しくチャーミングなエリスは豊太郎の親友になり、恋人になった。しかし当時の日本社会には多くのタブーがあり、公費留学生の異国の舞姫との交際は禁じられ、ある者が上司に密告し、豊太郎は免職になってしまう。

ちょうどこの時に、豊太郎は母親の訃報に接し精神的な打撃を受ける。精神的苦悩と苦痛の中で、豊太郎とエリスは同棲する。二人は、黒い瞳の赤子の誕生を待っていた。しかし折悪しく、このとき豊太郎の親友相沢謙吉がドイツにやってきて、エリスと別れ、いわゆる「立身出世」の正道に戻るべきだ、と豊太郎に強く勧めた。豊太郎はついに前途への誘惑に負け、友人の勧めを受け入れ、エリスと別れる決心をした。しかしその後、豊太郎はエリスを捨てる事の良心的呵責に耐えられず、重大な病に罹ってしまう。このとき相沢はエリスに真実を告げる。エリスは発狂した。彼女は裏切られることのショックに耐えきれず、一日中、生まれてくる赤ん坊のために準備した産着をぼんやり見つめ、泣いてばかりいた。

エリスは廃人と化してしまった。豊太郎は後ろ髪を引かれる思いで、やむなく帰国の途についた。彼は嘆いて言った。「嗚呼、相沢謙吉が如き良友は世にまた得がたかるべし。されど、我脳裡に一点の彼を憎むこゝろ今日までも残れりけり」。この小説を読んで、読者はいわゆる「同一性」の問題を強く意識することはないかもしれない。鷗外の小説理念の中では、後の「私小説」作家のように絶対的に作品と現実との「同一」に拘泥することはなかった。鷗外はただ偶然に自身の実体験を利用したにすぎず、作品の中で決定的作用を担っているのは、強い創作理念、ロマン主義的心情、道徳観念というべきだ。『舞姫』の基本構想には実体験と現実の背景があるが、その「同一性」も選択的で、限度のある「同一性」である。このような「同一性」と「私小説」の絶対的な「同一性」とは、必然的に大きな違いがある。森鷗外はいわゆる写実主義の観念、意識から出発して『舞姫』を構想し、創作したのではない。『舞姫』のなかでより重要なのは、ほかでもなく時代風潮を表現したロマン主義的理想と精神である。彼は非常に理性的に、当時の日本の立ち後れた封建的な風習に向かい合い、登場人物の涙をさそう悲劇的運命の中に、理想と現実の対立が生み出す必然的結果を分析することに努めた。

読者は、森鷗外の『舞姫』を通し、「私小説」様式の誕生、形成以前の、日本の小説の中の「自我」の存在形態と特徴を十分に感じとることができることと思う。このとき、「自我」意識の覚醒は鷗外の小説の主題であった。しかし作品に表現された現実の内容と後の「私小説」に表された内容には、大きな違いがあった。前に繰り返して述べたように、森鷗外の現実体験の「同一性」は限定的な「同一性」で、彼は自己の創作の中で「虚構」を完全に退けてはいない。しかし「虚構」は、「私小説」創作の上では天敵と見なされている。

同様に、夏目漱石（１８６７-１９１６）も幼少の頃から漢学をたしなみ、森鷗外と同じように、漢学に精通し、西洋文化、文学をも熟知した文豪であった。１８９３年、漱石は東京帝大の英文科を卒業し、26歳だった。１９００年5月、漱石は英国に留学させられ、１９０２年12月までロンドンで英国文学を研修した。

夏目漱石の出世作『吾輩は猫である』（１９０４）は面白いタイトルだ。出だしはこのように始まる。

吾輩は猫である。名前はまだ無い。

どこで生れたか頓と見当がつかぬ。何でも薄暗いじめじめした所でニヤーニヤー泣いて居た事丈は記憶して居る。吾輩はこゝで始めて人間といふものを見た。然もあとで聞くとそれは書生といふ人間中で一番獰悪な種族であつたさうだ。此書生といふのは時々我々を捕へて煮て食ふといふ話である。

小説は「一人称」のユーモラスで風刺的な筆法で、偶然苦沙弥先生の家に住みついた一匹の猫について書いている。もちろん漱石の書いたこのような虚構的な「一人称」と、「私小説」のように厳しく対象を特定する「一人称」には大きな違いがある。『吾輩は猫である』の基本的筆調は現実主義のものであり、「猫」は典型的人物の性格特徴をもっている。読者は猫の目からの観察を通して、まったく新しい特異な視点から人間社会をよく見て、反省する。

夏目漱石は小説創作の中で、よく似たような「一人称」の表現形式を用いる。たとえば、もうひとつの彼の重要な作品『坊っちゃん』（１９０６）で、同様に率直な「一人称」の叙述を用い、小説では最後まで坊っちゃんの姓名は明かされない。ある論者はこのようにまとめた。漱石の小説は常に二つの基本的特徴をもっている。一つは、小説中の人物がいつも漱石自身を代表している。二つ目は、漱石の作品はおしなべて「虚構」であると。ここでみられるのは、漱石文学の第一の特徴は「私小説」の基本的特徴と合致しているが、二つ目の特徴は「私小説」の様式と根本的に異なっているということだ。夏目漱石の生涯の作品には、『草枕』(1906)、『野分』(1907)、『虞美人草』(1907)、『三四郎』(1908)、『それから』(1909)、『門』(1910)、『行人』(1912)および『心』(1914)、『道草』(1915)、『明暗』(1916)などがある。日本の文学界では、『道草』は夏目漱石の「私小説」の代表作であるとみなす考え方もある。ここでは、ひとまず『道草』のストーリーの紹介は省略し、『道草』の独特な形式的特徴と文体の特徴を簡単に示しておく。表面的に見れば、この作品の文体は「私小説」様式の外在的表象と符合する。『道草』は長編小説で、102の短い章節に分かれており、長くて千字あまり、短いのは百字くらいである。大摑みにいえば、この作品は典型的なドキュメンタリー文学の文体を呈している。「日記体」ではないが、「日記体」小説のある特徴を具えている。

結論的には、夏目漱石もまた美学的理想と思想追求をそなえた現実主義作家である。しかし、彼の理想は、自然主義思潮がもてはやされた19世紀末20世紀初頭の日本文学界に、時代にそぐわない、立ち後れた印象を残した。彼の小説は多くができの良い作品だが、その求めて到達したかった境地はあたかも幻の世界だった。臨終の半年前、彼の文学の定義は「まず倫理性があって次に芸術性だ。真の芸術は必ず倫理性を具えている」と言ったという。現実主義の文学的基準をもってみれば、このような文学に関する観念は正しい。しかし当時の日本近代文学精神の方向とは逆向きである。なぜなら、後の日本文学界の時代的趨勢を体現する日本自然主義文学がまず強調したのは、「客観性」、「ドキュメンタリー性」あるいは「実証性」で、漱石のいわゆる「倫理性」ではないのである。

漱石は晩年、いわゆる東洋的な理想境地「則天去私」を追求し、現実的、利己主義的「自我」を離れようとし、より広く無限の天道――「自然規律」に順応しようとつとめた。彼は、極力人間の主観あるいは客観的本性を取り除き、人間と自然の関係を調整し、自然との調和を求めることを主張した。漱石文学もその後に隆盛をみせる「白樺派」文学――理想主義文学運動に大きな影響を与えたといわれている。

総じて、異なる視点に基づき、近代「自我」の確立および「絶対真実」あるいは人物の真の心境を深く掘り下げ、表現するという意義からいえば、漱石文学は異なる様相を呈している。以上の記述は、肯定的、否定的価値判断を廃して、ただ「私小説」の文学様式に対し、参考とすべき重要な作家を提示したに止まる。

注

1　『現代日本文学全集1　坪内逍遙・二葉亭四迷集』筑摩書房1956年版、98～99頁

2　山田有策「当世書生気質［坪内逍遙］」、三好行雄編『日本の近代小説Ⅰ』東京大学出版会1986年版、9頁

3　桶谷秀昭『二葉亭四迷と明治日本』文芸春秋1986年版、120頁

4　同右

5　『作家苦心談』、桶谷秀昭『二葉亭四迷と明治日本』文芸春秋1986年版、121頁より再引用

6　『私小説研究』日本法政大学大学院私小説研究会2001年版、37頁、風里谷桂「二葉亭四迷『浮雲』」

7　中西進編『日本文学における「私」』河出書房新社1993年版、128～129頁

8　同右、146頁

9　『私小説研究』日本法政大学大学院私小説研究会2001年版、42頁、松下奈津美「尾崎紅葉『青葡萄』」

第二章　自然主義文学と「私小説」の成立

1870年前後、フランスにゾラなどを中心とした自然主義文学が興った。自然主義文学は当時の実験理性の潮流と合致し、すぐに世界的範囲の影響力をもった。

1870年は日本の明治3年にあたり、当時の国家と大衆の焦点は社会、政治分野の改革──「維新」運動だった。それで、当時の日本文学界は一部のフランスの作家、作品を紹介したが、フランスの自然主義文学には触れなかった。当時フランス文学の名著の翻訳はユーゴー、大デュマなど少数の作家の作品に限られており、翻訳の意図は常に表面的な政治目的だった。1888年になり、ある論者が一般的な紹介文献の中でゾラを持ち出した。日本でまずゾラ的な自然主義文学の方法を用いて創作を進めた作家は、小杉天外と永井荷風であった。小杉天外は後の創作活動においてそれほど大きな業績はない。永井荷風は後の創作の中で、徐々に日本の唯美主義文学の代表作家に転じていった。真に日本の自然主義文学の代表作家となるのは、後に出現する島崎藤村と田山花袋である。

一、フランス自然主義文学からの影響

ゾラは自然主義文学理論の最初の提唱者であり創作実践者である。日本の自然主義文学の状況を紹介する前に、ゾラの理論の要点と創作の特徴を簡単に紹介したい。まず、ゾラは自分と現実主義文学との関連を否定しているが、彼の文芸思想は旧態依然として伝統的現実主義文芸思想の基礎の上に成

り立っていた。同時に、ゾラは自然科学の中のある理論成果を参考にし、独自の文学理論を打ち立てた。この理論の第一の特徴は真実を崇拝し、実験理性を崇拝することである。

ゾラは言っている。「今日、小説家の最高の品格は真実感である。……真実感というのはありのままに自然を感じとり、ありのままに自然を表現することである[1]」。それならゾラの真実感と伝統的現実主義作家の現実感とはどのような違いがあったのだろう? 異なるところは、ゾラは事実の役割をより重視し、小説中の想像的要素を軽視したことにある。彼は、「想像」はもう小説家が最も重視する品格ではない、と言った。

言い換えれば、彼は小説の「虚構」を否定し、ほとんど絶対の「写実」を崇拝したのだ。

ゾラの例証は、反駁を許さなかった。彼は、確かに時代の代弁者である。彼は言った。「大デュマとユージン・Sは想像を具えており、ビクトル・ユーゴーは『ノートルダム・ド・パリ』の中で、とても面白い人物とストーリーを想像の中から描き出し、ジョルジュ・サンドの『モープラ』は主人公の虚構の愛情で、同時代の人々を大いに感動させた。しかし、……人々はいつも彼らの素晴らしい観察力と分析力を話題にした。彼らの偉大さは、彼らの時代を描いたことで、作り事を語ったからではない。これらの進歩は彼らがもたらしたものだ。彼らの作品から、〝想像〟は小説の中で、重要性をもたなくなった。我々の時代の偉大な小説家をみてほしい。フローベール、ゴンクール兄弟、ドーデ、彼らの才能は彼らが想像力を持っていたことではなく、彼らが一生懸命自然を表現したことである[2]」。

もちろん、ゾラは小説にまったく虚構は必要ないと主張したのではない。小説家は虚構のストーリーとプロットを必要とするが、しかしそれは非常に簡単なプロット、すぐに頭に浮かぶストーリーである。つまり、「虚構」は作品の中で取るに足りないもののようだ。なぜならば、作家の全面的努力は想像を真実の下に隠すことだからだ。ゾラは、当時の著名な小説家の「全作品は、非常に詳細に準備されたメモに基づいて書かれた[3]」と実証している。このような説明は、我々日本の「私小説」を探求する者にとって、大変重要だ。

ゾラの自然主義小説家の創作過程についての概括はとても興味深い。そして、フランス自然主義文学の代表作家は、まさに日本の自然主義文学の最初の模範対象だったのだ。

自然主義文学の具体化の操作過程と方式の中から、この種の文学が日本の「私小説」文学様式に与えた重大な影響を理解できるかもしれない。

ゾラはまた、当時の自然主義作家の創作における独特なありさまについて述べている。「小説家は自分たちが分け入っていく領域について仔細に研究し、あらゆる根源を調べ、必要とする大量の材料を手元に確保し、それでやっと創作開始を決定する。……作家の観察と記録が、互いに牽引し合い、さらに人物の生活の連鎖的発展を付け加え、ストーリーが作られる。ストーリーの結末は自然で、不可避な結果だ。このように見ると、想像の占める場所はなんと少ないことか。……小説の妙趣は目新しく奇抜なストーリーにあるのではない。反対に、ストーリーが平凡であればあるほど、より典型的である。真実の人物を真実の環境の中で活動させ、読者に人間生活の断片を提供する。これが自然主義小説の全てである[4]」。

ゾラは彼の論述の中にも「典型」という言葉を使っている。しかしゾラの意識の中の典型は、おそらく現実主義文学の中の典型ではなく、いわゆる「典型化」の創作方法ともかなり隔たりがあるのだろう。ゾラの典型は自然の典型で、個々の体験の中で唯一無二という意味での典型だ。この意味からいえば、日本の自然主義文学はその真髄を得ているというべきである。

自然主義文学と現実主義文学も様々で微妙な継承関係をもっており、ロマン主義文学とも関係がないわけではない。ここで、ゾラがバルザックとスタンダールをどのように評価していたかを考察してみたい。これにより、自然主義作家が何に関心をもっていたかが理解できるだろう。彼はこのように言った。以前、人々が作家について語るとき、「彼は想像力がある」と言ったが、逆に今は「彼は真実感がある」という。この褒め言葉は崇高であり、より正しい。ゾラは、「観察」の才能は「創造」の才能に比べてより稀少だとみなしていた。人々が理解しやすいように、ゾラはバルザックとスタンダールを例に挙げた。二人とも文豪であるが、現在の読者は盲目的に忠実な信徒になる必要はない、ふたりの全ての作品を判別せずにひれ伏す必要はない、と彼は言った。ゾラは、真に偉大で優れていると感じるのは、真実感のある文章に対してだけだと率直に述べた。『赤と黒』の愛情分析には驚嘆させられる。この作品の真に優れたところは、小説の創作がまさにロマン主義文学の最盛期にあたり、当時の作品中の男女の主人公が最も自由奔放な抒情的雰囲気の中で愛し合い、ロマン主義的色彩に溢れているというところだ。そして『赤と黒』は一人の青年と女性が、普通の人と同じように愛し合い、愚かしくまた真摯高邁に、現実の荒波にもてあそばれ浮き沈みする姿を描いている。なんと優れた描写であろう、とゾラは感嘆している。

ゾラの文芸思想を簡単にふり返ってみることによって、フランスの自然主義文学の基本的趨勢に対し、一定の理解を得ることができるであろう。自然主義小説は「観察」と「分析」の小説だ、とゾラは言った。自然主義の美的基準は「真実」の二文字に帰結する。ゾラは19世紀のフランス自然主義文学の提唱者かつ代表作家であることに恥じず、全力で自然主義文学の理論的、現実的根拠を探求するとともに、多くの作品を書いて自己の文学主張を実証した。ゾラの小説の量は驚くほど多い。最も代表的なのは『居酒屋』『ナナ』などの一系列の佳作を含む「家族史」の大作『ルーゴン・マッカール叢書』である。

「家族史」系列の小説はゾラ文学の創作中期に出された。彼の前期の文芸観は、基本的には現実主義に属している。中期以降、彼は新たに自然主義文学の理論体系を築いた。自らの受けたいくつかの影響について語るとき、ゾラは言った。「私は三つの影響を受けた。ミュッセの影響、フローベールの影響、テーヌの影響だ」。この三つの影響を分ければ、ロマン主義、現実主義、実証主義に帰属する。最終的には実証主義がゾラの自然主義美学の理論支柱を構成している。

では、ゾラの小説創作は、彼の自然主義芸術観を実証、実現したのだろうか?『ナナ』を通してざっと観察をしてみよう。『ナナ』を書き出す前に、ゾラは間違いなく時間をかけて素材と資料を集めた。『ナナ』のモチーフは特殊であり、攻撃を受けやすい上流社会の醜聞を回避しなかった。ナナは、『居酒屋』の主人公夫婦の娘で、15歳で家を出て街をうろつき、下級娼婦に身を落とした。小説は終始、さまざまな上流社会の好色の徒がナナの美しさにひれ伏す様を描いている。ナナの最後は、惨めな死である。ゾラは真実のタッチで、第二帝国の社会生活の風俗絵図を描き出している。人々は、この小説は鋭い暴露性をもっており、成功した暴露小説の典型であると評した。なぜなら、ゾラはナナの浮沈盛衰を通して、第二帝政期の信じがたい堕落した状況を表現し、娼婦社会を成り立たせている淫靡腐敗したブルジョア上流社会を暴露している。ゾラが素材を扱った筆法は自然主義のものかもしれないが、彼は同時に極めて如実に典型的意味を持つ場面や人物形象を展開し、作品に現実を批判する文学的特徴をもたせている。ゾラの文学は、熱い思いで社会の現実の存在形態と発展に注目しているのである。それでなければ彼は、あのように正確にぴたりと特異な題材や描写を選定するはずがない。

ゾラのもうひとつの「家族史」代表作は『ジェルミナール』で、フランスのパリコミューンの後の社会主義労働者運動を題材にしている。この点では、わたしたちはフランスの自然主義文学と日本の自然主義文学ないし「私小説」との間にははっきりとした違いがある、ということを理解するだろう。

ゾラは、個人の運命に関心をもっただけでなく、題材、人物の選定と表現を通して、常に普遍性をもった社会の現実問題に触れている。例えば『ナナ』が触れているのは、まさに「カトリック国家の中産階級家庭の崩壊の問題である[5]」。

二、日本自然主義文学の基本的状況

1888年、ゾラの文学が初めて日本に紹介された。日本の自然主義文学はここから始まったというべきだ。すぐに、当時の多くの日本の作家がそれぞれ文章を書き、西洋の自然主義文学理論に基づいたゾラ、モーパッサンなどの重要な作家の作品を紹介した。多くの作品も迅速に翻訳された。その中で、ゾラの小説『ナナ』は日本文学界に大きな波乱を巻き起こした。なぜならば、このような題材、人物類型の如実な表現は、日本の伝統的な小説の中にはあまり見られなかったからだ。その衝撃と影響は推して知るべしだ。

日本で初めての自然主義小説は小杉天外の『はつ姿』（1900）で、『はつ姿』はゾラの小説『ナナ』を模倣したものだという人がいる。しかし、創作分野で日本自然主義文学の最初の作品と見なされるのは、やはりその後の島崎藤村の代表的長編小説『破戒』（1906）と田山花袋の短編小説「蒲団」（1907）である。後のこれらの作品はより成熟しており、日本自然主義文学の方向性と特質をより代表しているといえる。

そのほか、日本の自然主義文学の理論分野で代表的な評論家は、島村抱月、長谷川天渓、片上天弦、岩野泡鳴などである。彼らの著述は甚だ豊富で、日本の自然主義理論体系の創立を主張した。彼らの努力は、当時間違いなく大きな影響力を発揮した。代表的な自然主義論文には島村抱月の『囚はれたる文芸』（1906）、『文芸上の自然主義』（1907）、長谷川天渓の『幻滅時代の芸術』と『論理的遊戯を排す』（1907）、および片上天弦の『無解決の文学』（1907）、岩野泡鳴の『新自然主義』（1908）などがある。

日本の自然主義文学が近代文学界に統治的地位を占めた時間は長くない。『破戒』を起点とすると、最盛期は4、5年だ。

「文壇主役交代のめまぐるしさということは、日本の近代文学史のひとつの特徴といってよいだろう。そして自然主義といえどもその例外ではなかったのだ[6]」。しかし、面白いのは、日本の自然主義文学は、その他の文学流派のように、鳴りを潜めて姿を消してしまうことはなかった。盛りを過ぎた自然主義文学は「その後も深く潜行しつづけて、現代にまでその奇怪な影をひくのをやめないのである。たとえば、明治期の硯友社文学が、大正期の耽美派文学が、さらには昭和期に入ったプロレタリア文学でさえが、もはや歴史的な存在としてしか存在せず、現代となんらかの意味でかかわりを持つにしても、その歴史性を媒介することなしにはありえないのと、自然主義の存在とは、どうも性質がちがうようなのだ。その違いにこそ、日本自然主義の現代性ということをめぐる特殊な意味が存在する、と思われるのである[7]」。

相馬庸郎のこの見解は透徹しているというべきだ。彼は一言で日本近現代文学に特有の現象を言い表し、文学運動としての自然主義の歴史は短かったが、自然主義文学の精神は日本の伝統文学あるいは伝統文化精神に符合するところがあり、そのため自然主義文学衰退の後も、自然主義の精神は長期にわたり日本文学の存在と発展に影響、制約を与えている、といっている。「私小説」は自然主義文学の影響下での特定の小説様式である。あるいは、自然主義文学の変種である。

多くの自然主義文学の理論的論述の中で、島村抱月の評論『文芸上の自然主義』が、日本の自然主義の全盛期の理論的支柱と称されている。日本の自然主義の思想内部は、じつは各種各様のあい矛盾する思想を含んでおり、浪漫主義、象徴主義、個人主義、社会主義、科学理性主義、印象主義、表象主義などで、まったくごった煮である、と指摘している。しかし、ひとつの文学の創作方法としては、その基本主張はフランスの自然主義とあい通じている。日本の自然主義文学もほとんど同様に自然と真実の重大な意義を強調している。たとえば、日本自然主義の最も重要な提唱者田山花袋が指摘したことがある。小説はまちがいなく自然の縮図である。その次はやはり自然である。道徳もなく、倫理もなく、社会もなく、風俗習慣もない。しかし、社会、道徳、倫理、風俗習慣を正確に観察しなければならない(8)。相馬庸郎も、西洋の自然観は発達した自然科学の基礎のうえに立っていて、割合に合理的な自然観、人間観であるが、田山花袋などの自然観は純粋な感性的、本能的な顕現である、と考えている。田山花袋の自然に対する認識は、明らかに西欧自然主義文学の中の「自然」と概念は異なる。

田山花袋はこう考えていた。「本能の囁きは自然の囁きである。本能の力は、自然の力である。本能の顕れは自然の顕はれである。本能はすべてのものを征服してゆく(9)」。田山花袋のいわゆる「自然」は、性欲の類の原初的な欲望が強く支配する形而下の存在であることが分かる。このような「自然」観の作用のもと、花袋は「蒲団」という日本の特性に富んだ自然主義小説を著した。このような「自然」観はまた、日本の現代小説を偏狭にし、現代日本の小説作品からより広い社会的視点あるいは関連を常に欠落させている、と言えるかもしれない。もちろん、別の意義からいえば、このような「自然」観はまた、東洋的な封建伝統に対する特殊な反抗――動物性に富む人物とストーリーの助けを借り、人間性を束縛する古い伝統意識を破壊することである。評論家の唐木順三も言ったことがある。いわゆる「自然」の概念は、「自然人アントロポロギイ、動物的人間を基礎としてゐる(10)」と。

このほか、相馬庸郎は田山花袋の「自然」観と日本の古典の『古今集』の中の「自然」観もまた似たところがある、と言っている。花袋の小説作品の中には時に、古代日本の「汎神論」、あるいは仏教思想との微妙な関連を感じとることができる。

最後に提示しておくべき事は、日本の文学史論研究者は、日本の自然主義文学は前期、後期に分かれると認識していることだ。前期の代表作家は小杉天外と永井荷風だ。彼らは主にフランスの自然主義代表作家のゾラの影響を受け、西洋自然主義理論の中で最も単純で、人々が広く認識している観点を受け継いでいる。後期の自然主義代表作家は、島崎藤村、田山花袋など一群の作家である。彼らは作品を読むのと同時に、フランスの自然主義の科学精神あるいは科学方法論に関心を持ち始めた。彼らが、西洋自然主義文学理論と作品について述べるとき、しばしば「誤解」あるいは「歪曲」があったのかもしれない。しかし、彼らには意外な発見があり、何も得るところがなかったのでも、もっぱら単純に模倣しただけだったのでもない。

日本の後期自然主義文学には、評論家島村抱月と長谷川天渓も含まれる。彼らの評論は、科学の近代文学における役割と影響にも言及した。しかし、彼らの論述は多くが偏向していた。……論述の重点は、相変わらず、文学の科学化のもたらした結果を述べるだけで、文学の科学化そのものについてではなかった。

当時の日本の自然主義作家の「因襲を取り除く」や「形式を打ち破る」が依拠したのは、科学的精神にではなく、ロマン主義の「自我」解放の欲求だった。後期の日本自然主義文学の最も重要な境界標識は、田山花袋が1904年に発表した著名な評論『露骨なる描写』だった。

三、田山花袋の理論主張

田山花袋は、日本自然主義文学の主要な提唱者で実践者である。彼が自然主義理論を提示する前に、作家小杉天外と永井荷風がフランス自然主義の文学理論を紹介、評論したことがある。彼らの基になっていたのは自らの必要と興味で、選択的な紹介と提唱だった。田山花袋を含め、日本の自然主義信奉者はおしなべて真実の表現を尊ぶという基礎の上に、小説創作の中の「絶対」自由を主張した。また、つまり作家に対していえば、真実が唯一の審美基準だった。善悪美醜いかなる素材も創作の対象になり得た。たとえば、小杉天外はその『はやり唄』(1902)の序言でいっている。「自然は自然である、善でも無い、悪でも無い、美でも無い、醜でも無い、……(なぜならば)小説また想界の自然である、善悪美醜の孰に対しても、叙す可し、或は叙す可からずと覊絆せらる、理屈は無い」。このような主張は、当時の日本において一定の衝撃力と革命性を具えていた。しかし、全体の芸術規律からいえば、小杉天外のこのような主張は明らかに偏りがある。田山花袋の理論叙述の中にも同様の問題があったというべきであろう。

田山花袋は、1904年『露骨なる描写』のなかでいっている。「自然を自然のまゝに書くことは甚だしき誤謬で、いかなる事でも理想化則ち鍍せずに書いてはならぬと言ふのである。……クラシズムは勿論、ロマンチシズムも全くこれに依て行動し、……けれど十九世紀革新以後の泰西の文学は果たして何うであらうか。その鍍文学が滅茶々々に破壊せられて了つて、何事も露骨でなければならん、何事も真相でなければならん、何事も自然でなければならんと言ふ叫声が大陸の文学の到る処に行き渡つて、その思潮は疾風の枯葉を捲くがごとき勢で、盛にロマンチシズムを蹂躙して了つたではないか。血にあらずんば汗、これ新しき革新派の大声呼号する所であつたではないか」[11]。田山花袋は真実と自然を尊ぶという意味で、イプセン、トルストイ、ゾラ、ドストエフスキーを尊敬した。反対に、彼は日本の文学の多くは紅《べに》おしろいの作、あるいは臆病で慎ましい理想小説とみなしていた。日本文学の中には故意に誇張された「金メッキ文学」が氾濫していると思っていた。これら劣悪な作品は、無理に読者の低級な趣味に迎合しているのだ。このような情況では、どうしても改革が必要である。

田山花袋は、当時の日本の小説に必要なのは、まさに「露骨なる描写」だと考えた。彼の考えでは、モデルとなる三部の作品はそれぞれ、ドストエフスキーの『罪と罰』、イプセンの『野鴨』、ダヌンツィオ[12]の『快楽』であった。

現在では、これらの作家は最も代表的な自然主義作家とはみなされていない。当初の日本自然主義文学運動の中には、相当の情緒性、随意性、盲目性がふくまれていたことが分かる。相馬庸郎はその『日本自然主義論』のなかで指摘している。田山花袋は早期にはゾラ、モーパッサンの影響を受け、後期はイプセン、メーテルリンク、ハルトマンなどの影響を受けたので、彼の芸術的主張は一貫しない――早期には科学主義的特徴があり、後期には象徴派的特徴と要素がある。

明らかに田山花袋あるいは日本の自然主義文学も、ロマン主義的芸術の課題――「自我」の解放に直面していた。

前にも述べたように、田山花袋の重要な評論は『露骨なる描写』である。この論文はわずか三千字たらずのものだが、日本の自然主義文学の宣言となっている。そこにはこう述べられている。当時の日本文学は「技巧時代」の文学で、字句を重んじ、華美を重んじ、構成を重んじ、人物を重んじる。このような文学の流行のもとでは、天衣無縫で流れる雲や水のような自然の趣のある丸みを帯びた作品は生まれるわけがない。彼は、文学は虚飾の作風を廃し、より鮮明に「自我」を表現するべきだ、と主張した。

実は田山花袋は、文学から完全に修飾を取り去ることができると思ったのではなく、彼は華美に反対し、思想の表現が必ず審美学的な基準に依拠するということに反対したのだ。つまり、彼は理想化した文学表現に反対し、真に自然を崇敬することを主張したのだ。彼の露骨で大胆な描写に関する主張は読者を震撼させた。田山花袋は断言した。「自分の考では、この露骨なる描写、大胆なる描写

――則ち技巧論者が見て以て粗笨なり、支離滅裂なりとするところのものは、却つてわが文壇の進歩でもあり、また生命でもあるので、これを悪いといふ批評家は余程時代おくれではあるまいかと自分は思ふ[13]」。

小説家として田山花袋は自分の評論が体系的で完成されたものであるとは思っていなかった。彼はただ創作の合間に、形式に拘わらず自己の文芸思想や創作の方法を表現しようと思っただけだ。彼の理論的文章には限界がある。しかし文中のいくつかの観点は、当時の何人かの文学理論家島村抱月、長谷川天渓などに対し、影響あるいは啓示的役割を果たした。その他、評論と創作は密接な関係をもっており、これも花袋の文学の重要な特徴のひとつである。『露骨なる描写』の中で繰り返し詳述された観点以外に、花袋の最も影響のあった文学論述に「平面描写論」がある。

これに関して、花袋の叙述は以下の通りである。「単に作者の主観を加へないのみならず、客観の事象に対しても少しもその内部に立ち入らず、又人物の内部精神にも立ち入らず、たゞ見たまゝ聴いたまゝ触れたまゝの現象をさながらに描く、云はゞ平面的描写、それが主眼なのです。現実に於ける自己の経験を、聊かの主観を加へず又内部的説明若しくは解剖を加へずに、たゞ見たまゝ、聴いたまゝに描く、さういふ風に書かうとするにはそれはおのづから印象的にならざるを得ない[14]」。

花袋が自分の創作の中で真にこの種の主張を実現できたかどうかは別として、これらの論旨自体、まちがいなく当時の日本文学界を奮い立たせ、耳目を一新したことだろう。「平面描写論」は、当時の日本自然主義文学の代表的、基礎的理論観点のひとつとなった。しかし「平面描写論」理論の根拠となるのは、1908年の「小説『生』での試み」についての談話筆記だけである。この論拠だけでは、田山花袋の小説理論を構成するには不十分だと思われている。また、この理論は実際は評論家の相馬御風が肉付けをした理論だという観点もある。それではいったいどの程度、花袋自身の文学観を代表するのだろうか？　ここでは触れないことにする。

総じて、田山花袋がかつて「平面描写」を提唱したという史実は疑いないことだ。問題は、田山花袋が、自身で憧れていた基本理論にどの程度の補修と修正を加えたかということである。１９０９年、花袋は『小説作法』の中に「外在描写」と「内在描写」という一章を書き加えた。「外在描写」は人生の表面的現象に拘泥する描写で、「内在描写」は人物の心の奥底に注目する、と花袋は考えていた。花袋の人物の内在心理に関する叙述から見ると、彼は外在行為の「平面描写的再現」には満足せず、彼の「平面描写論」はより深い部分の意味を含んでいるようである。もし、ただ簡単に作家が見て、聞いて、触れたものを描写するなら、作家は完全に消極的、受動的な創作状態に置かれる。いわゆる「平面描写」は実は「立体描写」の門前に位置すると考える者もいる。田山花袋は「平面描写」を基礎的な創作訓練あるいは芸術観念の基礎と見ていたのだ。

「写生といふこと」という文の中で、田山花袋は説明している。「写生――単なる写生は何うしても描写式になる。画で書くやうに、唯見たまゝを平面に写す。だから、作者（観察者）の感情は少しは言へるが、書いてある人物の腹の中は書けない。書くと不自然となるやうな気がする。書かないでも其場合の態度や何かで顕はすことが出来ると思ふに相違ない。……私の考へでは、これは矢張文章上の一種の技巧に捉はれて居る為めではなからうかと思ふ。人間には平面と立体との二面がある。……だから、諸君は平面の描写が少しは出来るやうになつたら、大いに立体の観察を試み給へ、……」(15)。

ここで見られるように、いわゆる「平面描写」と写生文は大体同じである。しかし後に花袋は、彼の主張する純客観的表現は単純な写生文ではないと再三強調している。彼は、いかなる作品も作家の心を基礎としており、そうでなければ価値を失ってしまう、と考えている。和田謹吾が「平面描写」に言及したときも言ったことがある。「平面描写」は田山花袋がかつて力を入れて提唱した文学方法であるが、彼は段々に「主観の喪失」のため息をもらし始め、後に真実表現と「平面描写」の基礎の上に、積極的に「立体の描写」を提唱し始めた。

つきつめれば、田山花袋は文学理論家ではなく、彼は敏感に時代の基本的な脈拍を把握していたが、綿密で正確な理論語句をもって自分の理論的思考を明晰に処理することができなかったのだ。このため、人が彼の小説は写生文だと批評したとき、彼はこのように釈明するだけだった。「同じ写生にしても百から千まで、作者の見方があるものである。其の作者の見方といふこと――平らに再現を心懸けて居ても、其再現の背面に作者の見方のかくれて居るといふこと、かういふことを見遁してはならない」[16]。田山花袋は絶対客観的自然主義描写を否定しているようだ。もちろん、花袋の創作と認識上の転向あるいは昇華は、当時の文学界の雰囲気とは無関係ではなかった。「平面描写論」に対しては、当時の文学界では様々な批評的観点が出現した。たとえば正宗白鳥、徳田秋声、岩野泡鳴などの作家はみな「平面描写論」に否定的、懐疑的態度を持っていた……。

徳田秋声はその『小説形式論』（１９０９）の類の文章の中で指摘している。「……小説の描写が果して平面にだけ行くものであらうか。自分には疑ひがある。……平面描写と云ふと、事実の外皮だけを描いて行くことだが、……事実の面のみを書くと、その事実に依つて作者の見出した意味とか、生命とかは何うなるものか」[17]。

徳田秋声がこのような見解を出したことは、興味深い。なぜなら徳田秋声はより典型的な自然主義作家あるいは「私小説」作家であるからだ。徳田秋声は芸術自由の本性を強調した後、自己の文学主張として「立体描写法」を提示したこともある。

四、島崎藤村『破戒』の基本的定義づけ

島崎藤村の『破戒』（1906）は、日本文学史上最初の真の自然主義小説といわれている。この作品の基本的特徴は、作者がいわゆる「客観化」された真実を描くことを通して、強烈な社会問題意識をもって日本社会の封建的部落民差別および近代的「個」の覚醒に触れたことだ。

島崎藤村（1872-1943）は日本近代浪漫主義文学の重要な詩人の一人だった。しかし、藤村の作家的地位を確立したのは、この自然主義文学の初めての作品――長編小説『破戒』だ。『破戒』は自然主義文学の確立を示すシンボルとしてだけでなく、日本近代小説の真の第一歩という意味ももっている。

日本の著名な現実主義作家夏目漱石さえも、『破戒』は「明治以来の初めての小説」であると言った。しかし島崎藤村は『破戒』が自然主義小説だとは思っていなかった。ただフランスの自然主義文学の影響を受けているだけなのかもしれない。藤村の小説創作は、ロシアの有名作家ドストエフスキーの『罪と罰』の影響も受けており、作品の中に社会の不公平、不平等に対する強い義憤と抗議を表現している。『破戒』の中で特色をなす「客観化」された写実は、田山花袋がかつて提唱した「平面描写論」とは大きな隔たりがある。なぜならば『破戒』は、小説の主題が社会的関心に満ちているばかりでなく、人物造形の上でも典型的な効果があった。『破戒』はゾラの自然主義小説と同様に、ある程度現実主義文学の表現と内容的特徴とを現している。

『破戒』の主人公は小学校教師瀬川丑松である。この人物は正に島崎藤村自身の縮図である。瀬川丑松はいまだ未開化な日本の村落（人種的差別を受ける部落民地区）の出身である。彼は父から繰り返し聞かされた教えを心に刻み込み、ずっと自分の出身を隠していた。師範学校を卒業した丑松は信州飯

山町の小学校に着任し、生徒と同僚から尊敬されていたが、校長は彼を追い出そうと機会を伺っていた。丑松の父は善良な老人だが、息子に累が及ぶことを心配し、一人で遠い山村で隠れるように暮らし、牛飼いの寂しい暮らしをしていた。父は臨終にあたり丑松に遺言を残し、「どんなことがあっても自らの出自を口にするな」と戒めた。なぜならば自分が部落民だと口にした途端、社会から捨て去られ、生活の糧である仕事も失ってしまうからだ。丑松は当時の不合理な社会状況を変える力がないので、父親に言われたとおり、長い間自分の悲しい出自を隠し続けねばならなかった。

小説の中で藤村は、丑松がとても尊敬する知識人としての先輩猪子蓮太郎——彼も部落民——を描いている。蓮太郎は部落民出身だということを隠さず、社会の悪、不公平、偏見と断固として戦っている。丑松は、蓮太郎の多くの著作を読み、彼の講演をよく聞きに行った。丑松は段々と、自分の生活は虚偽の中にあり、隠しているのは人間の基本的真実であると感じるようになった。

丑松は自分の心の中の真実をさらけ出す勇気がなかった。間もなく彼が尊敬してやまない社会活動家の猪子蓮太郎は殺されてしまった。蓮太郎の死は丑松を悲しみのどん底へ突き落とした。同時に彼は今までになかった強い励ましを受けた。ついに彼は父の「戒め」を破り、世の中に、人々に自分の身分を告白した。

丑松は学校に向かう途中で思った。「破戒——何といふ悲しい、壮しい思想だらう」。彼は自分のクラスの子どもたちに毅然と自分の全てを話して聞かせた。このとき丑松は心中の疑いや恨みがすっかり消え、将来が光明に満ちているように感じた。彼は学校を辞め、友人が経営するアメリカテキサス州の農場で新天地を切り開こうとする。旅立ちの場面はとても感動的である。恋人志保と親友銀之助、多くの子どもたちが彼を見送る。

ここから分かるように、『破戒』という所謂自然主義の客観的写実は、当時の日本国民が社会の公平、平等を求め、個性の解放を求める普遍的な欲求と願望を表現している。作品の全体的格調は、明るく前向きだ。では、『破戒』の文体的特徴はどのようなところに表されているのか？　まず、小説が与える第一印象から見ると、『破戒』の叙事は質朴でのびやかで、完全に作者の主観を排しているようだ。次に、作品は長い対話を用い、時には数千字にも及ぶことがある。このように彫琢を加えない長い対話は『破戒』のある文体的特徴を現しているだけでなく、自然主義小説の客観的写実の美学的追求と一致している。つまり、『破戒』の叙事は客観的、直接的特徴をもっており、作品中には基本的に作者の視点からの心理分析はない。特定の場面の中の生き生きした一枚一枚の画面が、まるで自然につなぎ合わされているようだ。

島崎藤村の客観的自然描写の文体は伝統的な日本の小説とは異なっている。これは『破戒』が好評を博した根本的理由のひとつだ。

そのほか、作者と作品の関係について言えば、『破戒』はむしろ島崎藤村の青春修行史と言った方がよい。評論家瀬沼茂樹は『島崎藤村集Ⅰ』の「解説」で指摘している。「藤村は丑松の人間像を描くに当たって、その幼年時代に、『若菜集』の詩篇「初恋」を織りこみ、あるいは亡父への郷愁を読みこみ、自己の経験に即して存分に感情移入を行なった。丑松のお志保への愛情にも、彼の内向的な性格の特色がみられる。このほか、「千曲川のスケッチ」の屠牛場の情景や、雪の飯山行などがそのままに用いられている。……こういう事例は、作者の全体験を投入して、一つの集大成として、「破戒」に渾身の力をしぼり、乾坤一擲の賭に出ていたことを意味している。これをもって直ちに作者自身の告白小説とみなすことはできない。いかなる仮構小説といえども、自己の主体的な問題を客観的な小説構造の中に展開し、その核に近代的自我の要求を生かすのが、むしろ近代小説の面目だからである[18]」。瀬沼茂樹のこの解説は、疑いなく藤村文学の実質を示している。まさにこのような創作上の基本的特徴により、『破戒』は日本近代文学史上の重要な位置を確立することになったのだ。作家、作品の関係ないし作品の文体から見ると、『破戒』は日本自然主義文学の創始の作あるいは代表的作品と見なされている。これと同時に、多くの関連論文が精神発展史の角度から、現実主義の評価基準をもって、『破戒』の歴史価値あるいは意義に対し適切な評価を試みている。――島崎藤村は人物の「自我」の錬磨と覚醒を通し、伝統文学のものではない特異な文体を用い、自身の社会問題に対する責任と関心を表現した。

前にも述べたが、これは日本近代文学の重要な現象であるが、自然主義文学の創作活動はほんの短い期間維持されただけだが、その精神の実質は長い生命力を持ち続けた。面白いことは、自然主義の代表的作家田山花袋は、後の創作の中では異なる創作特徴を現した。田山花袋は日本の近代文学界において、より大きな主導的役割と影響をもたらしたといったほうがよい。藤村の代表作を紹介した目的は、花袋を引き出すために、「私小説」の歴史性の上で参考になる作家と作品を取り上げておくことにあった。

日本の早期の自然主義作家と作品は、後の極端に社会と現実を逸脱した個人の「プライバシー化」の傾向をまだ現していなかった。むしろ、早期の日本自然主義文学は、まだフランスの自然主義文学の様々な影響を現しており、しばしば現実主義文学者特有の社会的関心や社会的責任感さえ感じさせた。田山花袋の小説は大きな変化を示したが、しかし田山花袋はまだ徹底的に対極的な方向に向かってはいなかった。田山花袋の過渡的小説の力作「蒲団」は、個人の「プライバシー的」特徴をもっており、日本式の自然主義文学――「私小説」の最初の様式の手本といわれるが、しかし田山花袋はおも社会的、文化的な普遍心理と情感とを重視していた。

五、「蒲団」――日本の私小説の濫觴

自然主義文学以前の小説創作に触れるにあたり、島崎藤村の『破戒』の文体変化について言及した。田山花袋（1871-1930）は、その「近代の小説」という一文の中で以下のような興味深い記述をしている。日本の早期の自然主義文学の根本的特徴は文章や文体にあったのではなく、意志の運動――古い日本の習慣、道徳、形式、思想、審美観にあったと彼は言っている。

ある文学史、文化史上の価値判断として、このような解釈は正しい。島崎藤村の『破戒』もまたこの点を証明している。

しかし、日本式の自然主義文学運動の発展の過程で、文体上の追求と特徴もまた、この類の文学の無視できない特徴の一つである。田山花袋は自分の重要な作品「蒲団」（1907）を通し、よりはっきりとした文体の特徴を試みはじめた。「蒲団」は日本自然主義文学のもうひとつの創始の作といわれている。島崎藤村の『破戒』と比べて異なっているのは、「蒲団」の社会問題への関心ははるかに薄れているということだ。田山花袋のこの作品がより重視したのは、いわゆる「個人的」「プライバシー的」精神世界で、そのため、社会の文化的状況に対する総体的関心が薄くなっているようである。これではじめて、いわゆる「私小説」の文学様式が具わったのだ。

前にも述べたように、「私小説」はあるいは日本自然主義文学の変種であり、あるいは日本式の自然主義文学といえるのかもしれない。語義の上からいうと、「私」はすなわち「自我」である。日本自然主義文学と日本伝統文学、文化精神の融合を源とした「私小説」のその顕在化した重要な特徴のひとつは、常に小説の基本表現を写実的な「自我」の暴露面にかたくなに限定し、ほとんど絶対的に小説世界と経験世界との等値の「同一」を追求していることである。しかし、「自我」を語ると、必

ず作者の主観に触れ、絶対に事実のとりこになるということには、大きな難しさがあるに違いない。なぜならいくら客観的になっても、得られるのは「近似値」であるからだ。田山花袋の「蒲団」もまた例外ではない。

田山花袋は群馬県館林町の士族の家庭に生まれ、学歴はなかった。しかし1899年、花袋は博文館の編集部に身を置き、ここで約10年仕事をした。時代の風潮のもとに、田山花袋はニーチェ、ツルゲーネフ、ゾラ、ドストエフスキーなどの類型を異にする外国の思想家、作家の影響を受けた。1902年、早くも自然主義文学の傾向をもつ短編小説「重右衛門の最後」を発表した。1904年、彼はまた雑誌『太陽』に「露骨なる描写」を載せ、各種の媒体のなかで理想が無く、技巧が無く、現実の美醜もないいわゆる「平面的描写」を力強く提唱した。「蒲団」もその偏った理論の証である。

「蒲団」の主人公は中年になってもまだ名の上がらぬ小説家竹中時雄だ。時雄は文学界では無名であるが、横山芳子を弟子にしている。三人の子どもの父親でもある時雄は19歳の芳子に恋心を抱いている。田山花袋が中年作家の鬱々として志を得ない心境あるいは心理に、深い同情、認識、共鳴をもっていることは容易に想像できる。これは彼が現実に身をもって体験した心理と情感なのかもしれない。「蒲団」の中で、花袋は自然主義の極めて如実な写実的筆法で、竹中時雄の「プライベート」な性心理と性的欲望を痛切に暴き出している。彼は、芳子が家に来てから、時雄が放心状態になってしまったと書いている。芳子は明らかに時雄の孤独、寂寞、平静な生活を打ち破ったのだ。

時雄についていえば、妻は昔の恋人だが、時も状況も変わり、時雄は若い頃の情熱を失っている。仕事に希望はなく、生活はもっと味気ない。今の妻は昔風のひっつめ髪、アヒルのような歩き方で、おだやかさ、貞節以外何もない。このような妻は夫の小説すら読まないし、どうして夫の悩みなど理解できよう？　このような潜在意識の中の痛切な感覚は、芳子が来てから特に強くなった。若くて美しい女弟子はモダンな新しい女性で、「先生、先生」と呼んでは時雄を動揺させる。

以上が田山花袋の主人公の心理に対する基本的な位置づけだ。

時雄はすでに芳子を新しい恋人と見なしていた。当時の日本社会では、男は一家の主として、妻や家族に遠慮する必要はなかった。しかし、芳子と時雄の関係は明らかに親しすぎて、師と弟子の境界を越えており、端で見ていた女も見かねて、時雄の妻に言った。「芳子さんが来てから時雄さんの様子は丸で変りましたよ。二人で話して居る処を見ると、魂は二人ともあくがれ渡つて居るやうで、それは本当に油断がなりませんよ[19]」。

しかし田山花袋の考えでは、道徳的な社会的規約と真実の内的動向は調和できない矛盾だった。彼は、これはどうしようもないことだと考えていた。あちらを立てればこちらが立たずである。

彼は「蒲団」の時雄に心の中で何度も叫ばせた。「矛盾でも何でも仕方がない、其矛盾、其無節操、これが事実だから仕方がない、事実！　事実！[20]」。

時雄は田山花袋の自然主義文学の主張を口にしているのだ。ここでは、時雄は加害者ではなく、普遍的意味の上での運命的被害者のようだ。「蒲団」の中で、花袋は少しも憚ることなく、人物の心理感覚と情感活動を示している。

「悲しい、実に痛切に悲しい。此悲哀は華やかな青春の悲哀でもなく、単に男女の恋の上での悲哀でもなく、人生の最奥に秘んで居るある大きな悲哀だ。行く末の流、開く花の凋落、此の自然の底に蟠れる抵抗すべからざる力に触れては、人間ほど儚い情ないものはない[21]」。

「蒲団」は時雄と妻の争いに紙幅を割いているのでないことは見て取ることができる。時雄がどうにもできないのは、潜在意識の中の大きな悲しみである。また、芳子がすぐに田中という恋人をもったことも、彼には耐え難かった。田中と芳子は年齢も近く、一目惚れだった。二人は自分たちの努力で、自分たちの新しい生活を作る決心をする。時雄はいろいろ難癖をつけて妨害し、二人の仲をぶちこわし、芳子を手中に「奪還」しようと努める。彼は、田中を京都の田舎に追い返し、二人を引き離して、自分が芳子を「占有」する時間を長引かせようとした。面白いのは、時雄は芳子と一線を越えようとはせず、ただ心の中で芳子を美しい恋人と見なしていたのである。あらゆる努力が失敗に終わった後、彼は最後の手を用い、芳子を両親のもとに帰してしまう。

芳子は去っていった。時雄は芳子の部屋で芳子が使っていた蒲団を見ると、「性欲と悲哀と絶望とが忽ち時雄の胸を襲つた。時雄は其蒲団を敷き、夜着をかけ、冷めたい汚れた天鵞絨の襟に顔を埋めて泣いた。／薄暗い一室、戸外には風が吹暴れて居た」[22]。これが「蒲団」の周到な結末である。

多くの読者は道徳倫理的角度から、時雄の反道徳的行為を責めるかもしれない。しかし実際に、花袋は時雄をまったくかけ離れた方向に行かせたのではなく、小説の中に過剰な肉体的描写もない。田山花袋は、ただ人物の真実の生物的本能あるいは人間の中の暗い部分を赤裸々に書いただけである。小説のいわゆる芸術的要素はさておき、田山花袋の特定の芸術観念の下でさらけ出された人物の心理のみを考察すれば、自然主義文学の特異な魅力、力量を感じとることができる。それが、まさに極端に痛切な真実性あるいは真実感である。

「蒲団」は個人の「自我」的心理表現の上で独特の特徴をもっていたために、極めて大きな注目を集めた。明治維新の新文学から島崎藤村の『破戒』までの間、このように真摯に赤裸々に個人の「自我」の深層心理を表現した作家は誰もいない、ともいえるのではないか。

田山花袋の「蒲団」は始めから終わりまで社会的背景との関連あるいは表現を強調せず、作家の「自我」と同等の、個人的なプライベートな暗い心理と感触に限定された感性的描写を貫き通している。これが、田山花袋の島崎藤村とは異なる特異な文体を形成している。『破戒』と「蒲団」を読んでみると、この違いは明らかである。重要なのは、当時の日本文学界も、田山花袋のこのようなプライベートな心理を告白する描写方法をとても斬新だと感じたのである。評論家の島村抱月は、これを日本自然主義文学の最も代表的作品だと称賛した。同時に、「肉の人、赤裸々の人間の大胆なる懺悔録」と評している。多くの作家、評論家の高い評価のもとに、「私小説」はやっと日本の現代文学の中で最も重要な代表的小説様式になったのである。

六、田山花袋のその他の作品

実は、田山花袋の早期の創作は、ある種の感傷的空想に耽溺していた。花袋文学の観念の変化は、一方では西洋の自然主義文学の影響がもとで、もう一方では日本のある作家の影響と啓発を受けたのだといわれている。花袋本人は、国木田独歩の影響が大きいと率直に認めている。花袋が認めているのは、作家は「事実を書かなければ駄目だ、空想を棄てて事実を書け」[23]という、独歩の文学理念である。独歩の勧めで、「僕が今日兎も角も、自家の腹中をぶちまけて、忌憚ない告白をし得るに至った」[24]。「蒲団」の出版は、当時の日本文学界の常識を打ち破った――世間に公開された個人的「自我」の真実は、当時の一般的社会道徳理念には反していた。これには作者の勇気と覚醒が必要だ。花袋が人間的な真実をさらけ出す決意をした直接の原因は、フランスの作家モーパッサンの影響と日露戦争のときの従軍記者体験によるものだという見方がある。田山花袋は『東京の三十年』の中で、「蒲団」は予想外の大きな反響と、不可思議な社会的評価を得たと認めている。作品出版の一ヶ月後、小栗風葉、正宗白鳥、徳田秋江、片上天弦、水野葉舟、松原至文、中村星湖、相馬御風、島村抱月、与謝野鉄幹などの多くの作家、評論家がほとんど同時に評論を発表し、「蒲団」の反響は空前のもので、「花袋の作家的地位も、近代文学史の方向も、この一作によって決定したといっていい」と公認された[25]。

当時の多くの日本作家、評論家の目には、「私小説」の出現と発展は、日本の近現代文学史の上に必ず重要な役割と影響をもたらす、と捉えられたことがわかる。

「蒲団」の後、花袋は自分の家庭生活の体験をめぐって、長編小説三部作『生』、『妻』、『縁』およびその他多くの作品を書いた。これらの作品の大部分は花袋的な自然主義文学の風格を具えていた。簡単にいえば、ふり返るに耐えられないぶざまな生活の中に真実を発見し、ほとんど完全に主観を捨てて、できる限り客観的にもとの形のままに事物の真の姿を描いた。「三部作」は同様に、日本の「私小説」の先駆の作といわれている。

取りあげるに値するのは、1909年に花袋がまた「平面描写」の創作方法を用いて、もうひとつの代表的な長編小説『田舎教師』を発表したことである。この小説は素材の性質からいっても、「私小説」の範疇の外にある作品のようである。なぜなら作品の素材と作者の間に、経歴上、直接関係がないからである。『田舎教師』の主人公林清三は埼玉県の青年教師で、中学卒業後、友だちのように上京し進学することを夢見ていた。しかし家が貧しく、夢は実現しなかった。それで清三は小学校の教師になり、自分の未来の夢を文学への憧憬に託した。清三は強い劣等感を抱いていた。教師になってから、友人北川の妹美穂子に密かな恋心を抱くようになった。しかしもう一人の親友加藤も美穂子に恋していることを知り、苦痛のうち清三は自分の愛を諦める決心をする。決心してからも清三は思いを断ち切ることができず、紛らわすことのできない孤独と苦悩に沈み込む。沈淪のうち、清三は利根川の中田遊郭に入り浸る。目的は、美穂子によく似た娼婦を探すことだった。清三は精神的にも経済的にも破滅の道を歩むことになる。

しかし作品の筋の展開が奇妙で、唐突な感がある。もともとの現実がそうだったのだろうか？

田山花袋の小説の結末はこうだ。ある日、清三は偶然美穂子に再会した。それから彼は娼婦宿に行かなくなった。一年後、彼は日記にこう書いた。「運命に従ふものを勇者といふ」。

清三は真面目に田舎教師として生き、この仕事の中で生命の価値を体得する決心をする。

最後に、清三は肺病を患い、体は日々衰弱していく。臨終に立ち会ったのは、高齢の父母だけだった。耳元に響くのは、戦勝時の行列の狂ったような叫び声「万歳！　日本万歳！」であった。

日本の近現代文学史から知ることができるが、この時期に、田山花袋と島崎藤村はすでに日本文学界の風雲児であった。しかし面白い現象だが、何作かの代表的「私小説」作品を世に出した後の、田山花袋の『田舎教師』は、はっきりとした「私小説」の特徴を具えていない。「蒲団」成功の後、花袋の創作の中には「自伝的」作品の比重が増したと考えられているが、『田舎教師』はこの例ではない。『田舎教師』の主人公は「三人称」である。作品の構想は「蒲団」以前に形を成していたといわれている。

そのほか、『田舎教師』には現実のモデルが存在した。花袋はその田舎教師を訪ね、その日記を借りて、教師が関連するさまざまな情況を調査した。花袋は田舎教師がかつて歩いた小道を歩き、できるだけ客観的にこのような方法で人物に接近した。しかし、いわゆる「客観性」は限りのあるものだった。田舎教師の日記は不完全で、間に一年間の空白があり、花袋は自らの「虚構」で補填せねばならなかった、と指摘する者もいる。例えば、清三と娼婦との関わりの場面は、虚構の部分だ。根本的に「虚構」と「私小説」はまったく相容れない。しかしここでの虚構は、明らかに花袋自身の苦悩あるいは「告白」である。

岩永胖は『田山花袋研究』の中で指摘している。清三がひいきにしていた中田遊郭の静枝は「眉毛の間が広い」女だった。この容貌の特徴は、当時花袋がつきあっていた飯田代子に似ている。(26)田山花袋は「他人」の経験と「自我」の経験と感覚を無理やり一緒くたにするきらいがある。彼の「平面描写」は表現の客観性を強調するが、「私小説」のように厳しすぎるほどに「自我」の経験と感覚との絶対的「同一性」の表現を求めてはいない。『田舎教師』の中の他人の経験と「虚構」は、この小説の表現の中で必須であるのかもしれない。実は、このような「虚構」の筋や心境描写は、客観的な自然主義表現を基礎とし、同様に「私小説」式の「自我」の関心を表現しているが、ただ「蒲団」のような表現とはいささか異なるだけである。

ある者は、『田舎教師』は自然主義の表現手法の衰退を具現している、と考えている。しかし実は、自然主義文体様式の延長と発展ということができる。田山花袋のこの小説の中の真実の「心理」あるいは「心境」表現は、最も重視しているのがやはり真実性あるいは心理物証といった客観的基礎であり、まったく根拠がない純粋な虚構ではない。

一時隆盛を極めた日本自然主義文学運動にはすぐに退潮現象が現れ始めた。これは田山花袋に突然の倦怠、単調、不安を感じさせた。同時に、彼と飯田代子は深い恋の泥沼に足をとられた。田山花袋の目から見ると、芸妓も女性であった。花袋は女性の愛、しかも「自分が独占する」という意味での愛を得ることを強く希求した。

しかし実際は、芸妓は一人の男だけに愛をそそぐことはできず、花袋はひどく苦悩した。このような現実の体験をふまえて、田山花袋は次々と良い作品を世に出した。――「四十嶺」、「陥穽」、「心の扉を開いて」、「一握の藁」、「ある山の寺」など。

七、その他の自然主義を代表する作家

日本の自然主義文学の開拓者としては、島崎藤村と田山花袋のほかに、もうひとり取りあげる価値

のある重要な作家国木田独歩（1871-1908）がいる。国木田独歩が自然主義文学の先駆者的作家の地位を確立した作品の主なものは「富岡先生」、「牛肉と馬鈴薯」、「少年の悲哀」、「春の鳥」などである。

このほか、徳田秋声（1871-1943）も明治の自然主義文学の代表作家の一人で、同時に日本で最も代表的な「私小説」作家でもある。では、そのほかの日本の「自然派」作家と比べて、秋声の小説の基本的評価は何であろうか？ある論者は、徳田秋声の小説中の自然主義文体の特徴は、より鮮明であると考えている。ある論者は彼を「天生の自然派」と称した（生田長江の説）――すなわち、秋声は生まれながらにして、もともと自然主義の創作精神に符合する自然の素質を具えているということだ。

徳田秋声の小説の代表作は『黴』（1913）で、特有の文体的風格があり、明治の日本近代文学史上、画期的な意義をもつといわれている。なぜならば、この小説の中には、島崎藤村が懸命に追求した人道主義もなく、田山花袋が振り切れなかった感傷的ムードもなく、彼が生活の中で体験した苦しみに対するいかなる反応さえも見られない。作品全体にわたり完全に主観を除去し、徹底した客観描写に貫かれている。

別の観点からみれば、実際徳田秋声の創作活動を経て、「私小説」の文学様式は真に確立したのである。このような日本式の自然主義文学は、ここに至ってはじめて完全な意味での「無理想あるいは無解決」を表現したのだ。日本の評論界では、徳田秋声の代表作『黴』と『あらくれ』（1915）も日本自然主義文学の頂点の作品だ、と考える者もいる。

徳田秋声は多作である。彼の小説世界はほとんどみな市井陋巷を背景にしており、描かれた人物は道徳心と思想のない下層の民である。前にも述べたように、徳田秋声の小説は大部分が「私小説」様式の範疇に入る。彼の晩年も田山花袋のようではなかった。――彼は自らの一貫した風格と題材を変えることはなく、自分の風格となった文体特徴を堅持した。後期の重要作品の主なものは長編小説『仮装人物』（1935）と『縮図』（1941）などである。彼のいわゆる「無方法の方法」論は、ここに至ってついに完成した。彼の最後の小説『縮図』は、川端康成によって「日本の近代小説の中の最高傑作」と称賛された。その簡明直截、純客観的描写から、徳田秋声特有の文体風格を直接味わうことができる。彼は均平と銀子の葛藤を通し、平静に自然に銀子の不遇なおいたちと心の移り変わりを叙述している。遺憾なことは、作品が未完となっていることだ。

　徳田秋声の作品の特徴については、後の文章でさらに探求したい。最後に取りあげる価値のある日本自然主義作家に、正宗白鳥（1879-1962）、真山青果、岩野泡鳴などがいる。正宗白鳥の代表作には、「寂寞」（1904）、「塵埃」（1907）、「泥人形」（1911）および「文壇人物評論」（1932）などがある。白鳥が真に自然主義作家の地位を確立した作品は、1908年に『早稲田文学』へ掲載された「何処へ」だ。この時期の代表的作品はほかに「地獄」（1909）、「徒労」（1910）と「微光」（1910）などがある。「泥人形」もこの時期に発表された。「泥人形」は、自然主義の写実筆法をもって、独身男性守屋重吉の結婚問題を語っている。作品は作者本人の現実の人生に対する特有な観念を反映し、白鳥から見た「人生の倦怠」を描いている。日本自然主義文学の作家グループの中で、白鳥もまた極めて特異な存在だと考える者もいる。彼は国木田独歩、田山花袋、徳田秋声、島崎藤村などよりも6歳ないし7歳若い。それで彼が文学界に歩み入ったとき、前述の作家たちのように硯友社文学の巨大な圧力を感じることはなかった。明治の初期、日本のあらゆる新文学の出現には、対立する存在があった。坪内逍遙、二葉亭四迷が否定したのは江戸時代の戯作文学だ。田山花袋らは硯友社文学に反発する基点のもとに、新文学の創立、確立の可能性を求めていた。しかし正宗白鳥が文学界に登場したとき、このような問題にはぶつからなかった。

また、日本の自然主義作家の大多数は明治30年代（1900年前後）の浪漫主義文学の影響を受けていた。それで彼らの文学の詠嘆あるいは芸術表現の中には、常に現世の生命に対する積極的肯定が潜んでいる。正宗白鳥は例外だった。彼は「自我」の希求を別の世に託している。彼は自然主義代表作家に分類されるが、創作の中の「日常性」を否定していた。作品の中で多くの、現実から遊離し空想にとらわれる人物を設定している。――たとえば『微光』、『泥人形』など。素材については、彼のこれらの作品は徳田秋声の作品に近いが、人物の性格はまったく異なる。正宗白鳥は結局傍観者であり、完全な意味での自然主義作家ではない。

同様に自然主義作家に分類される岩野泡鳴（1873-1920）は、代表作として1909年に発表された中編小説「耽溺」があり、この後次々に小説五部作「放浪」、「断橋」、「発展」、「毒薬を飲む女」、「憑き物」を発表した。「耽溺」の主人公田村義雄は、まさに泡鳴自身の化身だ。この作品は明らかに、田山花袋の「蒲団」の影響を受けており、同時に泡鳴自身の「一元描写論」の検証でもある。作品中で泡鳴は自由に自己の思想、観点を主人公にさらけ出させている。たとえば「耽溺」の主人公――劇作家の田村義雄が国府津で脚本を書いていたとき、料理屋の芸妓吉弥に熱中し、吉弥を自分の劇に出演させようとする。二人は片時も離れず、耽溺した堕落生活をおくる。しかし吉弥には夫がいて、そのため様々な葛藤が巻き起こる。最後に吉弥は梅毒性の眼病に罹るが、義雄は冷酷にも彼女を捨ててしまう。小説中の人物の運命は、読者の疲れた神経に強烈な刺激を与える。もちろん泡鳴の考えでは、このような内容の描写はまず真実と自然の定律に符合せねばならない。こういう意味からいえば、「耽溺」も「私小説」に近いといえるのではないか。

岩野泡鳴は自然主義小説家であるばかりでなく、有名な詩人、文学評論家でもあった。彼は多くの評論を書き、重要な評論集には『神秘的半獣主義』（１９０６）などがある。岩野泡鳴は田山花袋の「平面描写」論に賛成していなかった。彼が提唱した自然主義的創作方法はいわゆる「一元描写論」である。簡単にいうと、岩野泡鳴は「存在は無目的で、盲目的だ」、だから作家は一瞬ごとの充実を追求しなければならない、と考えていた。彼は、文芸は人生と同一でなければならない、と主張し、「芸術すなわち実行、現象すなわち神秘」と考えていた。作品の中で、泡鳴は花袋とは異なる創作基準を採り、主人公が他人の思想や心理活動を表現することを許し、同時に文学表現を現実生活と一元化しひとつにした。岩野泡鳴の自然主義はある種の主観性を強化し、彼は一方では現象世界の難しい解読性を認め、また一方では、文学表現と現象世界の一元同一をほとんど絶対的に強調していた。彼は明らかに自家撞着に陥っている。当時の日本文学界は岩野泡鳴の理論を「新自然主義」と称した。

まとめると、日本の自然主義文学は一枚岩ではなく、様々な表現形態を有していた。ここで自然主義の代表作家を簡単に紹介した目的は、日本の「私小説」文学様式が真に文学界の主流位置を占める前の、日本自然主義文学の基本的存在情況を説明しておくためである。

注
1 柳鳴九主編『自然主義』中国社会科学出版社１９８８年版、５０１頁
2 同右、４９９頁
3 同右、５００頁
4 同右、５００～５０１頁
5 同右、１１１頁
6 相馬庸郎『日本自然主義論』八木書店１９８２年版、３頁
7 同右、３～４頁
8 同右、14頁

9 同右、15頁
10 同右、16頁
11 『田山花袋集』筑摩書房1983年版、201頁
12 イタリアの詩人、作家、1863年生まれ。唯美主義的傾向をもつ。
13 『田山花袋集』筑摩書房1983年版、202頁
14 相馬庸郎『日本自然主義論』八木書店1982年版、68頁
15 『田山花袋集』筑摩書房1983年版、379頁
16 同右、379頁
17 『徳田秋聲集』第十九巻、八木書店2000年出版、172頁
18 『日本近代文学大系13 島崎藤村集Ⅰ』角川書店1971年版、27頁
19 『日本近代文学大系19 田山花袋集』角川書店1972年版、134頁
20 同右、147頁
21 同右、146頁
22 同右、194頁
23 同右、27頁
24 同右、27頁
25 同右〝解説〟、35頁
26 同右〝解説〟、38頁

第三章　初期の様々な私小説論

「蒲団」が世に出てから、「私小説」は大いに注目される話題となった。多くの著名な作家、評論家、たとえば久米正雄、佐藤春夫、小林秀雄、中村光夫、尾崎士郎、岩上順一などが、この新しく台頭した小説様式に大きな興味と関心を示し、それぞれ自らの観点を発表した。

彼らの論述は異なる年代に発表され、各々の視点、論点も同じではない。しかし共通しているところは、彼らの「私小説」に関する様々な論述は、しばしば総体的、理論的詳述と概括を欠き、多くの論述がただ、「私小説」様式の諸般の表象あるいは単一面に触れるだけで、往々にして感性的、表象的、一般的な説明に止まっている。

このような状況で、一、二の論者の論点にだけ注目すると、日本の「私小説」の根本的特徴を適切に把握し、説明することはできないかもしれない。反対に、彼らの理論の要点を逐一紹介し、スポット的に表層をふり返ることで思索を加えれば、日本文学のこのような特有の小説様式に対し、また、その歴史的位相と本質的特徴に対し、初歩的な理解と認識を生むことができるのではないか。

一、久米正雄の「心境」理論

「私小説」の初期の論述は諸説紛々であるといえる。比較していえば、「私小説」研究史の上で、比較的影響力がある多くの論述のなかで、久米正雄の観点は非常に重要な役割と位置をもっている。

久米正雄（1891‐1952）は日本の著名な小説家、劇作家、俳人である。1925年、彼は文芸春秋社の『文芸講座』という雑誌に重要な評論文――「私小説と心境小説」を発表した。文章は、当時の日本文学界に大きな影響を与え、日本評論界の後の「私小説」観念と「私小説」論にも深い影響をもたらした。久米正雄は「私小説」を重要な位置に置いている。彼は文章の中でほとんど絶対的な強調をして述べている。「私小説」こそ、作家が安心して取り組める事業だ、と。彼は言っている。「私小説」は、告白と懺悔の間に微妙な境界線を引いた。同時に「心境」という要素を加えて、「私小説」ははじめて芸術の冠を戴くことになった、と。久米正雄の判定基準によると、真の「私小説」は必ず「心境小説」でなければならない、ということにもなる。

久米正雄は、最初に「私小説」の定義を試みた重要な作家である。彼の観点も曖昧な感じを与えるが、しかし彼の日本現代文学史における歴史学的地位は軽視することはできない。

久米正雄はまた、「私小説論私見」という一文の中で説明している。日本の「私小説」は西洋の「一人称」小説とは同じではない。表面的に見れば、たしかに「一種の自叙伝小説」、あるいは「作家が自分を最も直截にさらけだした小説」のようだ。しかし実際は、その間には大きな違いがある。久米正雄はさらに強調する。最も重要な問題は、小説は芸術でなければならず、通常の意味での「告白小説」や「自伝」とは異なる、というところにある。彼は言っている。「一体人間にとって一番頼りになるのは自分の心の中に起伏する気持だけであって、これこそ偽りのないもの、私小説はこの考えを土台としてたてられたもので、自然主義でいう《真に触れる》というのと同じように見えるが《自分の心持を自分の感慨として直接に述べたもの》でその主観的性格において自然主義とも異なっている」[1]。これは非常に面白い説明で、日本の初期の「私小説」論のなかでは極めて注目すべきものだ。

しかし奇妙な感じがするのは、「私小説」が客観的、消極的な小説形態なのに、どうして久米正雄の考えでは「主観」を強調するように変化してしまったのだろう？　明らかに久米正雄のここでの「主観」は彼が再三強調している「心境」を指している。「心境」は動いて定まらない性質をもっている。客観的体験の描写は、一定の考証と調査を経て、事実かどうかを確認することができる。「心境」はそうではない。私が描写したのは現実に存在した本当の心理状態で、少しの誇張も虚構もない、と小説家が言ったとする。しかし他人にこう言っても、このような個人の心の中の真実性をどうして判断できるだろうか？　これは実証できない状況と対象だ。まさにこの意味で、「私小説」は西洋の「自我」小説と異なるのかもしれない。西洋の「自我」小説は、表現の絶対真実あるいは作品と現実の状況ないし現実の「心境」の極端な対応性を強調しなかったのかもしれない。この一点で、日本の「私小説」は独特である。日本の「私小説」の絶対真実は実証不可能な真実性だが、しかし日本の「私小説作家」は、彼らの心理描写は絶対の真実で、少しの嘘も虚構もないと、声を大にして称える。

このような日本独特の小説様式についていうと、いったん「虚構」に入ると、そのすべての土台に動揺がおきる。多分「心境」が絶対の真実を描くという意味において、「私小説」あるいは「心境小説」ははじめて独自の特殊な含意をもつといえる。同時に、この様式は日本の近代主義文学とも異なることを証明し、「蒲団」が発表されてから20年後に、久米正雄は初めてこの定義に近い観点を示したといわれている。よって人々は権威ある私小説論と見なしている。

このような曖昧な観点を明晰にするためであろうか、久米正雄は私小説についてさらに解釈を加えている。彼は、いわゆる「心境小説」の命題を示した。久米正雄は懸命に解釈して言った。いわゆる「心境小説」は、「私小説に於ける『私』がコンデンスし、濾過し、集中し、撹拌し、そして渾然と再生せしめたもの」。言葉を換えて言えば、「作者が対象を描写する際に其対象を如実に浮ばせると同時にその対象に対する気持、人生観的感想を主として表わそうとしたもの」である。

久米正雄はさらに言っている。いわゆる「心境」とは、作家の「創作根拠」あるいは「確かな立脚点」である。彼は、この「心境」を失った「私小説」は、文学界で愛想をつかされた「紙屑小説」「ぬかみそ小説」だ、と断言している。

久米正雄のこれらの説明は、一定の意味の上で「私小説」という特定様式の必然的根拠を実証した。久米正雄の上述の観点に対し、おのずと賛成も反対もあった。代表的な反対意見は、近代の有名作家芥川龍之介が示した観点だ。芥川は、小説あるいは芸術の名の下に区分された「私小説」「告白小説」「自伝」は人に滑稽な感じを与える、といった。「私小説」と呼ばれる理由は、その自伝的「告白小説」の特徴からだ。芥川は、「私小説」、「心境小説」の諸般の考察は曖昧な感じを与える、といった。なぜなら、それらの定義は粗雑な言語の組み合わせにすぎないからだ。この観点に基づき、芥川は近松秋江、葛西善蔵の作品を「私小説」と「心境小説」からはずした。理由は、彼らの作品は「自伝的」要素を欠いているからである。芥川龍之介の上述の批評は道理にかなっているのかもしれない。久米正雄の多くの概念は的確な含意がなく、人にはっきりしない混乱した印象を与えやすい。しかし、芥川龍之介の批評も、やはり「私小説」の的確な定義については、踏み込んだ積極的な努力はされていない。

田山花袋は久米正雄の「心境」理論に対してもともと一致する意見をもつべきだったが、しかし花袋は当たり障りなく述べただけだ。——「小説の定義は、作者が手を入れずに〝自我〟の体験を描写することだ」。

勝山功も、初期の作家の「私小説」定義に関する様々な企図を原点に引き戻した。彼は言う。「以上のように表現は違うにしてもその意味は大体作家が自己乃至自己の身辺をありのままに書いた小説という意味にとって差支えない[2]」。このような説明は少しも建設的でなく、新しい「私小説」認識の根拠とはなりえない。

どのように論じられようと、久米正雄の積極的努力は開拓的であった。ある論者は、久米正雄の観点は先輩作家菊池寛の影響を受けていると考えている。しかしこのことは、久米正雄の日本現代文学批評史の上での特殊な意義あるいは地位に影響を与えるものではない。久米正雄の「私小説」の定義は不確実であるが、彼は努力を重ね根源を求めようとしたのだ。もっと重要なことは、久米正雄は力を尽くし「私小説」の文学界での地位を高めたのだ。彼は作家のさらに多くが「私小説」の創作に身を投じることを提唱し、「私小説」を「散文芸術の真の意味での根本であり、本道であり、真髄である」と崇めた。彼は芸術の基礎は必ず「自我」にあると強調した。

総じて同時期の何種類かの「私小説」を肯定する観点の中で、久米正雄の観点はもっとも注目を引く。彼が肯定したのは「自我」もまた個人の存在価値だということだ。彼は、「どんなつまらぬものでもそれが如実に表現されており、本物の私であれば存在価値を持つ」と強調した。さらに言えば、彼は、ただ「《私》の表現である私小説心境小説は散文芸術の本道であって、それは《一時の気紛れや一時代の文学の傾向に左右されるものではない。ここから出てここに帰る小説のふるさとである》」[3]。久米正雄の様々な観点はついに公認の文学界の定式となり、ある時期「私小説」はイコール「純文学」という基本理念を意味するようになった。

もう一つ取りあげる価値があるのは、久米正雄が「私小説と心境小説」という権威ある論文の中で、西洋の権威ある作家の創作の例証を援用し、一歩踏み込んで自分の独特の「私小説」類型区分について説明していることだ。彼は言う。「例えば、トルストイの『吾が懺悔』などは、勿論芸術的な分子もないではないが、私小説ではない。ルツソーの懺悔録も、色々小説的な場面はあるが、これも決して私小説ではない。併しストリンドベルクの、『痴人の懺悔』に至ると、明にそれは私小説である」[4]。

続いて彼は日本文学の状況を列挙した。最初に取りあげられたのは夏目漱石の名作『吾輩は猫である』だ。「……（表面的に見れば）猫の飼主苦沙弥先生といふ人物は、殆んど漱石先生自身を代表してゐるから、私の云ふ意味でも、「私小説」でありさうだが、私は私の所謂「私小説」の中へは、それを容れたくないのである。――何故か？　それは結局主人公たる作者が、「直截に」出てゐないからである。……「猫」は確に役立つてはゐるが、それは一種通俗的な、面白さを増し、先生の技巧慾を満足させたに止まつてゐるのではなからうか(5)」。

とてもはっきりとしているが、久米正雄にとっては、作家の「自我」が作品の中で直接に展開されていることが、「私小説」としての特性を判断する最も重要な基準であった。彼の言い方によれば、「私小説」作品の中の人物は「一人称」でなければならない。そうでなければ、どうして直接性を表せるだろうか？　しかし我々がさらに深く彼の理論観点を理解したとき、久米正雄の主張が実はこのままではないことを発見する。久米正雄は、菊池寛の一連の「三人称」小説「啓吉もの」を「私小説」の代表作品と称している。その理由は、啓吉という人物が直接に作者の「自我」を現し、語り、描写しているからである。この意味からいえば、田山花袋の「蒲団」は自ずと規定に符合している。「蒲団」もまた「三人称」小説である。

その他この基準に照らし、久米正雄は一系列の「私小説」作家と作品を挙げている。彼が第一に強調したいのは、当時日本のほとんど全ての作家が「私小説」を創作しているということではないか――島崎藤村の「新生」、田山花袋の「残雪」、徳田秋声の『黴』と「風呂桶」など。ほかに、久米正雄は日本自然主義文学衰退後の、20世紀初頭以後に出現した純粋な「私小説」作家――正宗白鳥、近松秋江、葛西善蔵などを取りあげている。彼は、葛西善蔵を徹頭徹尾の「私小説」作家と称している。これは、芥川龍之介の観点とはまったく反対である。

疑いなく、久米正雄は「私小説」に大きな肯定を与えた。彼は、理由は自分のもっているある芸術的観念にある、といっている。まず芸術の真実性という意味からいうと、芸術は絶対に他人の人生の創造ではなく、芸術は作家本人が体験した、独自の人生の「再現」でしかない。もちろん久米正雄は同時にひとつ極端な方向を向いていた。彼はほとんど絶対的に小説創作の中の技巧的要素あるいは「虚構」を否定していた。彼は、トルストイの『戦争と平和』、ドストエフスキーの『罪と罰』、フローベールの『ボヴァリー夫人』などをすべて、高級で偉大な「通俗小説」だといっている。

久米正雄の芸術区分は絶対的で、彼は、「私小説」以外はみな通俗小説である、といった。このような観点は、日本の近現代文学の中に、一時大きな影響力をもっていた。おそらく似たような観念の影響のためか、日本特有の「私小説」は日増しにより狭隘な、逼塞の境地に入り込んでいった。

二、多様化論説および観念の対立

久米正雄の私小説論は積極的で、肯定的態度をもっていた。彼は割合、客観的かつ雄弁に、私小説がよって来たったある芸術的要素あるいは内在的要素と基礎について説明した。実は、久米正雄と同時代の若干の作家、評論家が、私小説に対して各自異なる見解を発表していた。この中には肯定も否定もあり、基本的概念については、今ではすでに多くの人が認める事実である。たとえばある一致した観点をもつ者は、私小説が描写する対象が基本的にはみな作家の「自我」の等価物象、あるいは「自我」の周辺の極度に切実な各種の体験だ、とみなしている。

当時の日本の著名作家佐藤春夫、芥川龍之介、宇野浩二などは、みな直接、間接的に私小説に対し、肯定的な意見を述べている。佐藤春夫も「私小説」は「心境小説」とイコールだ、という観点に賛成のようである。彼は「心境小説と本格小説」という一文の中でいっている。心境小説は人に散文詩のような趣、あるいは曇天のような美感を与え、それは人間の生活に取材し、簡素な筆致で日常生活の心理的陰翳を捕らえる。佐藤春夫のこのような観点はもちろん純粋な感性的なものである。彼は客観化を認めると同時に、私小説の作者の「自我」心理あるいは「心境」表現の上での特質と優勢を強調している。

芥川龍之介もまたよく似た見方を発表している。彼が「話らしい話のない小説」という一文の中で主張したのは、小説の価値を決定するのは物語の奇抜さや、筋の長短ではなく、詩的精神の有無深浅である、ということだ。小説の中の詩的精神の強調は、佐藤春夫と芥川龍之介の観点の上で共通するところだ。彼らは、真の意味での「私小説」あるいは「心境小説」は、必ず彼らの言うところの「詩的精神」を具えていなければならない、と考えていた。

私小説作家宇野浩二は、私小説が探求するのは人生と人間の深層意義で、作家が人間性を探求するという意義の上で私小説を理解せねばならない、と考えた。これがまさに心境小説といわれる由来で、松尾芭蕉以後の日本文学が脈々と受け継いできた伝統で、日本特有の物あるいは日本文学界の貴重な産物である、と彼は言った。宇野浩二は、「心境小説」の極上品は葛西善蔵の書いた小説だ、とみなしていた。

宇野浩二のこの観点も、日本文学界では代表的なものである。日本の多くの作家が葛西善蔵のように、私小説の創作を「自我」の芸術人格の完全さと完成にしっかりと関連づけていた。

一方、多くの作家の見るところでは、「私小説」あるいは「心境小説」は、同時に先天的な弱点あるいは弊害をもっていた。たとえば日本の著名な耽美主義作家谷崎潤一郎は、小説は表現の中のストーリー、構成と筋を軽視することはできない、と考えた。「筋の面白さは云ひ換へれば物の組み立て方、構造の面白さ、建築的の美しさである。……凡そ文学に於て構造的美観を最も多量に持ち得るものは小説である。……(よって)筋の面白さを除外するのは小説といふ形式が持つ特権を捨ててしまふのである」[6]。谷崎潤一郎のこの批評は尖鋭だ。「私小説」に親近感をもっていた多くの作家も、様々な否定的観点をもち、意見を述べた。

たとえば、佐藤春夫は「心境小説」の詩的精神を称揚すると同時に、いわゆる「本格小説」――より立体的な、より全面的な人間生活の各面の描写を作家に要求する――をより重視した。彼は、「心境小説」は人に狭隘の感を与え、読者に訴えるのはある変形した美感である、といった。このような言い方は、否定的なものである。佐藤春夫は続けて指摘した。「私小説」は個人的すぎて、作者の「日常的」生活に耽溺しすぎていて、作品の世界を非常に狭くしている。

面白いのは、さまざまな鋭い否定的な観点を示すのが、まさに代表的な「私小説」作家だったことだ。たとえば、田山花袋は「私小説」の開祖と呼ばれ、その名作「蒲団」は人々が認める最初の「私小説」の名作(創始の作)である。しかし花袋本人は、自分のこの種の小説を本当に良いとは思っていないようだ。「心境小説」が極上であるのは、それはすでに小説ではなく、日本の伝統的産物である俳句芸術あるいは和歌に近いからだ、と彼は考えていた。彼は、小説創作の中では「主観と客観との交錯に向つて努力すべきである」と考えていた。

同時に彼は指摘した。当時の日本文学界の「今の文壇では本格小説と云つたものより、心境小説の方により多くすぐれた作品があ」り、大正時代の小説の名作の中では、「私小説」が大半を占めている[7]。

確かに、日本の現代文学史の上で多くの作家はみなこのようだった。一方では非常に熱心に私小説を創作し、一方では私小説が必然的にある時代の意識、社会性ないし批判精神を欠いていると認めていた。徳田秋声もかつて指摘した。私小説あるいは私小説作家はもっぱら日本的な孤独の境地に身を置き、その結果、必然的にある偏狭に陥っている、と。彼は、「〝心境〟から客観の世界に踏み込むべきだ」といっている。作家の創作行為とその芸術観念はしばしば完全には一致していないということを、ここから見て取ることができる。

早期の私小説に関する否定的な観点の中で、評論家生田長江の批評が最も尖鋭だというべきである。生田長江は根本的にこのような小説類型を否定した。彼は、私小説は反芸術、風俗化の特徴があり、作家精神が希薄である、と考えた。生田長江は私小説の流行を悪い傾向だと称した。彼は、私小説は「日常時の低い生活を創作時の高い生活にまで引き上げる代りに創作時の高い生活を日常時の低い生活にまで引下して」しまっていると考えた。これらの観点は同じ事を表している。当時の否定的観点の中で、代表的だ。生田長江はまた批評の中で、当時の文学界の「私小説」イコール純文学という固定観念を攻撃し、菊池寛、久米正雄などの「作家凡庸主義」を批判した。「作家凡庸主義」とはいかなるものか？　それは、おおよそ作家が体験した現実生活あるいは精神生活が作品の中に書き込まれればその存在価値をもつ、と見做すような消極的な観点のことだ。このような観点と、生田長江の基本的観点は、明らかに対立するものだ。

生田長江はさらに批評の中で、「心境小説」と「本格小説」のいわゆる差異について論及している。彼は、「心境小説」の重要な特徴は、日本の伝統的自伝、日記、書簡の類の文体形式を残していることのみである、といった。実質的に「心境小説」は、主体的な創作欲望を欠いている。「心境小説」が日本固有の伝統的味わいを回復したなどという言い方は、芸術ないし日本の尊厳をおおいに損なうものである、と生田長江は考えていた(8)。

最後に、日本の「私小説」の成因については、生田長江のほかに何人かの論者が日本人の精神的特徴と日本文学の特定の伝統に帰す、としている。徳田秋声は、「心境」芸術の手本は松尾芭蕉的な

「自我の孤独生活の感懐」だ、と考えた。この説明は一定の道理があり、ふかく探求する価値のある面白い課題である。遺憾なことにこの類の評論は皮相的なものが多く、総体的にまだ重厚な研究成果に乏しい。しかし佐藤春夫のある種の観点はより直接明瞭であろう。佐藤春夫の観点は濃厚な主観的色彩を帯びているが、また強い説得力がある。

佐藤は、私小説の生成は文学界、メディアの特定状況及び文学者の生活、性格と密接な関係がある、と見た。彼は指摘している。当時の日本の多数の作家は中産階級の出身で、比較的上級学校を卒業しているが、彼らが体験した現実世界は相対的に狭い。……学校生活、家庭と恋愛も同様だ。ただそれだけである。佐藤は断言した。私小説の発生、流行の外部原因は、青年作家たちが内向的で、空想的な性質をもち、彼らの作品は個人の心理描写が多く、いったん名を成せば、ひっきりなしに原稿依頼が来る。実際、そうなってからの彼らはさらに勉強したりあるいは自己を充実させたりする時間はまったくない。つまるところ、「私小説」は一種の「早老」の芸術である——佐藤春夫から見れば、私小説はまさに「止むを得ざる多作と生活的狭隘とまた無意識の安易からくる早老としかしまだ摩滅しつくさずに残つている才能との混血児」であった。

中村武羅夫と谷崎潤一郎は、私小説の出現あるいは生成は、自然主義文学のひとしきりの隆盛と関係があると考えた。これは割合普遍的な観点である。中村武羅夫はいった。自然主義の取材範囲はもともとても狭くて、枝葉末節に拘泥する。「心境小説」の完成は、まさに自然主義文学の技巧の完成である。中村武羅夫は断言した。「心境小説」はまさに「自然主義文学の正系的最後部の小説である」。谷崎潤一郎も『饒舌録』のなかで、「現代の日本には自然主義時代の悪い影響が残つてゐて、安価な告白小説体のものを高級だとか深刻だとか考へる癖が作者の側にも読者の側にもある」[9]。谷崎潤一郎は明らかに「私小説」を「告白小説」と同等にみている。

これらによっても、当時の日本文学界の私小説に対する認定基準が人によって異なることが分かる。私小説の成因について、宇野浩二は「今日の文学で自然主義の影響を受けないものはない」と言っている。

三、宇野浩二の私小説論

宇野浩二の観点にはすでにいくらか触れた。ここで、より詳細に宇野浩二の私小説論について述べてみる必要がある。大正14年（1925）、宇野浩二は雑誌『新潮』に『「私小説」私見』を発表した。文中で、まず彼は中村武羅夫の観点に賛成することを表明し、「心境小説」は「私小説」であると言った。あるいは「私小説」が「心境小説」の基礎で、「心境小説」は「私小説」の高級形態である、と言った。宇野浩二の次の言い方も大切である。「私小説」は常に「一人称」小説の印象を与えるが、実際伝統的意味の上での「一人称」小説とは同じではない。なぜなら、伝統的「一人称」小説は、作品中の人物と作者の関係が、小説の中のその他の人物のように遠くないが、しかしなお相当の距離感がある。作者の主観は人物と相互に分離している。この時の「一人称」は、作者の創作中の構想の必要を満足させるためだけのものだった。本質的にいえば、この時の「一人称」あるいは「三人称」は、作者に言わせればどちらも同じで、なんら根本的区別はない。

しかし私小説の中の「一人称」は、完全に異なる意義をもっている。宇野浩二は強調していっている。彼が驚かされたのは、この時作品中の「一人称」人物は、明らかに作者の精神状態と同一に向かっていたということだ。このような方向性はまず「白樺派」（理想主義）作家の創作の中に見られた。宇野浩二も、「私小説」の起源は「白樺派」文学となんらかの内在的関連がある、と言っている。具体的にいうと、武者小路実篤の創作は、まず私小説に特有な創作の特徴を現している。宇野浩二は、武者小路実篤の創作の特徴をこのように述べている。「当時にあつては、文壇の他の小説と比べると、まるで小説の体になつてゐなかつたともいへるのである。それは何のことはない、近頃流行してゐる子供の自由画を文章で行つたやうなものだつた。……彼の小説はだから従来の小説と比べて読むよりも、私たちが小学校や中学校でやつて来た作文を思はせるやうなものだつた。無論、一読して、文中に出て来る『自分』といふ主人公は作者その人であると思はれた。そして、その『自分』がかう思つた、『自分』がかう見た、『自分』がかういつた、(自分は腹が立つた、等、等)といふことが、今迄の小説とは全く違つた、自由画の作文のやうな書方で書いてあるのだつた[10]」。

宇野浩二のこのような評論は感覚的で、印象に頼ったものであるが、しかし彼の感覚は直截で正確である、というべきだ。わずか数語で、新興様式の根本的特徴を十分明晰に概括した。彼の論説は再度証明していたが、田山花袋の「蒲団」が世に出る前に、日本の伝統文学はすでに適切な様式の土壌を育んでおり、ある重要作家が発表した作品に、私小説が後に現すある特徴と方向を具現していたのだ。もちろん宇野浩二は、自然主義文学の私小説に対する主要な影響を否定したのではなく、彼はただ、武者小路実篤の人を驚かせる文体がある意味で私小説の最初の形態だといえる、と認めただけだ。

文章中で、宇野浩二はまた、私小説はある意味で、確かに一種の「自伝体」の小説であることを指摘している。彼は中村武羅夫の説明に同意している。もし文学界に私小説だけが氾濫するのなら単調というほかはない、と彼は言っている。小説の読者からしてみれば、もしあらゆる作家が個人的な「私」生活を描いたら、人は小説にうんざりさせられてしまう。

宇野浩二は、なぜならば世界は豊富多彩で、小説家の世界はほんの小さな片隅にすぎないからだ、と説明している。

宇野浩二はさらに小説を二種類に分けている。一方は客観小説、もう一方は主観小説である。「心

「心境小説」は彼の考えでは主観小説に属する。この説明は前にも触れたが、少しおかしく思える。なぜならば、このような言い方は、前の説明に抵触するところがあるからだ。「私小説」と「心境小説」はどちらも自然主義小説と文体類型の上で緊密な関連があるが、どうして主観的な小説に変わってしまったのであろうか?

以前にすでに理解したように、宇野浩二の考えでは、「心境小説」は「私小説」と同じで、「私小説」は「自伝体小説」と同じである。「自伝体」は客観性を具えていなければならない。どうしてまた「心境小説」を主観的だというのだろう。このような説明は、いくぶん不可解である。

実際、宇野浩二の論述の中でより目を引くのは、彼の私小説様式への肯定的記述だ。彼は、「私小説」の興趣は、作者が人間性を掘り下げる深さに体現され、これが「私小説」が「心境小説」と言われる所以である、といっている。……伝統小説も同様に人物の「心境」を描くが、「私小説」ほど直接で真実ではない。私小説は日本の作家あるいは日本人の際だった天分を体現している。このような天分は松尾芭蕉から脈々と受け継がれている。

宇野浩二はまた、私小説作品は様々で一概に論じることはできないことを認めている。前にも述べたとおり、彼が最も推賞していた私小説作家は葛西善蔵である。葛西善蔵の「心境小説」は日本の小説のある種の極致を現している。

宇野浩二はまた、小説を書くことは作家の素質、天賦の才と密接に関わっている、と認めている。彼は、日本人は生まれながらに「心境小説」を書く才能に恵まれているという。日本人はバルザックのような現実主義小説を書くことはできない。同様に西洋人もまた松尾芭蕉や葛西善蔵のような芸術を創造することはできない。これは両極端である。バルザックは二十年一日のごとくコーヒーを飲んでおり、葛西善蔵は酒を飲んでいた。バルザックはややもすれば万言を用い、葛西善蔵はどれもわずか10ページくらいだ。これは詭弁ではなく、差異である。

宇野浩二の上述の説明は、あるいは偏りがあるかもしれないが、しかし時々核心に触れている。宇野浩二は日本文学というこの領域の中で、私小説だけが作家の創作と生活をひとつに帰することが可能なのだ、と認めている。このような方法は唯一無二である。

彼は再度バルザックとシェークスピアの創作を例に挙げている。――彼らの人々を賛嘆させるところは、これらの西洋の作家は「自我」をもって千差万別の精神……田舎医師のブナシス、男爵ユウロウ、リヤ王、ハムレットなどを創作した。逆に、日本人は自ずから「『最も深い私』から『私小説』を作る」。宇野浩二は、日本人の創造は同様の称賛を得るべきだと考えた。なぜなら、彼らは「自我」生活の探求に専心し、私小説様式を日々深化させたからだ。

彼らの「私小説」に対する専心は、驚くべきものであった。多くの日本作家は一生私小説のみを書きつづけ、その他のいかなる風格や様式の創作もかえりみなかったのだ。

四、徳田秋声などによる心境小説論

1926年6月、徳田秋声、豊島与志雄、田山花袋の三名の作家は、雑誌『新潮』に『心境小説と本格小説の問題』を発表した。文中、徳田秋声は、「心境」から客観に向かう問題を論述した。徳田秋声のある観点は、宇野浩二に対立するものである。しかし、私小説は主観的色彩を帯びているという問題のうえでは、両者は共通していた。

対立性については、徳田秋声は、「心境小説」と「客観小説」の境界線はもともと不明確だとしている。もともと、まず主観がありのちに客観があるべきだが、客観の条件のもとでは、「自我」の「心境」には様々な変化が生じる、と彼は考えた。つまり、徳田秋声の理論自体にも相反するところがあるようだ。「心境小説」とは結局主観的なのだろうか、客観的なのだろうか？　いろいろ述べているうちに、彼は「心境」とは主観的だと考えるようになった。いわゆる「心境」は静止状態のなかにはあり得ず、始終変化の中にある。これは間違いがないようだ。しかし徳田秋声は、過去のいわゆる「心境」は主観であるべきなのか客観であるべきなのかについては、はっきりと説明していない。彼もまた「主観性」「客観性」の小説二分法を回避している。

このような前提のもとで、徳田秋声は「心境」芸術の手本は松尾芭蕉などの俳句作品だと考えている。この類の作品の作用は、「自我」の孤独な生活の感懐を表現することだ。徳田秋声はいっている。井原西鶴などの小説もまた「客観性」の芸術と称されるが、しかし彼らの人物主観に対する、個性に対する、また世の中や人情に対する観察も、同様に「自我」の主観から出発している。

総じて、徳田秋声の観点に依ると、「客観性」は常に喪失の可能性がある。徳田秋声のこれらの懸念や視点はいささか混乱しているが、しかし十分に興味深い。彼の「私小説」「心境小説」の本質が混淆しやすい問題について、自らの説明を提示している。しかしこれらの説明は、主観的で漠然としたあいまいな認識を人に与える。

徳田秋声もその論述の中で東洋芸術と西洋芸術の差異に触れている。西洋芸術は生活を源にし、ロマン的作品であろうと空想的作品あるいは客観的作品であろうと、すべて生活の基礎を具えている。その中では芸術は生活と乖離することがない。しかし人間は芸術の基礎であり、人間を離れたら、また西洋の芸術を語ることはできない。肝心なことは、西洋芸術の構成が大きくとも小さくとも、「心境小説」とは呼べないことだ。なぜなら西洋の芸術の中では、いわゆる作家の個性、主観、思想などは、多くは一体となっており、作品の芸術構造が大きくても小さくても、あるいは表現が客観的であろうとなかろうと、作者の姿は容易に見出せるのだ。よって徳田秋声は、西洋芸術の中で体現された

「自我」は「客観化」を経て変形した後の「主観」だと考えた。逆に秋声は、中国の小説と近代日本の小説を含む東洋の作品は大方は異なると考えた。

徳田秋声は、東洋芸術はそれ自身の特色があり、それは西洋芸術のように生活とぴったりと合致していない、あるいは一般的な状況の下では、人々の感覚は明らかに異なるといえるのではないか、と考えた。一般の世界自体が変異的であり、感じ取れる世界には属していない。よって、東洋の芸術が描写のタッチの上でどんなにきめ細かくても、真の人生とは距離ができてしまう。言葉を換えれば、秋声は東洋芸術の生活神経は麻痺しているといっている。この種の差異は、古典芸術に現れているだけでなく、現代の芸術のなかにも現れている。東洋の芸術は、往々にして偏狭に流れ、ひとつの思想あるいはひとつの概念に拘泥する。それで多くの作品は真実の人物像を作り出すことができない。これらの差異は、東洋と西洋の彫刻芸術の中に特にはっきりと表れている。昔から日本の彫刻芸術は端麗な感じを与える。現代の東洋の彫塑はより粗っぽい。彼は、ロダンのような個性が深い作品は、東洋の彫塑の中にはほとんど見られないといっている。ロダンの作品は人を震撼させる力があり、荒々しく、深刻で、真に迫り、力強い。同じように、徳田秋声はトルストイの小説もこのような特徴をもっているといっている[11]。

徳田秋声が東西について長々と述べ立て、東洋、西洋の芸術の本質の差異を列挙した目的は、東洋芸術の特徴を説明すること、あるいは日本の作家と日本の私小説のある種の欠点を説明することにあった。日本の私小説を含む東洋芸術は、表面上は極端に「客観化」した作品のようでも、内部では「主観化」を現している傾向がある、と彼は言う。なぜならば、そのような表面的な「客観性」は、主観的な考えあるいは観念の強烈な作用のもとに現された「客観性」であるからだ。作品の中の主観、客観は一種の均衡を保っているともいえる。徳田秋声は、当時の日本文学界の芸術修行として、「心境」から広い客観世界に歩み出す必要がある、と強調した。

豊島与志雄の評論のタイトルは『動的心境へ』だ。彼は「心境小説」と「本格小説」の様々な論争には意義がないと考えた。なぜなら、近代小説の重要な特徴の一つは自由な発展であり、どんな単一的な形式にも拘泥することではないと考えた。同時に、感想、小説、随筆を比較すると、理解が容易であるといった。もし昔をしのぶスタイルの小説が感想文に近いなら、「心境」的な小説は随筆に近い。豊島与志雄は「心境小説」は小説の正統（本格）とはみなさず、「心境小説」はやがては衰退するだろうと考えた。

また、豊島与志雄は、小説中の「心境」表現は無視することはできない、といった。たとえば、フローベールの小説『素純な心』、ドストエフスキーの『白痴』などは、明解に作家の心理描写を含んでいる（豊島は小説中の「心理」と「心境」の境を混同しているようだ）。これは問題の一面である。もう一方は、豊島は優秀な作家だけが筋を離脱して創作をすることができると考えている。彼は、物語から離れたら創作ができない小説家は、優秀な小説家ではないと考えている。このような認識に基づいて、豊島与志雄は日本の近代以前の文学界は悲惨であると考えた。なぜなら当時は「心境小説」はなく、書店に溢れていたのは各種の伝奇小説だったからだ。だから「私小説」と「心境小説」の出現は、確かに日本文学界あるいは日本作家全体としての一大進歩であった。この類の小説家の最大の特徴の一つは、物語がなくても「心境」だけあれば小説が書けるということだ。

豊島与志雄は引き続き自己の観点を発展させた。彼は上述のことを断言する過程で、実は十分な理解がなかったのかもしれない。まちがいなく、優秀な小説家は「心境」だけあれば小説が書けると断言した。しかし彼はまた同時に、さらに傑出した芸術家はそのような「心境」のみの小説を優れた作品と見なさないかもしれない、ともいった。彼は、芸術についていえば、主観と客観の一致が非常に重要だといった。物語と「心境」は、ある程度のうえで一致に達するべきである。ここまでいうと、前述の「心境小説」はまるであってもなくてもよいことになる。豊島は自ら混乱に陥り、中庸主義者に転じた。彼はさらに強調した。現在の「心境小説」中のいわゆる「心境」は、人に静的な「心境」を感じさせる。しかし実際には、彼は、現代はすでに鑑賞の時代ではなく、実行の時代だと考えた。言葉を換えていえば、静的ではなく動的な時代である。そのため、静的な「心境小説」は時代の必然的な排斥を受ける。動的な「心境」とはすなわち静的な「心境」に対していうものだ。あるいは「心境小説」の衰退の理由はここにあるのではないか。彼は、新しい「心境小説」は情熱に満ちた生活の欲求であると考えた(12)。

以上が豊島登志雄の論証の後に得られた結論である。残念なのは、日本現代作家、評論家の多くの理論的観点が矛盾だらけ、すきだらけであることだ。人に、明晰で、理性的で、完成された印象あるいは解釈を与えるのは難しい。彼らの理論は体系的でなく、感性的、感覚的で恣意的な特徴がある。しかし、豊島与志雄の以上の論述はいくらかの啓示を与える。彼は、我々の「私小説」と「心境小説」の理解と認識を一歩深化させた。実は、日本のこの種の小説様式の総体的な総合認識は、多数の論者の様々な異なる観点と論述を通して、徐々に感知され、獲得されたのだ。

同様に、田山花袋の「本格小説」と「心境小説」の観点も十分に興味深い。田山花袋は、非常に重要なことは二者がいかに一致を達成するか、だと考えた。言葉を換えれば、主観と客観をいかに融合するかという問題だ。まず彼は、以下の説明はあるいは成立しないかもしれないということを認めた。「心境」的な芸術形式は東洋に属し、「本格小説」の形式は西洋に属すると彼は考えた。同時に、「心境」的な表現が極致に達すると、詩歌、俳句、和歌の形式になる。田山花袋はいわゆる新しい和歌が、小説のような客観的形式に変化すると思っているのではない。しかし当時の小説の中には、すでに伝統和歌に近い特徴――作家の「心境」本位主義が現れていた。田山花袋は、和歌と比べれば俳句はさらに客観的だと考えた。よって俳句は「本格小説」特有のある趣を現している。つまるところ俳句の基礎は東洋の思想――ややもすれば松尾芭蕉の美学理念「わび・さび」に行きつくのである。比較していえば、田山花袋は、小林一茶の俳句はいわゆる「本格小説」により接近しており、最終的な落ちつき先はやはり「自我」の「心境」の本位である、と考えた。

非常に明瞭であるが、以上何人かの日本作家の考えの共通点は、いわゆる「本格小説」は主観と客観の相互融合の所産で、同時に「本格小説」とは「心境小説」に対していわれたもので、それは後者の高級形態であるということである。引き続き田山花袋の関連論述を観察すると、よりはっきりとした理解が得られると思う。

田山花袋は引き続き中国の詩人白居易と杜甫を例に挙げ、彼らの多くの詩は「本格小説」の特質を具えている、といった。特に杜甫の名作『石壕吏』である。彼は比較していった。日本を除いて、その他の国の文学はわりあいに「主客合一」を重んじる。特に西洋文学はそうで、日本式の孤独の落とし穴は存在しない。彼らは常に他人に対し、社会に対しより多くの肯定を与える。たとえ幾人かの極端な「自我主義」作家でさえ、日本式の「孤独」とは全く異なる。田山花袋のこのような発見は鋭敏で興味深い。彼は、非常に重要なこととして、西洋作家は常に「他者」の中に「自我」を発見する、と考えている。東洋、西洋の個人主義者も本質的にはある種の差異がある。まさにこういう理由で、東洋の詩、和歌、俳句は比較的発達し、西洋は小説と演劇が比較的に発達した。西洋小説は一方で「自我」の中に「他人」を発見するのに成功し、もう一方で「他人」の中に「自我」を発見した。西洋小説は「自我」、「他人」の表現の上で、人に調和を感じさせた。勿論西洋にも通俗小説はあるが、しかし西洋の通俗小説と日本の通俗小説は同じではない[13]。奇妙なことは、日本の論者のおかしな小説基準に依ると、ドストエフスキーやユーゴーなどの小説は意外にも「優秀な通俗小説」になる。田山花袋は日本の文学の進歩を望んでいた。彼は日本の「私小説」文学様式の創始者であり先導者であったが、日本の作家が俳句式の狭い心境を超越し、現実の人生を十分に描くように変わることを望んでいた。

以上の日本作家の様々な記述のなかから見て取ることができることだが、日本の作家は西洋文学と同族の文学の差異に直面して、常に劣るところがあると感じていたのである。このような状況は小林秀雄の『私小説論』の中に、より明確に反映されている。もちろん日本作家の自己卑下は、消極的な効果ばかりではない。まさにこのような、人に劣っているという反省と定義づけのなかで、日本現代文学の内在的品質は引き上げられたのだ。

五、横光利一の「純粋小説論」

横光利一は日本のノーベル文学賞受賞者川端康成と同様に、日本「新感覚派」文学の最も重要な代表作家の一人である。横光利一の評論「純粋小説論」(14)(1935)は、日本の現代文学批評史のなかでしかるべき地位をしめている。この論文は「私小説」あるいは「心境小説」について多くは言及しておらず、いわゆる「純粋小説」と「通俗小説」の様々な差異について大いに論じている。しかし論文は間接的に私小説と密接に関わる重要な問題に触れている。

たとえば、彼は論文の中で「私小説」様式に非常に重要な「日常性」の問題に触れている。『純粋小説論』の中で彼は、当時の日本文学界が文学の存在様式を五つに分類し、それは純文学、芸術文学、純粋小説、大衆小説、通俗小説だ、と述べている。横光はこの分類には混乱があるといっている。この分類方法に基づくと、当時の日本文学界は普遍的に、最も高級な文学は純文学でもなく、芸術文学でもなく、純粋小説と見なしていることになる。この訳の分からぬ分類の中で、横光利一が興味をもったのは「純粋小説」という呼称だけである。それで「純粋小説」の基本概念を説明するために、横光利一はまず「純文学」と「通俗小説」の根本的差異を詳しく説明した。

当時の日本の文学界では、この問題に足を踏み込んでいる者は甚だ多かった。思考の結果は大体次のようである。

その一、「純文学」は「偶然性」を避ける。その二、「純文学」には「通俗小説」のような「感傷性」がない。当時の日本文学界では、上述の「偶然性」と「感傷性」の定義にまだ明確な説明をしていないのかもしれない。人々は、「偶然性」とは「一時性」で、その逆は「必然性」あるいは「日常性」だと見なしていた。「感傷性」については、直感に依るのみで規定するのは難しいようだ。このような論述過程のなかで、横光利一のある西洋作家に対する分類と分析は、十分に興味深い。横光利一は最初にまず、ドストエフスキーの小説『罪と罰』には「通俗小説」のような「偶然性」（あるいは「一時性」）の要素が含まれていると感じた。同時に、ドストエフスキーの作品はある種のいわゆる「感傷性」で読者の歓心を買っている。つまり、「通俗小説」の大きな二つの要素を具えている。しかし、西洋の文学観念に大きな影響を受けていた、当時の日本の一般的文学認識の中では、『罪と罰』は「純文学」よりもさらに高級な「純粋小説」であった。理由は、作品が「思想性」と相応の「現実性」を具えていたからだ。

横光利一はそのようなことには頓着せず、さらに定義した。ドストエフスキーの『悪霊』、トルストイの『戦争と平和』およびスタンダール、バルザックなどの文豪の作品も、すべて大量の「偶然性」的要素を含むので、みな「通俗小説」である。このような言い方は偏狭で過激であり、明らかに日本人の特殊な文学理念の作用のもとに生まれたものだ。これ以前にも、その他の日本作家の似たような観点と評論に触れてきたとおもう。

それから、横光利一は私小説の深い影響を受けた日本の文学界についても論述を始めた。作者としていえば、同時に「通俗小説」と「純文学」のふたつの特徴を具え持つことはとても困難だと、彼はいった。なぜならば、ある「現実性」は、「偶然性」と「感傷性」の基礎の上に成り立っているからだ。「純粋小説」のもつ様々な特徴を論証することは、同様に非常に困難になっている。横光利一は「純粋小説」に論及するとき、「私小説」と密接に関連する「日常性」の問題を、間接的に持ち出している。彼は疑問を投げかけた。「純粋小説」の「偶然性」（「一時性」あるいは「特殊性」）は、どこから来たのだろうか？　彼は、この類の小説を構成する主要な成分が相変わらずいわゆる「日常性」（「必然性」あるいは「普遍性」）であると考えた。横光利一は問いかけた。「純粋小説」のなかの前に述べた「偶然性」は、「日常性」を集めた特異な運動形態を源としているとでもいうのだろうか？　あるいは、「偶然性」は「純粋小説」本来の可能性から出て、「日常性」を強化したのだろうか？　横光利一は、この二つしか起こり得る情況はない、と考えている。さもなければ小説中の「偶然性」はたちどころに「感傷」に変わってしまう。横光利一のこれらの叙述概念は曖昧で、はっきりとした形にまとめ上げることは難しい。

しかし、彼の結論的叙述は比較的明晰である。小説表現の上で最も困難なのは、「現実性」の中に「偶然」を含むことである、と彼は言った。横光利一の芸術観念の中では、「偶然性」は「通俗小説」の専有物と考えるのではなく、むしろ彼は「偶然性」の重大な役割を肯定しているといったほうがよいのではないか。彼はまた、日常生活の中で最も多く感動を含むのは、この「偶然性」である、といった。しかし、日本の「純文学」（日本の現代文学の中で一時期「私小説」はその代名詞であった）は、生活の中に最も多くの感動を与える「偶然」を放棄し、これを避け恐れていた。日本作家が尊び崇めたのは、生活の中の懐疑、倦怠、疲労困憊した「日常性」を表すことだったのだ。彼らは至る所にマークをつけ、「日常性」と「写実性」の間に等号を記した。

横光利一の「偶然性」と「日常性」の相関論述が成立するかどうかは別にして、また彼の論述が明晰明瞭であるかどうかも別にして、彼の日本現代文学に対する基本的認識あるいは断言には、一定の現実的根拠があるというべきだ。横光利一は、日本の作家の「日常性」への偏愛と選択とを簡単に否定したのではない。しかし彼は、この選択は人々の判断に影響を与えた、と考えた。なぜならば、このために身辺の日常体験を描いた作品だけが真実の表現と見なされたからだ。それで、創作の中に「偶然性」がありさえすれば、すぐに「通俗小説」あるいは「感傷性」を連想した。このような偏った認識の作用のもとに、日本の「純文学」は自ずから「大衆文学」あるいは「通俗文学」の攻撃、圧迫を受け、衰亡間近の苦難を体験したのである。横光利一はこのような結末は必然的だと考えた。これはまた、横光利一が「純粋小説」の重要性を強調した理由でもある。彼の考えでは、もし根本的に見方を変えなかったら、「純文学」の復興の願望と努力は水泡と帰すのであった。横光利一は日本の「純文学」が衰退に向かった原因は、「通俗小説」に対する軽蔑にもある、と考えた。「純文学」作家がこの点を意識したときには、時すでに遅しだった。

横光利一はまた述べている。当時の日本作家は、多くが自意識過剰の傾向にあった。その上、それは対応の難しい、現代の特性をもつ新しい「自我」意識だった。

このような「自我」は主に20世紀以来日増しに勢いを得た「私小説」あるいは「心境小説」の中に表現された、と彼は言っている。横光利一は、日本のドキュメンタリー的写実作品の中の作家の多くの表現は、多くの読者の共鳴を得ることはなかった、と考えた。事実上、読者大衆はそれぞれ異なる恣意的な思考方式をもっていた。作家は万難を排して、一部の読者と意識の共有を達成することに努力をはらった。この類の最も困難な小説構築の中で、作者に対し最も大きな役割を発揮したのは観察ではなく、インスピレーションではなく、想像力でもなく、音符とかわらない「文体」（この「文体」の定義もまた非常に困難な仕事だ）だった。横光利一は、この音符をつなぎ合わせる力量が作家の思想だと考えた。彼は、近代小説の中のおかしな物、それは不安な精神——自意識だと、彼は言っている——このおかしな物は現実の中で日増しに力を増し、伝統的な心理と道徳を動揺させ、人々の理性と情感を破壊し、ねじ曲げている。しかし、「〝自我〟を観察する〝自我〟」は、まだ伝統的な「写実主義」に活力を回復させていなかった。表現方法の上で、それはいかなる可能性ももたらさず、日本の短篇小説作家は瀕死の状態だった。このような不安な状況のもとで、横光利一はいわゆる「純粋小説」を提唱したのだ。

横光利一は、現代文学の中に三種の作家の視点があると考えた。一つは、普遍的な人間の本質に基づく作家の視点、一つは特定の個体を表す作家の視点、最後は前述の個体を観察する作家の視点、だ。これらの異なる視点は、作家が長期にわたり依拠していた道徳と理知を再度分解する。ロマン主義作家のいわゆる善美を尽くす、ということは、既に存在していない。横光利一は、道徳と理知は人間の活動の中で最高の位置に置かれ、美に対する人間の強い関心から乖離したら、美は何処にも求められなくなってしまうと考えた。行動主義者はいった。「我々は何をすべきか？」横光利一もいった。近代個人の道徳と理性の探求を放棄して、我々は何をすべきか？

横光利一の以上の様々な論述は、私小説の現代日本文学の中での地位と役割を理解する助けとなる。いわゆる「四人称」と「純粋小説」の提唱は、一方ではこの先鋒的な作家の認識と責任を体現し、もう一方では一種の権益に対する配慮——「純文学」の偏りと日増しに悪化する形勢に直面して——いったいどうしたらよいのか、でもあった。横光利一は明らかに私小説に対して否定的な態度をもっていたが、しかし彼のこの論述のなかでは、ひとことも触れていない。

横光利一の「純粋小説論」の雲を摑むような説明を通して、我々は一定程度、日本の作家から見た日本現代文学の状況が確かに混乱していて正確な認識を欠いていた、ということを理解できる。また同時に、彼らから見た「純文学」あるいは「私小説」は、同様に一種の感覚的で印象を重んじる基本形態あるいは特徴であったことが理解できる。定義の欠落と概念の曖昧性は、関連の論述を通して、私小説の類の文学様式について、さらに深く正確な認識あるいは理解を生むことを困難にし、それらをまとめて一種の相関的、段階的定義あるいは認知と見なすことしかできない。

六、小林秀雄の『私小説論』

小林秀雄は1935年5月から8月まで雑誌『経済往来』に『私小説論』を発表した(15)。これは私小説評論史の上で画期的に重要な論述と称されている。論述の核心は、「自我」論である。小林秀雄は、西洋文学の「自我」の形態を比較対照するという基礎の上で、日本近現代文学あるいは日本の私小説の中の「自我」の位相の問題を探求した。小林秀雄はまずルソーの「自我」論を紹介した。彼は、西洋の一流の「私(自我)小説」はすべてルソーの『告白録』の影響のもとに生まれたと考えた。

西洋の文学中には私小説という呼称はないので、小林秀雄は作品中の人物の「自我」の角度から、日本特有の文学呼称を借用しただけである。小林秀雄の論文の中から、彼が簡単に全般的に私小説を否定したのではないことを知ることができる。表面的に見れば、私小説は小説の形式で「自我」を繋ぎ合わせた誠実な告白にすぎないが、小説の幼年時代から、作家はすでにこの種の方法を掌握しており、「自我」の告白は、実はあらゆる文学創作のひとつの基礎であると、彼は言っている。しかし、小林秀雄はまた、歴史は人に奇異の感を与えるが、文学の歴史の上では、いわゆる私小説は実はまた、個人が重大意義をもってからの産物である、と考えた。ルソーが生きていたのは18世紀である。それでは日本の私小説が生まれた背景は結局何であろうか？　小林秀雄は、日本の私小説の誕生と日本の浪漫主義文学運動とは無関係ではない、と考えた。なぜならば、日本の浪漫主義文学の重要な特徴のひとつはまさに個人の権利、役割、理想を強調することである。もちろん、文学様式としての「私小説」が本当に文学界のホットな話題になったのは、自然主義小説運動が成熟期に入った後である。

小林秀雄は久米正雄の「私小説」に関する論述の一部を引用している。彼は久米正雄の観点に賛成したのではないが、引用はただ当時の文学界がもつ普遍的な「私小説」観を説明するためである。小林秀雄は、「いわゆる〝私小説〟論は、当時の〝純粋小説〟論である」と実証していった。この説明は、明らかに横光利一の『純粋小説論』中で強調された「純粋小説」の定義とは符合しない。重要なのは、小林秀雄は久米正雄の述べたある事実──「私小説」の誕生を導いた触媒は西洋文学であり、そして「私小説」誕生の真の背景は日本自然主義文学思潮の隆盛と創作面での成熟である──に賛同を示したのだ。彼は、例を挙げてフランス文学の状況における共通点を説明した。フランスでは、同じように、自然主義文学が爛熟期に達してから、いわゆる「自我小説」運動が出現した。西洋文学においてはこの類の様式の完成を「自我心理小説」と称し、代表作家はバレス、ジード、プルーストなどである。ここで比較的重要な観点は、小林秀雄が西洋式の私小説作家は創作動機において日本の私小説作家と同じでない、と考えたことである。当時の西洋作家の共通の憧れは、19世紀の自然主義思想の重圧のもとから、すでに解体されたいわゆる人間性を救いだし、再建することだった。彼らが「自我」を探求した目的はここにあった。さらに取りあげるに値することは、小林秀雄が、肝心なのは西洋の作家のこの時の「自我」はすでに十分社会化した「自我」だった、と考えていたことだ。ルソーの『告白録』の創作目的は、自分の現実生活を描くだけにあったのではなく、また巧妙な表現方式の追随を許さぬ成果を目指すためだけだったのではない。創作に駆り立てる力を構成するのは、実は個人の社会における意義と自然の中の人間の位置であった。よって小林秀雄は、『告白録』が「私小説」に属すか否かは重要ではなく、重要なのはルソーの思想がすでにゲーテなどの創作の中にしみ通っていたことだ、と述べている。西洋の私小説中の主人公は、かりに自分の現実生活の意義に懐疑を抱いていても、彼らの頭の中には依然として個人、自然、社会の間の的確な対応と関係が存在している。小林秀雄の上述の説明は間違いがないが、しかし、日本の私小説様式、定義の理解の上では、まだ様々な混乱を招きやすい。

どのように言ったとしても、小林秀雄は日本特有の私小説文学様式に、西洋の「自我小説」との比較対照を設定した。これは明らかに、日本の私小説の一般認識を一掃する手助けとなった。自然主義文学運動の中で生まれた日本の私小説は、世界文学の小説類型の中では極端で特別な文学現象というべきだ。西洋の「自我小説」との根本的差異がどのようであろうと、日本の作家のこの様式に対する長い間にわたる広範な熱意のほどには、驚くべきものがある。このような状況はすでに、私小説式の創作方法がまちがいなく日本民族特有の文化心理伝統、あるいは芸術的な嗜好と合致していることを証明している。

もちろん、これと同時に、小林秀雄は単純に原因を日本人の精神気質という単一な主観的要素だけに帰すことはできない、と言っている。彼は、自然主義文学の様式が入ってきたことは明らかに重要な契機だといっている。彼はまた、自然主義文学の背景を構成する西洋の実証主義思想に直面し、日本の近代市民社会は明らかに狭小すぎて、多くの無用な古くさい肥料を残すことになった、とはっきりと述べている。彼が「肥料」と称した物は、完全に無用な物ではないことを表している。

また一方で、当時の日本人は新思想の衝撃に陶酔していたが、実際は、新思想を育むのに必要な土壊を欠いていた。日本の文化と文学は、すでに悠久で強大な伝統を形成しており、現代作家の生活はすでに定型化された審美感の中にあった。ゆえに彼らは西洋のものを完全にそのまま取り入れたのではなく、西洋の各種の思想文化（文学作品を含む）を大量に取り入れると同時に、必要な「改良」あるいは変形を加えた。

よって同様に、日本文化の特殊性は日本作家の受容性を決定づけることとなった。日本の作家は頑固に自家の領地を死守したのではない。彼らは、外からの物の自然の進入を許し、これらを頑なに拒む、ということはなかった。小林秀雄は肯定的にいった。当時の日本作家についていえば、創作技法の中に新思想を溶け込ませることは、彼らにとっては自然で迷うことのない簡単な選択だった。これが当時の日本の自然主義作家の立場と姿勢であった、と。

小林秀雄はまた、彼の『私小説論』の中で、田山花袋の感嘆の一言を引用した。田山花袋はいった。「今までは私は天ばかり見てあこがれてゐた。地のことを知らなかつた。全く知らなかつた。浅薄なるアイデアリストよ。……」。この感嘆は、花袋がモーパッサンの短編小説集を読んだ後の精神覚醒が基になっている、ということだ。花袋を動揺させたのはモーパッサンの新意に富んだ写実技法であって、彼の悲惨な生涯あるいは絶望や孤独ではなかった。小林秀雄は、当時の西洋作家の中で新しく興った写実は、作家の「自我」の人生の絶望、あるいは現実生活と訣別する決心を現している、と説明している。彼らの「自我」は作品に入り込む前に、既に一度「自我」の死を経ている。彼らの「自我」は、作品の中で頗る生命力をもっているが、しかし現実の中ではすでに死んでいるのだ。つまり、フランスのブルジョア階級はかつて貪欲な夢――科学的な方法で全てを計り、全てを利用する――を抱いていた。しかし、このような夢は、フローベールなどの人生の絶望を味わった者に、現実と訣別する決心を生み出させた。

小林秀雄は、日本の作家が自然主義文学を取り入れてからもっとも理解が難しかったのが、西洋作家の思想上のそのような苦闘であった、と考えた。日本の作家は西洋作家の創作技法を取り入れ、同時に彼らの思想を取り入れたが、しかし、これらの思想はただ日本の作家にそれぞれ異なる夢をもたらしただけだった。結論的には、日本の現代作家は、創作技法の意義の上でのみ外来の思想、あるいは各々が必要としていた個人的なもの、を受け入れたが、しかしその思想に日本の土壌の中で社会的な普遍的意義をもたせることには困難をきたした。

小林秀雄は、これこそが、自然主義文学が日本に根を下ろした後、西洋の「自我」心理小説の文学様式と異なるものを生み出した根本的原因だと考えた。

七、中村光夫の理論的詳述

中村光夫は、第二次世界大戦前後の著名な文学評論家で、日本ペンクラブの会長を務めたことがある。彼は昭和10年（1935）、雑誌『文学界』に重要な評論『私小説について』を発表した。

中村光夫はまず、これまでの文学運動の伝統的性格を反省した。同時に、彼は指摘した。これまでの「私小説論」はその他多くの文学論述と同様に、常に批評家の過度に恣意的な議論に基づいていて、これらの評論は人をして容易に概念の混乱の境地に陥れる。中村光夫は、私小説創作の中に生じる問題について述べる中でいった。近代以来、実は私小説は、日本文学の大きな伝統を支えるもののひとつだった。そしてその誕生と形成は、少数の文学先駆者が外国文学及びそこから生まれた近代文学運動を意識的に模倣することから始まった。私小説様式の成熟は、下に述べる三種の要素の微妙な調和の中で決定された。「江戸時代からもたらされた強力な封建文学の伝統と、明治の社会事情と、更に作家の観念を支配した外国文学と、この三者のいずれを眼から離しても、その性格は把握出来ぬ」と、中村は断言した。

中村光夫は、田山花袋の「蒲団」の重要な文学史的意義を十分に肯定している。彼は、この小説は日本自然主義文学の典型的な作品で、日本近代文学の基盤のひとつを構成している、といった。中村光夫は同時に、「蒲団」の中に現れている特異な文学思索形式は、早くから日本文学の伝統の中に深々と植え込まれていて、それはあらゆる私小説作家の根本的思索方式とも合致していた、と考えた。田山花袋は、自分の現実生活体験の中の苦痛と煩悶を直接的に文学の中で表現しただけで、根本的にそれらの表現が本当に価値あるものかどうかは考えなかった。日本の多くのこの類の作家はみな同様で、表面的には大きな志を抱いていないようだが、頑なな信念をもっていた。彼らは「自我」の現実生活の芸術化は、必ずや読者を感動させる力を生み出すと信じていた。同時に、自分の経験した苦痛の体験に対し、分析を加え客観化する必要はないと考えていた。日本作家の苦悩は気楽で、表現上は狭隘であるという者もいる。中村光夫も、これは日本の私小説の独特の特徴のひとつだと考えていた。

中村光夫はまたその文章の中で、田山花袋とフランスの作家フローベール、モーパッサンとの間の差異を対比した。彼は、一歩進めて日本の私小説のある特殊性を説明し、まず私小説式の創作手法は幼稚だと指摘した。彼は言った。「すべて文学とは作家の心を読者に強いる術であろう。だがこうした素朴な形態で読者を同化し得ると信ずるのは、我が国の私小説に独特な性格である。ここでは読者は作品の力によって作家に同化されるのではない。いわば始めから作者の感情に彼の『心理』に同化されて存するのだ、そしてこの作家の生活感情と社会のそれとの間に存した調和という外部的環境の影響から生じた素朴な手法は、私小説運動を通じて一たび確立されるや根強い伝統として今日なお我が国の文学を支配しているのだ」[16]。中村光夫が私小説に対して、肯定的な態度をとろうと否定的な態度をとろうと、この部分の論述はより明確に私小説の日本現代文学史の中の重要な位置を説明している。

それでは、日本の私小説の特殊性に関して、中村光夫はさらにどのような論述をしているのであろうか？　中村光夫は指摘した。日本の「私小説」作家は、現実生活の中で多くの苦難を体験した。彼らは常に社会と戦わねばならなかったが、しかし誰一人自分たちと読者との間に存在する対立を意識した者はいない。ことばを換えていえば、我々が彼らの現実生活を源にする生活情感を解析するとき、真に社会的感覚を客観化した作家は稀少であることを発見する。これは日本の私小説の終始一貫した、最も根本的な特徴で、同時に最大の弱点でもある。中村光夫もまた、日本の「私小説」と西欧の「自我小説」の根本的差異は信念が異なることだ、と言っている。西欧の「自我小説」作家は、「自我」を通して主観的に社会を認識し、個人を再建することができる、と考えた。しかし、日本の「私小説」作家は一方では現実を尊重することを強調し、もう一方ではロマン主義文学のある性格を具現しようとした。「彼等（自然主義の作家）は、ときとして道徳を破壊した。だがそれは反抗する自己を社会に示すためなのだ。かかるとき、彼等は観客の前に演技を示す俳優のそれと本質的には異らない。それ故彼等はたとい道徳を破った結果苦しんだにしろ、その苦しみそのものの素朴な表現が社会を動かすことだけは信じて疑わなかったのだ。ここに凡そ世界に類例を見ぬ程『写実』を尊んだ我国の私小説の伝統を貫くロマン派的性格が存するのだ[17]」。

中村光夫は非常に正確に私小説様式のある根本的特徴を論述している。しかし、私小説研究家の勝山功は、中村光夫は堂々巡りをして、日本の「私小説」生成の三つの要因——封建的な社会の伝統、明治時代の社会状況および外国文学の影響、を提示したにすぎない、と言った。勝山功は、中村光夫の論述はより多くの人を信服させる例証を挙げておらず、多くの読者に「私小説」に関する本質的なより全面的な認識を与えるには不十分である、といった。この問題を説明するのは、確かにとても困難なことだ。日本の「私小説」は今に至っても、はっきりとした定義をもたない小説様式だ、とも言える。それは単に日本近現代文学の特定の環境の中で成長し、ある汎文化的な文学存在あるいは精神特質の反映にすぎない。どのようにいおうと、横光利一、小林秀雄、中村光夫などの「私小説」に関する論述は、なお感性的で基礎的な一般の議論であるが、しかし一定程度は人々のこの小説様式に対する理性的な認識を深めることになった、と日本文学界は普遍的に認めている。当時の私小説批評の中で、彼らの観点は代表的なものである。20世紀の30年代前後、私小説に関する評論は当時の日本文学評論界の中心課題のひとつとなっていた。

八、尾崎士郎などの論点について

現代日本の私小説研究の領域の中で、勝山功の『大正――私小説研究』は比較的完全で、精確な専門的著述というべきだ。彼の論述は同時に、多くの日本の現代作家、評論家が、日本の私小説式の創作方法に賛成していないことを証明している。たとえば、作家尾崎士郎も日本自然主義文学の後に出現した日本の私小説に対し、否定的な態度をもっていた。

尾崎士郎は、このような古い形態の写実主義は、日常生活の平板な記録にすぎない、と考えた。もちろん、尾崎士郎の否定的な態度は無差別におしなべて、ということではない。彼は一部の私小説作家には肯定的な態度をもっていた。彼は、著名な「私小説」作家徳田秋声に言及したとき、徳田秋声の創作方式は肯定に値すると指摘した。なぜならば徳田秋声が創作の中で尊重したのは「自我の土台をもった」小説類型だったからだ。疑いもなく、徳田秋声が考える「私小説」は小説芸術の極致で、彼はきっぱりとこのようにさえいっている。あらゆる小説創作の中で、「もし〝私小説〟でなかったら、小説創作としての意味を失ってしまう」、「自我の土台のない昔ながらの物語のような作品は、味もそっけもない客観小説と言うしかない」。徳田秋声は、「自我」の小説の中の位置に着目すれば「私小説」は二重の意義をもっている、と考えた。表現の上でいえば、それはできるだけ写実的で、できるだけ客観的でなければならない。内容の面からいえば、それは「自我」をめぐる強烈な主観性だ。徳田秋声は次のようにはっきりと述べた。もし「私小説」には生命感がないと思う者がいたら、それは少数の作家の素質の低下が原因で、これらの「作家が時代的社会的な琴線に乗っていない」、あるいは「私精神の弛緩」によるものである[18]。総じて徳田秋声は、生命感、時代性、社会性の欠乏は「私小説」が本来もつ特質ではない、と考えた。徳田秋声のこのような説明と、その他の論者の観点及び「私小説」が人に与える総体的な印象とは、明らかに一定の隔たりがある。

尾崎士郎は徳田秋声の上のような観点に賛同した。徳田秋声の積極的な唱導の基礎のもとに、尾崎士郎は自身の私小説に関する以下のような認識を表明した。「『私小説』はもはや形式の問題ではない、個人の経験が表現の上に客観的統一性を保つ余裕のないほど切実にあたらしい（というのは主観的認識ではない。）社会的現実に斬りこんでいるか否かということだけが私小説の存在を決定する。今日においては『私』を決定する想念は個人主義的要素をいささかも含んでいないということが一つの特質として認められねばならぬ。結局『私小説』は本格小説（若しくは純粋小説）と対蹠的な方向をたどるものでなくて作者の情熱を本格的な表現にみちびく基礎的な表現形式たるべきものである。作者の生活態度の人生観が作中の『私』に変貌しているかどうかということなどは結局どうでもいいことなのである[19]」。

尾崎士郎は、自分自身の理解に基づいて、私小説について相対的に広範な定義を作った。簡単に述べると、彼は、私小説の根本的特徴は作品本体を支える作家の精神にあると考えていた。一家の言として、この定論のあら探しをすることはできない。しかし「私小説」評論家勝山功は、尾崎士郎の

「私小説論」には大きな誤謬がある、としている。なぜなら、彼のこの私小説定義に基づけば、作品の中に「自我」を反映してさえいれば、昔から今までのあらゆる優秀な小説は、全て「私小説」になってしまうからだ。トルストイの『復活』、バルザックの『絶対の探求』なども含まれてしまう。尾崎士郎はもともとは、長編小説『人生劇場』（1933）などを代表作とする作家である。日本の20世紀上半期の多くの「私小説」に関する論述は、みな尾崎のような作家の評論に基づいている、というべきだ。早い時期に「私小説」に関する様々な評論を発表していたのは、多くは専門的に文学の研究に従事する学者や評論家ではなかったので、読者はその評論が多くの理論性や実証性を具えているかどうか追求することができなかった、といってもよい。

しかし、この類の作家の関連評論・意見を紹介することは、われわれが日本文学界の最初の「私小説」定義と概念を理解する助けになる。言葉を換えていえば、多くの作家の感覚的評論や叙述にはそれぞれ偏りがあるが、しかし全体としては後の「私小説」研究あるいは定義の諸般の基礎を作り出した。それで、幾人かの作家の早期の「私小説論」中の基本観点をまとめておくことが必要だ。

まず、作家村山知義の私小説の特徴に関するいくつかのまとめを見てみよう。村山は、私小説には以下の幾つかのはっきりした特徴があると考えた。

1、「私小説」の中の部分的、表面的描写は、同様に、「空想性」にではなく「現実性」に基づく。

2、「私小説」作家の描くものは自分の熟知した題材で、創作の過程でその熟知の程度は益々深化、細緻化する。

3、「私小説」作家は、「偶然的」事件と事情に疎い人物には興味をもたず、現実的な人物の性格、心理を深く探求することに熱意をそそぎ、あるいは、微妙な心理と性格描写の技巧の進歩発展に力を入れる。

4、この種類の小説は読者に対してもある要求をもっている。「私小説」は読者にも同様に作者の題材を熟知し、非常に身近な感覚を抱くよう要求する。

総体的にいうと、村山知義は私小説に対して基本的に否定的な態度をもっている。私小説の重大な欠陥は、いわゆる「私小説」は部分的な写実主義にすぎず、これらの「部分」を離れたら孤立した狭隘な「自我」と重要ではない身辺の些事が残るだけだと、彼は考えた。村山知義のこの観点は比較的尖鋭で、また比較的現実の状況に符合している。確かに、多くの私小説作品はこのような欠陥と弊害をもっている。

「私小説」が日本で盛んになった理由についての言及で、村山知義は、まずは地理的な原因だ、と締めくくっている。日本は島国で、地理的に完全に隔離され、閉鎖された状態に置かれている。同時に、日本の言語も一種の孤立的特徴を持った方言である。このため、日本文化、文学ないし日本人の文化視点の中で欠けているのは、ある種の世界性と社会性である。このような情況がまさに、「私小説」の特定様式の本質が形成された原因のひとつである。上述の原因の作用のもとに、日本文化は強烈な独特性あるいは特異性をもった。また一面では、常時相対的に孤立の状態に置かれていた。村山知義は、日本文化の伝統のある影響も加わり、日本人はまた先天的にある種の相対的に強い観念性と非現実性をもっている、と考えた。村山知義は引き続きどうでもいいような理由を挙げているが、ここでは省略する。

「断章取義」的な紹介を通して、我々は日本の早期の作家の「私小説」論および「私小説」のある特質に対し、大体の認識を得たと思う。

以下には、詩人伊藤信吉の評論「『私小説』の途」と評論家岩上順一の評論『主体の喪失』について簡単に紹介する。伊藤信吉の「『私小説』の途」は1935年、雑誌『新潮』に掲載された。伊藤は、日本の自然主義文学は二つの遺産をのこした、と考えた。一つはいわゆる近代的「自我」で、もう一つは創作手法としての写実主義である。前者の代表は、正宗白鳥で、後者は徳田秋声である。正宗白鳥は、日本人の近代的「自我」意識を定型化させた。徳田秋声の文学の特徴は、「作品の細部の叙述美にある」。特に、徳田秋声は「技法上の写実主義を以て、作品特有の客観性を編み出しており、〝自我〟の現実形態が作品の構成を組み立てている」。伊藤信吉は、「私小説」の魅力は「〝自我〟の容貌と体温」にあるといっている。同時に、彼もまた、最も典型的な「私小説」作家は葛西善蔵であると言っている。葛西善蔵は「私小説」を「肉体の呻吟に変え」、さらに自分の作品をして「詩と同質の密度」をもたせている。

伊藤信吉は文中で、以下の現象はより強い説得力をもつようだ、と述べている。明治以来、「新作家の登場につれて新たな文学的性格は次々に形成されたが、私小説というひろい意味での文学的性格ほど鞏固な生命力を保っているものはない」、と彼は言っている。伊藤信吉は、「私小説」に対しては肯定的な態度をもっている。彼は言っている。「近代文学の過程に自己の真実の意味を刻みつけたのは私小説の作家である。……私小説の作家は主体的真実の確信にのみ生命の創造を賭ける」。これも「私小説の前提であり、凡てである」。伊藤信吉の観点は30年代の日本文学界でまた代表的なものであった。彼は、詩人の鋭敏な感覚をもって、とても正確に私小説の精神的実質を把握し、文章中の多くの論述あるいは断言からは、はっとするような覚醒感を与えられる。

彼はさらに言っている。「私小説とは『我』の自覚が『我』の発言に転化し、さらに内的に陶冶され、自己の真実の確信に作家の精神を砥ぐにいたった主体的な世界である[20]」。彼のこれらの言説は、「私小説」のために高い文学史的定義づけを提示した。

同様に、岩上順一の『主体の喪失』も私小説に対して肯定的態度をもっている。田山花袋の評価に関して、彼の観点は小林秀雄や中村光夫とは異なる。これ以前の多くの観点は、「蒲団」の主旨を日本国民の現実生活探求ではなく、「個人生活の実感や心境へ向う努力」ということを真に再現することだった。これに対し、岩上順一は少し違った観点をもっていた。田山花袋が、「蒲団」からはじまる小説三部作の中で、努力して表現しようとしたのは「旧時代の観念意識を変革する代りに自己を破滅させていった一定の知識層の歴史生活の葛藤」である、と彼は言っている。しかし、ここで作者は、「これを無関係に客観化したのではなくて己のこととして知識人の不安動揺を以て描いた」のだ。

岩上順一は続けて強調した。私小説の後の発展は志賀直哉、芥川龍之介、葛西善蔵などを輩出させた。しかし、これらの作家の「小説的探求が個人生活の内部に限定され」、田山花袋のように自分の個人生活を国民の生活の中に含めるといったものではない。周知のように、田山花袋が描いたのは、芸術家の生活の困苦と「うちくだかれた知識層の胸を打つ破滅[21]」であった。岩上順一は、田山花袋はそのような描写の中で、特定の時代のもっとも特徴的なある種の真実を書き表した、といっている。明らかに、岩上順一の芸術理念の中の真の「私小説」は、時代の精神に矛盾しないものであった。とすると、作家の「自我」にせよ、小説中に表現する個人生活にせよ、どちらも時代、社会を離脱し、孤立に存在すべきではない。そうでなければ、いわゆる主体性を喪失した「私小説」である。岩上順一の「主体性」とは社会的時代感を含む主体性である。彼は、花袋以後の「私小説」は良くない傾向を生み出したといっている。当時の戦争状況下では、多くの作家が狭隘で、平穏な小市民習性の中で暮らし、作家がもたねばならない「自我」批判の精神の追求を怠った。

しかし、評論家山本健吉は岩上順一の観点を真っ向から否定している。彼は、日本の私小説は「近代自我の覚醒に依って生じた自己表現の欲望と言ったものではな」く、「私小説」の本質は最終的には日本人の生活伝統と結びついている、と考えた。「近代の観念は始めから無視し否定した場」に置かれたといったほうがよい。私小説作家の創作のよりどころは、実はただ「自我」の肉体だ。そのような「生活の伝統を極限まで生かすことに依って」「純粋文学」——日本の「私小説」を生んだのだ。[22]

これらすべての観点はみな表面的なものである。しかし、読者が日本の私小説様式の特殊性を感じとり理解するのに役立つと思う。粗くまとまりがなくて初歩的な叙述であるが、理解あるいは認識の基礎となることだろう。

注

1 勝山功『大正・私小説研究』明治書院1980年版、176頁
2 同右、177頁
3 同右、177頁
4 『近代文学評論体系6』角川書店1982年版、51頁
5 同右、52頁
6 勝山功『大正・私小説研究』明治書院1980年版、178〜179頁
7 同右、180〜181頁
8 同右、181頁
9 同右、183頁
10 『近代日本文学評論大系6』角川書店1982年版、62頁
11 同右、67〜68頁
12 同右、69〜71頁
13 同右、71〜73頁
14 同右、143〜145頁
15 『近代日本文学大系7』角川書店1982年版、181〜202頁
16 『中村光夫全集』第七巻、筑摩書房1972年版、第118〜122頁
17 同右、133頁

18 勝山功『大正・私小説研究』明治書院1980年版、200頁
19 同右、201頁
20 同右、210頁
21 同右、210〜211頁
22 同右、211頁

第四章　代表的な私小説作家

日本の現代文学史の中で、純粋な私小説作家は数えるほどしかいない。しかし、このことは「私小説」様式の特異な文学史的位置に影響を与えることはなく、私小説が誰にでも分かる読みやすい小説形式であることを否定しているのでもない。前章中でも繰り返し述べたが、「私小説」は日本の現代文学史の中で非常に特殊な地位と性質を具えている。このような特殊性はさらに、すべての私小説の創作様態あるいは形式の特徴について的確で信頼できる総括と叙述をすることが、非常に困難で骨の折れる仕事であることを表している。

前にも述べたように、ほとんど全ての日本近現代作家は、多かれ少なかれ私小説の創作実践にかかわった。これは日本の「私小説」が大いに文学的意義をもつ理由のひとつである。著名な作家大江健三郎も典型的な例だ。1994年ノーベル文学賞を受賞した日本の作家大江健三郎は、現代文学における、皆が認める特異な存在である。多くの読者の印象の中で彼は、抽象的で作品の象徴的意味を強調する「観念派」の作家である。しかし、大江健三郎の作品の中には、「私小説」様式の顕著な特性も含まれている。あるいは、彼の一部の作品は典型的な「私小説」性をもっている、といってもよい。

大江健三郎は多くの日本の近現代文学に関する言説の中で、私小説に対し非常に高い評価と定義づけを与えている。彼は何度も私小説は日本の近現代文学の大きな伝統である、と述べている。このような説が大江の口からでたことは、人に奇妙な感じを与える。同時に奇妙に思われたことは、彼の創作の中のあの私小説とは対立する文体で、彼はどのように調和を保ち、まとめ上げるのだろうか？大江はこれについては、それ以上多くの説明はしていない。

繰り返しになるが、あらゆる私小説作家の創作を評述し、すべての私小説現象に説得力のある理性的叙述をすることは、ほとんど無理な仕事だ。よって、力の及ばぬ事を覚悟の上で概括的、概観的に偏った記述をしていくしかない。以下、簡単に一部の典型的私小説作家の主な創作を紹介し、彼らの一部の作品の主な構成や基本的特徴を紹介することを通して、日本の私小説様式に接することの少ない中国の読者に、基本的で感性的な初歩の認識を与えることができれば、と思う。

一、「天生の自然派」——徳田秋声

日本の近現代文学史上、徳田秋声（1871-1943）は自然主義文学の集大成者といわれる。同時に最も典型的な私小説作家の一人でもある。彼は金沢の没落士族の家庭に生まれ、早くに家が没落し、そのうえ虚弱体質で、病気がちで、性格は内向的、幼い頃から自己卑下、自己憐憫の傾向があった。作家個人の経歴は作家の創作にいろいろな影響を及ぼすことはよく知られている。しかし、個人的な体験は私小説作家にとっては、より重要な役割をもっている。この点に関しては、これ以降、若干の作家の創作状況を通して検証することができる。徳田秋声の内向的、自己卑下的傾向も、おのずと彼の文学創作に大きな影響をもたらした。徳田秋声は大学教育を受けておらず、文学に対し異常なまでの執着を示した。彼は日本の古典文学を熱愛し、また英国のディケンズ、スコットなどの作品を好んだ。

徳田秋声が文学界に足を踏み込んだ頃は生活が苦しく、師につくこともできなかった。3年経って再度東京に戻った時、やっと博文館の編集雑務の仕事を得ることができた。これが彼の文学人生の真の始まりである。泉鏡花の援助のもとに、徳田秋声はついに当時名望の高かった硯友派の作家尾崎紅葉の門下に入った。たゆまぬ努力の末、秋声は徐々に紅葉門下の「四天王」の一人になった。

もうひとつ面白い現象は、尾崎紅葉は硯友社の代表作家で、19世紀末の日本文学界での影響は非常に大きかったが、基本的な文学資質からいうと、尾崎紅葉と徳田秋声は根本的に異なっていた。もちろん、高弟の誉れを得てから、徳田秋声の創作の道は平坦で歩きやすくなった。では、秋声が尾崎紅葉を最初の師とした意図はなんであったか？　立身出世のためだけだったのだろうか？　このような疑問が生じる理由は、徳田秋声の個人的特徴と文学的資質が、華麗、洒脱、物語の奇異を重視する硯友社文学と非常に大きく異なっていることによる。彼が紅葉門下に身を投じたのは、打算的な理由であったかもしれない。

秋声は早期には多くの通俗的小説も書いた。しかし、処女作「薮柑子」（1896）と後に好評を博す「雲のゆくへ」（1900）などを含むそれらの風俗的な写実の作品は、徳田秋声の創作風格を真に代表するものとはいえない。

1901年、秋声は『読売新聞』社の仕事を辞し、専業作家としての作家生活に入った。当時の創作は依然として類型化、通俗化に流れる客観小説だった。1907年頃日本の自然主義文学が文学界を支配するようになって、徳田秋声はやっと自分の天性にぴたりと合った創作方法と小説文体を探し当てたようだ。小説「新世帯」（1908）の発表は、彼の自然主義小説の最初の試みである。「新世帯」は彼のそれまでの小説とはまったく異なり、ここにはもう偶然性に満ちた通俗的プロットはなく、それに取って代わったのは、自然で真実の生活の再現であった。徳田秋声は容易に、自然主義の創作の精髄を自分の創作の中に溶け込ませた。彼はさらに努力して人生の事実を把握し、その意味を忠実に探求した。

前述のように、日本の20世紀初頭の自然主義文学運動の中で、最初の自然主義小説は島崎藤村の『破戒』（1906）で、それに続いたのは田山花袋の「蒲団」（1907）だ。この二つの作品を契機に、日本の自然主義文学は日露戦争後の全盛期を迎えた。この時期、徳田秋声はいかなる文学に関する理論や見方も発表せず、作家としての自己の才能に基づいて、黙々と一系列の創作実践を進め、ついに日本自然主義文学の中で最も典型的な代表作家となった。生田長江は彼を「天生の自然派」と称した。

「新世帯」創作の時期、徳田秋声はまだ明確な創作意識を持った真の自然主義作家ではなかった。前に述べたように、この創作で彼が依拠していたのは、やはり天性である。「新世帯」発表の3年後、徳田秋声の重要な作品『黴』（1911）が出版された。ここに至り、彼の自然主義文学の大家としての文学界の地位が確立した。『黴』のストーリーは複雑ではなく、暗い沈んだ雰囲気の中に、秋声は煩瑣で煩わしい家庭生活を描き、夫婦の感情が通い合わない状況のもとでの抑圧と苦渋を表現した。日本文学界の常識として、『黴』と『足跡』の二作は文体の上で典型的な私小説の特徴を現しており、女主人公のモデルは、秋声の妻小沢はまである。このモデルの存在は、徳田秋声の自然主義小説への転換と展開に大きな役割を果たした。作品の中で、秋声は独自の冷徹な筆致で、夫婦の間の「プライバシー」を緻密に描いている。小説『黴』は作家の前進の道標となっただけでなく、日本の明治の文学史の上で、画期的な意義をもつ名作と論じている者もいる。

この作品を皮切りに、徳田秋声の創作はかつてない特殊な意義を持ち始めた。簡単にいえば、彼はこの時、すでに「藤村流の人道主義もなければ花袋流の感傷もなく、みずからの生活苦に対する詠嘆の声すら聞かれない徹底した現実主義が貫かれていて、主観を殺しきった客観描写がみごとに結晶している。無理想・無解決を標榜する自然主義がこの一編によって確立したといわれる所以だが、それはまた日本的私小説と呼ばれる、作品の主人公即作者自身というきわめて特殊な文学ジャンルの典型を樹立した作品としても注目されねばならぬものを持っている」[1]。徳田秋声は徹底的な写実主義あるいは自然主義者に変わっていったのだ。……絶対的に近い「客観性」描写が、まるで完全に小説の主観を扼殺したようだ。小説の中にはドラマティックな筋の起伏はなく、とても自然な雰囲気で簡明直截である。

しかし、徳田秋声の創作方法は田山花袋が提唱した「平面描写」とは、やはり少し差異がある。表面的には、二者の文体的特徴は似通っているようだが、実際にははっきりした違いがある。

田山花袋が強調したのは、描写の平面性のほかに、表現の客観性もある。しかし「蒲団」のような小説は、前にも述べたがやはり当時の社会歴史的背景と密接な関わりをもっていた。「蒲団」が踏み込んだ人物心理や苦悩の雰囲気は、依然として強い社会典型化の意味をもっていた。少なくとも、「蒲団」は20世紀初期の日本国民の個人心理と精神状況が、あのように普遍的な存在形式であったことを、読者に理解させる。田山花袋特有の価値判断と傾向性も作品の中に常に表されている。

徳田秋声はこれと異なる。秋声も花袋のように、小説の中で客観的かつ如実に平凡な人物の平凡な瑣事を描いたが、本質的には徳田秋声はもっと先に歩を進めた。彼は作品の表す陰鬱な生活の中に、主人公の消極的な生活の追求と態度を分析してみせた。明らかにそれはより極端化――「無理想と無解決」に向かうものだった。徳田秋声のこのような創作傾向は、以後の「私小説」様式の最終的確立のために、基礎固め的かつ規範的な役割を果たした。「私小説」の伝統も、日本の新文学運動の発展の中で不断に継承と変化を生み続けていった、といってもよい。この過程の中で『黴』の影響はとても大きい。これは日本文学界の認める事実である。

この独自の特徴をもった『黴』に関し、徳田秋声はかつて自分のある本のあとがきにこう書いた。

「……是より先き、私は同四十一年に『新世帯』と云ふ中篇（或は短篇）を国民新聞に執筆してをり、同四十三年に『足迹』といふ長篇を読売新聞に執筆してゐる。その前後にかけて自然主義的傾向の短篇がいくつかあり、それ以前の作品に比べると、観念的な写実風の境地から、次第に現実的或ひは生活的になり、作風が漸く地に着きかけたといふ風である。私は本来余り現実につかない性格の持主で、必ずしもロマンチストではないが、頭のわるい怠惰な空想家であつた。これは支那の書物などからも影響されてゐるらしいが、資性の弱さからも来てゐる。兎に角生活の態度がリアリストでなく、そのために無駄な道を歩いたり、危険を冒したりして、足下が定まらなかつた。これでは可けないと思つて、悩んでゐる時――それはちやうど家庭を持ち、子供も産れた時分なので、よく人生を見なければならぬといふ気持になつたやうである。これが以上の長短いくつかの作品を産むに至つた私だけの内面的の理由であるが、しかし直接自身の生活に取材したものは、『黴』が最初の試みであり、他は総て客観小説である(2)」。この論述から、徳田秋声の創作態度および彼の個人生活の作品中の特殊な地位について、おおよそ理解することができるだろう。

実は、『黴』の発表の前に秋声は多くの私小説作品を書いていた。「某夜」、「丸薬」、「手術」などである。また『黴』の創作と同時に、もう一部の「私小説」作品「能絵」も書いていた。

しかし、なんといっても、徳田秋声の文学的風格の変化の道標として、『黴』は疑いなく、作者が名を成す前の個人生活体験と感覚に取材した代表作である。

同時期の作家と比べて、徳田秋声は多作である。日本の自然主義文学が文学界で劣勢になった後も、彼は相変わらず自然主義の創作分野を堅守していた、とのことである。この前後の彼の重要作品には『爛』(1913)のほかに、『蒼白い月』(1920)、『町の踊り場』(1933)、『仮装人物』(1935-38)、『勲章』(1935)と『縮図』(1941)などがある。評論家生田長江は『徳田秋声論』という評論の中で、徳田秋声を「天生の自然派」と称している。「天生の自然派」とはなんであろうか?

秋声が自然主義文学あるいは「私小説」の文学様式に対し、生まれながらの親和感、親近感をもっていることを指している。徳田秋声は自身の一系列の創作の中で、繰り返し自己特有の「自然」な個性を磨き、彼が強調した「無技巧の技巧」の創作論を、当然のような境地にまで高めた。

徳田秋声の創作は日本自然主義文学の極致を体現した。徳田秋声の特異性は、視野の狭い、感覚的で社会性の欠けている文学様式・「私小説」に、基本的に定型を与えることができたことである、ともいえる。彼は自己の創作に依拠し、最も典型的かつ代表的な「私小説」作家と称された。西洋小説の判定基準に基づくと、「私小説」という日本的な自然主義小説様式は、読者に一種の「非小説」という特別な印象を与えるかもしれない。しかしより多くの日本の論者は、この差異こそがまさに「私小説」の特有な価値と意味を証明している、と考えている。日本の学者は、日本文学の根本的特徴はこのような一種の「絵巻物形式」だと考えている。そして西洋の小説は、より「構成的な特徴」をもっている。このような前提のもとで、徳田秋声の小説は日本文学の民族的特徴を現している。

もちろん、このような状況は徳田秋声という作家個人の身に具現されたのではなく、日本文学、日本文化の中に具わった普遍的で重要な問題である。

評論家加藤周一は、その『日本文学の特徴について』という文章で指摘している。「日本の文化の争うべからざる傾向は、抽象的、体系的、理性的な言葉の秩序を建設することよりも、具体的、非体系的、感情的な人生の特殊な場面に即して、言葉を用いることにあったようである[3]」。加藤周一のこの断定は現実的根拠があり、また説得力がある。この理論は、日本の「私小説」様式が長期にわたり隆盛を維持したことを説明する文化的要因、背景、基礎の説明に用いることができる。

疑いなく、『黴』は徳田秋声の非常に重要な長編私小説の力作である。この他に長編小説『仮装人物』と『縮図』などが、彼の代表的な私小説の名作といわれる。これらの作品は内容、表現上に必然的に違いがある。しかし、より研究者の興味を引くのは、ある共通の条件と基礎である。私小説作家として、この類の小説の創作理念を認める以外に、作家自身の条件との兼ね合いを考える必要がある。これは偶然のもので、求めようとして求められるものではなく、ある自然な符合と偶然の合致が必然である。評論家相馬御風は、『黴』に関する評論文のなかで述べている。「……此の男にとつて、一つの最も大きな生活の障害があつた。身体の虚弱と云ふ事がそれである。そして此の身体の虚弱と云ふ事が、最も多く彼の生活を暗くする原因となつて居る」。相馬御風のほかに、哲学者三木清も文章中で、徳田の健康問題に論及している。ここから見られるように、日本の論者は、私小説作家の天賦の物の構成要素に対し、一致した見方をもっている。三木は述べた。「風采や気質や才能については、各人に個性があることは誰も知つてゐる。しかるに健康について同じやうに、それが個性的なものであることを誰も理解してゐるであらうか[4]」。三木がここでこの問題を強調する理由は、すなわち徳田秋声の健康状態が、彼の創作の個性に重要な影響を与えていたことを証明するためである。同時に、二人の評論家の言説はどちらも次のことを証明している。極端に個人化した問題、条件は、まぎれもなく、この種の小説様式の前提となる。

最後に、『仮装人物』と『縮図』についての基本評価を簡単に紹介しておく。この二編の長編は、徳田秋声の晩期の作品で、『仮装人物』は徳田秋声の集大成の作といわれ、『縮図』は当時発禁処分を受けた（後に未完の形を以て世に知られる）。しかし『縮図』は発表されてから多くの賞賛を得て、「未完の傑作」と称され、人々の記憶に残った。広津和郎は「小説の中には朧な美しさがある」と評した。また、徳田秋声は生命を文学に託し、簡潔な文には深い対象への凝視を表している、と言った。徳田秋声は常に自分は不器用で怠惰な作家であるといったが、しかし、彼は不断の進歩により、晩期の創作の中で「近代日本文学の最高傑作」と称されたものを世に送り出した。

二、広津和郎とその「神経病時代」

広津和郎は明治24年（1891）生まれで、日本の近現代文学史上重要な小説家、また評論家である。青年時代、広津和郎が好んだ作家は二葉亭四迷と正宗白鳥だった。二葉亭四迷については前章ですでに簡単に述べた。二葉亭四迷は日本の近代写実主義文学の創始者のひとりで、後の作家に様々な影響を与えた。正宗白鳥も非常に重要な私小説作家の代表者である。

このような直接の関連からも、私小説と写実主義文学の間のちょっとした因縁を理解することができる。大正元年（1912）9月、広津和郎と舟木重雄、葛西善蔵、相馬泰三、谷崎精二などの作家は、共同で雑誌『奇蹟』を創刊し、「夜」、「握手」、「疲れたる死」などの短篇を発表した。しかし早期の広津和郎は、主に評論家として知られていた。彼は「個性」の自由を提唱する多くの重要な文章を発表した。大正6年（1917）10月、彼は『中央公論』に最初の短篇小説「神経病時代」を発表し、これにより、誰もが認める「新進」作家となった。

「神経病時代」は広津和郎の出世作で、同時にまた重要な作品の一つである。この短篇を通し、広津和郎の基本的創作の特徴および「私小説」様式との様々な関連を理解することもできる。この作品の当時の日本文学界での影響は大きく、ひとしきり人々の注目の的、あるいは研究対象となった。「神経病時代」は19世紀後半のロシア「世紀末」文学の影響を受け、作家の先見性に富んだ文明批判を現しているという。同時に、広津和郎は自身の性格認識を基礎とし、いわゆる「性格破綻者」の人物の典型を登場させた。小説が主に描いたのは、日本の近代的な人格崩壊で、そこから生じる危機や悲哀を表現している。広津和郎から見れば、当時日本で最も憂慮されねばならなかったのは、いわゆる「性格破綻者」の致命的な主体性喪失だった。

「神経病時代」の創作特徴を探求することは、多くの研究者の研究課題である。このような研究は、作者と当時の文化背景、文化的ムードとの必然的関係を具現した。また一方で「神経病時代」は、広津和郎の後の私小説創作の基礎にもなっている。なぜならば、その後好評を博した三部の「私小説」名作――「師崎行き」、「やもり」、「波の上」――の中で作者はより一歩踏み込み、泥沼のような結婚生活がもたらす煩悶と苦悩を表現し、別の類の「性格破綻者」を書いたからだ。

広津和郎の著述は非常に多い。彼は多くの精力を文学評論に傾けたが、創作の中にも独自の特徴に富んだ多くの作品を残した。彼の重要な評論集は『作者の感想』（1920）、後期の長編小説の代表作は『風雨強かるべし』（1933）と『青麦』（1936）などである。彼の後期の代表作品の中にも、依然として「神経病時代」の特有な文化的関心が引き継がれている。

以下に「神経病時代」の大体の物語の筋を紹介する。「神経病時代」の主人公は、S新聞社の社会部の記者鈴木定吉。定吉は、新聞メディア界と会社内部の暗く不合理な状況に憤りを感じているが、なんともしがたい。なぜなら彼は精神的弱者であるからだ。彼はいつも生活のために切羽詰まった言い訳をし、自分の弱者的行為を合理化する。彼の行為は大きな問題を小さくし、小さな問題をもみ消してしまうことになる。しかし外面の事柄は、彼が予想するようにはいかず、彼は始終わけのわからぬ精神的苦悩に沈み込む。彼はいつも自分の性格の中に生まれながらの欠陥、例えば軟弱であるとか、優柔不断であるとか、を意識しているが、どうしても自己変革ができず、非常な苦痛の中で悪循環を繰り返す。彼は、どのようにして外の世界と、他人の無理な要求を拒絶していいかわからない。友人が酒を飲むと（彼は酒を飲まない）、彼は理由もなく先を争って勘定をする。友だちの借金のため、親戚や友人の間を駆け回る。非常に無理をして友人河野の恋の仲立ちを引き受ける。定吉は、自分がこのように度胸や知識、能力がまったくないことを自分でよく分かっている。結果は予想通りだった。

自らを励まして、河野の意中の美女に会うと、一言も話をすることができなかったのだ。

鈴木定吉は明らかに屈折した人物だ。彼は正常で、健康な家庭生活をすることができず、結婚生活は苦痛で、夫婦の間に愛情の基礎がないと感じている。極言すれば、彼と良子との同棲、結婚、出産育児は、すべてどうにもならない状況におかれていた。彼は問題を考え、決断する能力と勇気を極端に欠いていた。彼は折につけ強い羞恥心を感じている。彼は自分に反問する。「ああ、一体何が責任だ？……俺には一体何の目的があるのだらう？　俺たちの家庭生活には何の理想があるのだらう？……」。子供は日に日に成長し、このような事実は定吉に恐怖を感じさせる。彼は眼前に訳の分からぬ空洞があるように思え、パニックを起こす。(5)

作品の中で、「神経病時代」の中の重要人物が遠山であることがわかる。これは対立的人物の設定だが、しかし同様に、心理的に異常な精神病患者に属する。遠山は、表面的には人に爽快な感じを与え、細かいことにはこだわらず、思い切ったことをする。実質的には、彼の思惟、言語、人生観と現実行為は、常に極端な幼稚さと混乱を見せる。不思議なことには、収入も少なく、男の魅力に乏しいこの人物に、広津はわざわざ穏やかで、賢く、日本の伝統的な美しさに合致する女性を、妻として設定する。鈴木定吉はこれに嫉妬することしきりである。広津和郎は遠山という定見のない人物を借りて、より明らかに定吉の意気地のない生活を浮き立たせて見せようとしたのだろうか。

ある意味でいえば、私小説も、このような人物類型あるいは性格描写を借りて、極端な真実感覚と心理再現を強化して表現する。しかし本質的にいえば、遠山のような人物の設定は、典型的な「私小説」の人物形態とは合致しない。一般的な「私小説」様式の規範に照らせば、わざわざある種の人物の対照を設定して、主人公の真実の人物性格あるいは心理状態を突出させる必要はないはずだ。

単純に人物の個性の角度から見れば、遠山の思ったことを率直に言う性格にはかわいげがある。彼が定吉に対して容赦なく意見する様は、かなり徹底的だ。彼はこう罵る。「貴様は一体何だ？　あの腐つたやうな女にいつも虐げられてゐやがつて。意気地のない奴だな。……なに、貴様は何が恐ろしくて始終この人生に脅かされてゐやがるんだ？　貴様はそれで善人のつもりでゐやがるんだらう？煮え切らないで愚図々々してゐる人間は神様だつてお喜びにならないぞ。……やい、貴様は元来意思と云ふものを持たない。貴様は自分の考によつて動く事の出来ない男だ。貴様のやうな人間こそ救はれる時はないのだ。貴様は一番不道徳な男だ！」[6]。遠山はこう言って溜飲を下げた。定吉に、もしほんの少し自尊心と自己憐憫があれば、このような刺激に耐えることはできないだろう。しかし、この意見は定吉にとっては、まったく効き目がなかった。

広津和郎自身も、鈴木定吉のような軟弱な性格をひどく嫌っている。しかし、初期の「私小説」作家は、葛西善蔵、嘉村礒多のような後の私小説定型期の多くの作家とは、実は類型の上で大きな違いがあった。前にも述べたが、田山花袋、広津和郎のような早期の作家は、「私小説」的な表現様式を選択し、いろいろな性格変異者を小説描写の対象として選択して、人に嫌悪感を与える人物の描写や表現の中に極端な真実を求め、人間の本質に迫る表現をした。しかし、早期作家の意識の中には、終始いろいろな文化的関心が存在していた。広津和郎も典型的な例である。日本文学界では、鈴木定吉という人物類型はドストエフスキーの書いた「余計者」の形象を模倣したものだと考えられている。また、「性格破綻者」の類型命名は、ロシア作家チェーホフの関連の論述に基づく、と証明した者もいる。いずれにせよ、広津和郎の創作は二つの面の顕在要素を含んでいる。一つは、「私小説」的人物、表現、様式追求で、もう一つはしっかりとした文化的関心と社会的責任感である。

疑いなく、鈴木定吉という否定的人物の性格の中には、常に広津和郎の性格が反映されている。またこのために、「神経病時代」は私小説の経典の作の一つになっているのだ。もちろん、主人公定吉の特異性格は作者広津和郎の性格と同じではないと考えるむきもある。作者と作品中の人物がまったくイコールであることは不可能だ。しかし、読者の印象としては否定できないと思う。この血の滴るような誠意の作と広津和郎本人は、確かに緊密な精神の結びつきをもっており、極度にありのままの作家の内在気質は、作品ないし作品人物の精神の中に深く溶け込んでいる。

一方、鈴木定吉はまったく自分の主観的願望をもっていなかったわけでもない。広津和郎はそのふがいなさに憤ると同時に、また十分に興味深く人物の理想あるいは幻想を描き出した。それは実現しがたい幻想的光景で、当時の時代的雰囲気には合わないが、しかし霧のような美感があり、遮られることなく流れ出ている。それは人物の憧れでもあり、広津和郎の憧れでもあった。どちらも主体的に、自ら願って「性格破綻者」になったのだろう。どうしようもない時代錯誤が、このような特別な類型の「犠牲」を造り出してしまったのかもしれない。広津和郎は書いている。「彼は東京で生れて東京で育つた。実際のところ、彼は田舎には三日か四日しか行つた事はなかつた。だから、彼の云ふ田舎がどこに行つたらあるのか見当はつかなかつた。けれども、彼の想像した田舎は美しかつた。……そこには小川が流れてゐた。彼はそこで釣糸を垂れる事が出来た。そこには森があつた。彼はそこで小鳥を撃つ事が出来た。そこには広い畑があつた。彼はそこを散歩することが出来た。そして人情が醇朴で、みんなが彼を尊敬した。さうだ、彼はいつの間にかそこで小学校の教師になつてゐるのであつた。彼は子供たちにトルストイのお伽話をはなして聞かせるのである。すると子供たちは、みんな嬉々として彼になつく。子供達の祖父や祖母である爺さん婆さんが、大根だの胡瓜だのを、彼の家の縁側に持つて来ては置いて行つて呉れる……」。

これがどうして現代生活の風景なのだろうか？　当時の特定の文化的ムードにおける「性格破綻者」の廃人が、内在精神の中にこのように美しい世界を潜めているのか？　これは当然、単に人物の心中の幻想的風景だけではない。作者の内心の理想的表出でもある。要するに、読者は作品中の人物と作者の緊密な関係を感じ、人物のはっきりとした明暗面を感じることもできるだろう。また一方では、「私小説」の典型的特徴としての人物形象の「自閉性」「暗鬱性」が、時には十分に明らかに体現されていないのでは、という疑念も生まれる。

多くの日本の論者の分析によれば、広津和郎は「神経病時代」の中で、当時の日本社会あるいは共通の社会問題と心理に対し、大きな関心と情熱を表現した、といわれている。彼は真剣に自身の性格上の致命的な弱点を反省したばかりではなく、同時に形象的に当時の日本で最も焦慮されていた国民的性格の問題を呈示した。広津和郎本人はこの処女作を失敗作とみなし、後悔の念を告白した、といわれている。しかし、日本文学界の普遍的観点では、「神経病時代」は日本の大正期文学の独特な収穫とみなされている。文芸評論家の荒正人は、「神経病時代」は二葉亭四迷の『浮雲』に次いで、日本人の近代「〝自我〟意識を現した先駆的文学作品」だと述べた。荒正人のここでのいわゆる「自我意識」は、「神経病時代」が否定しようとした「弱者」意識のようだ。広津和郎はかつて「『弱さ』と『強さ』」という一文の中でこう述べた。「文学者の弱い心臓は人間性と背馳する些細なものを見てもすぐに波立ち、人類の犯すあらゆる非人間性に対して反逆しようとする。彼らはむしろ弱いが故に反逆し、その反逆の方向に文学を選んだのである。(7)……」。広津和郎は「弱者」の形象典型としての「性格破綻者」を通して、時代性、社会性に富んだ「自我」意識を表現した。この種の「自我」意識と作者自身は、相当程度の「同一性」を具えているというべきだろう。それに、広津和郎が弱者の形象を否定したというよりも、彼が矛盾した心理を十分に表現したというべきだろう。

それに、広津和郎の「神経病時代」は、小説の様式あるいは形式面に過剰に関心をもたれてはいないようだ。私小説の代表作の一つに列挙されたのは、偶然かもしれない。なぜならば、広津和郎の様々な文学についての表明において、彼はそんなに単純に、個人的な「自我」の心境だけに拘泥した作家ではなく、強い社会的責任感をもっていた、ということも理解できる。彼は人間性の問題を語ったとき言った。「今の日本に最も必要なものは思想ではない。その思想を根強いものにさせる『性格の厚み』こそ今我々が最も要求するものなのだ。本当の意味での強い弱いは『積極的な事を云っているから強い、消極的な事を云っているから弱い』と云うように簡単に分け得るものではない。各人が生れて背負っている運命の重荷はそれぞれ異っているから、生活の歓喜を唱えている人と、生活の悲痛を唱えている人と案外生活力が相等しい場合もある。外面的に積極的な人が真に力を持っている場合も勿論あるが、外面的に消極的に見える者が、その心に却ってより以上の力を持っている場合もしばしばある。(8)……」。

これらの議論は、広津和郎の批評家的な思惟に基づくもので、それは社会的、文化的で総体にわたる理性的思惟であり、私小説作家特有の感性類型、様式の偏愛にのみ制限されるものではない。

また、広津和郎は「神経病時代」を発表して間もなく書いたものの中で、「私は現代の日本には、性格的に破産している多数の人間の住んでいることを知っている。性格の破産していない人間は、誘惑に打克つとかそれに打負かされるとかに依って、救われたり、堕落したりする。けれども性格破綻者はそういうわけには行かない。彼等にとっての問題はそんなことではない。トルストイの道徳やイプセンの社会問題や、そういうものではどうすることも出来ないような欠陥が彼等にはある。彼等は状態を如何に変えても救われないのだ。……私は彼等を愛し、彼等を気の毒に思っている。が、彼等の有様にかなり失望を感じている。どうしたら彼等が救われるべきものであるか、その方法が今の私にはまるで解らない。そこで私は憂鬱に襲われる(9)」と言っている。

広津和郎のこれらの論述は、彼が「神経病時代」を創作した時の思想と心理状態を理解するのに役立つ。同時に、いわゆる私小説の当初の表現形態が、多くの評論家がいうようにそんなに消極的でなかったことを理解させてくれる。評論家山田昭夫は、「神経病時代」は広津和郎の「第一主題」系列に属すると述べている。いわゆる「第一主題」とは、「性格破綻」の問題に関連する作品だ。山田昭夫はその『広津和郎論』の巻頭序言で、広津の作品は五類に細分されると述べている。すなわち、「①第一主題の作品系列。②同伴者作家としての作品及び一九三〇年代の知識人の生態を描いた連作。③所謂私小説。小品。文壇交友録的実名小説。④通俗小説。風俗小説。⑤若干の戯曲。[10]」だといっている。この分類は「神経病時代」を「私小説」様式の外に排除しているようだ。しかし山田昭夫は同時にまた、「性格破綻」の問題は、同様に広津和郎のその他の系列の作品の主題をも構成している、と強調している。彼は、「第一主題」に関する研究は、広津の後の他の多くの作品を解釈する鍵である、ともいっている。山田昭夫の考えでは、「神経病時代」は本当の意味での私小説ではないのかもしれない。しかし、彼は十分肯定的にこう述べた。「私小説」というこの特殊な小説様式の形成は、大正年間（20世紀10～20年代）の社会的精神習性の変化と、また、「神経病時代」が触れている知識階層の性格破綻の問題などと、切っても切り離せない必然的な関係がある。[11]

そのほか、広津和郎がこのような時代的特徴に富み、文学史的意義に富んだ作品を世に出した所以は、本人の精神的な天性とも密接な関連がある。この点は、繰り返し強調してきた私小説作家のある種の精神的共通性を現している。山田昭夫は述べた。理性的な面からいえば、広津和郎は理想家的で健康な「自我」意識を示したが、感性面からいえば、精神的に病んでいて、傷つきやすく、脆い特徴をもっていた。このような特徴は、明らかに私小説作家に不可欠な精神気質だ。宇野浩二もかつて、広津和郎が自分に残した印象を述べるのは難しいことだ、と述べた。

広津和郎は複雑で興味深い作家の一人だ。日本人は多く文化、思想の面で彼の創作を探求している。

ここでは、彼と「私小説」の関連を説明するために、彼の早期のひとつの力作に着目し、簡単な説明と紹介を加えた。

三、宇野浩二の小説風景

宇野浩二（1891-1961）も日本現代文学史の著名な私小説代表作家で、早くに早稲田大学英文科予科を中退した。宇野浩二の処女作は、ロマン的散文詩調の作品集『清二郎　夢見る子』である。宇野浩二と広津和郎は同い年、文学界の親友で、二人の友情は死ぬまでかわらなかった。宇野浩二が発表した一作目の小説は「蔵の中」（1919）で、中国語に訳すと「倉庫」。広津和郎の仲介があって、世に問うことができた。同年9月、浩二はまた雑誌『解放』に小説「苦の世界」を発表し、文学界での新進作家としての地位を築いた。この小説の女主人公は、作者と同棲していたことがあり、苦しい体験は浩二の後の多くの作品の主題を構成している。

宇野浩二の結婚生活は不幸で、夫婦間に真の愛情はなかったという。浩二は銀座のカフェで星野玉子という女性と知り合い、息子をもうけ、守道と名付けた。その後、宇野浩二は「思ひ川」の女主人公八重子と知り合い、プラトニックな精神的愛は、彼の晩年まで続いた。この頃の宇野浩二の作風はユーモアをともなった特徴があり、表現技巧も一流と称された。この間、彼は「若者」、「夢見る部屋」、「山恋ひ」、「高天ケ原」、「軍港行進曲」などの評判の高い作品を完成させた。しかし、創作上の過度の疲労と激動する時代の様々な不安により、宇野浩二は精神に異常をきたした。個人の内在精神が脆弱であるという特徴は、私小説作家の共通の症状であることを裏付けている。彼は広津和郎、芥川龍之介、永瀬義郎などのはからいで、青山脳病院斎藤茂吉院長の関係を頼って、小峰医院へ入院したという。病状の回復は早く、70日後に退院した。不思議なことは、彼の入院に手を貸した芥川龍之介が、彼の入院中に強度の神経衰弱で自殺したことだ。芥川龍之介は、日本の現代文学の中で最も重要な代表的作家の一人で、今日まで続いている純文学の大賞「芥川龍之介賞」には彼の名が冠されている。

昭和8年（1933）1月、宇野浩二は雑誌『改造』に小林秀雄が絶賛した「枯木のある風景」を発表した。この力作は、宇野浩二の後期の創作の特殊な作風を確立したという見方もある。確かに、この作品は宇野浩二が以前得意とした饒舌な叙述を廃して、簡潔素朴で現実的な物語的手法を採っている。この時の描写は、叙述の過程の中に練りこまれ、以前の言語方言の中のユーモア的特徴は見られなくなり、冷静な観察者としての眼光だけが残されている。

「枯木のある風景」の後、宇野浩二は「枯野の夢」、「子の来歴」、「終の栖」、「夢の通ひ路」、「器用貧乏」など一連の作品を次々と発表した。昭和23年（1948）春、宇野浩二は東京文京区森川町に転居した。戦争の間、彼は、たとえば「浮沈」、「思ひ草」、「思ひ川」、「うつりかはり」など、主に自伝体長編小説の創作に従事した。晩年、宇野浩二は日本芸術院会員や「芥川賞」選考委員を務めた。古参の文学の巨匠として、彼は多くの社会活動、国際文化交流活動にも携わった。昭和36年（1961）、宇野浩二は肺結核で世を去った。死の前には明らかに創作上に変化があり、この時期のほとんどの作品は私小説である。それらの文体は、明らかにいわゆる「客観小説」の表現の特徴に近づき、作品中の人物は大部分みな「自我」生活の中のよく知っている人たちだ。

宇野浩二は多作である。ここでは中期以後の二つの作品を紹介する。そのうちの一つは1933年発表の小説「枯木のある風景」だ。宇野浩二の全創作過程の中で、この作品は段階的で重要な意義がある。小説の主人公は島木新吉だ。彼は奈良に写生旅行に出かける途中、以前友人古泉圭造のもとを訪れたときのことを思い出した。古泉圭造は島木の親しい画家で、非常に優れた芸術的才能と精神力をもつが、体はとても衰弱している。このような状態を見て、島木新吉は疑問を感じた。古泉は仮病を使っているのだろうか？　島木は、自分も古泉も雄弁なことを知っている。異なるところは、古泉の雄弁さは彼の吃音の中に現れる。不思議なことに島木は古泉と向かい合っていると、いつも聞く側にしかなれない。島木は、古泉の話はユーモアに富んでいることを認めざるを得ない。だから、古泉のところで聞いた話は、ずっと覚えていた。「枯木のある風景」という小説の題名も、古泉圭造の自分の絵の構想と命名に関連していた。この絵の中には一人の裸婦がいるが、4本か5本の枯木の丸太を横たえて描こうと思っている、と彼は言った。古泉はこの絵の中に松尾芭蕉的な融合——写実と空想の「カクテル」を試みようと思っている。古泉のこの表現は、島木にとっては強烈な刺激で、その日は一睡もできなかった。

実際に、古泉が話をするときの眼光は、島木に不安感を覚えさせた。彼は、古泉がしきりに目をしょぼしょぼさせるのに気づいた。その眼差しの中には極度の睡眠不足と神経衰弱がみてとれ、昔の澄んだ聡明さはまったくなかった。反対に、古泉の健康状態が衰えていくにしたがって、彼の作品は驚くことに日増しに増え、絵の質も益々精巧になった。彼のユーモアに満ちた面白い話は、もともと人にいくらか不真面目な感じを与えたが、今ではそれが奇異に感じるほど深刻になっている。

島木は、自分の創作と古泉とは道は違うが行きつくところは同じで、意識の上でも近いものがあると感じた。当然心の奥底で陰鬱な憶測が生まれた。「古泉は妻の刺激で仕事をし、俺は古泉の刺激で仕事をする」。

この小説は「一人称」の表現形式を使っていないが、しかし主人公島木新吉には、明らかに作家宇野の影がある。それでは、「芭蕉的」という表現をどのように解釈するのか？　宇野浩二は島木の口を借りていった。いわゆる「芭蕉風」とは過剰に実景に拘ってはならず、絵は悠然自在を表現し、対象（タブロー）の線はできるだけ省略し、かたまりとしての表現の中に重厚感を表現する。彼はまた言った。いわゆる「芭蕉風」とは「昔の長閑な、何処となしにゆつたりした、太古の音楽でも聞こえて来るやうな感じを持たせたい[12]」ものだ。島木は自分の画家人生の中で、ずっとこのような境地を追い求めてきた。しかし、彼は古泉の創作と芸術理念を思うと、心中慚愧にたえない。彼は古泉が4、5年前にモネの名画と同名の「雪景」を描いたことを思いだし、その絵の構図と色彩を思い出した。彼はその「雪景」の構図が簡潔で、色彩も枯れていたのに気づいた。彼は、古泉の絵は芭蕉の境地を越えて、さらに上質の芸術でさえあることに気づいた。古泉はずっと以前からその独特な作風を追求しはじめ、「枯木のある風景」で成熟に至ったのだ。島木のこのような個人的な秘密、暗い心理についての描写は、明らかに宇野浩二のこの作の重要な特徴のひとつだ。

小説の結末は、古泉の突然の死だ。島木は駅の待合室で古泉の随筆集を読んだ。

――「今のところ、何といつても、私の思ふ存分の勝手気侭を遠慮なく振舞ひ得る場所はただ一枚の書架の上の仕事だけである。ここでは万事をあきらめる必要がない。私の欲望のありたけをつくすことがゆるされてゐる。画家といふものがどんなに辛い目に逢つても、悪縁のごとく絵をあきらめ得ないのも無理のないことかも知れない[13]」。島木新吉は、古泉の絵には、彼の言論や文章のなかに見られるようなユーモアや風刺がまったく見られないことに気づいた。風刺とユーモアは、古泉の「仮面」にすぎないのだ。島木は、陰鬱な気持ちで古泉の一切を思い出した。同時に、とても明るく爽やかな古泉の妻を思い出した。彼は、古泉は実は幸せで、彼は家庭では同様に二つの仮面（「父親と息子」）をかぶっているのだと思った。妻は彼のために絵以外の一切を引き受け、彼の絵画芸術を左右してさえいるのだ。

小説の中で、島木は二人の弟子と一緒に古泉の家に行った。古泉の遺体は彼が最も好んでいた中国式（?）ベッドに安置してあった。枕元には、故人のフランス人形が置かれていた。島木の目に、ベッドの上の痩せ細った身体は、仏像のように映った。島木は巨大な精神と痩小な身体の対立を見たような気がし、心中驚嘆を覚えた。そのほか、弔問者すべては、特に島木は、古泉の遺体の上方の壁に掛けられているのが油絵の最後の作品「枯木のある風景」であることに気づいた。ほかに、下には未完の作品「裸婦写生図」があった。島木は亡き友の遺骸の前で深々と黙禱し、長い間じっと二枚の絵を見つめた……。

小説「枯木のある風景」の物語の内容はそんなに複雑ではない。文学界の注目を集めた理由はたぶん、作品が宇野の一貫した作風を変えたことにある。この作品の中で、彼はより写実的な筆法を用いはじめ、身辺の人物とストーリーを描き、同時に自分の心理、感覚、思想、情感を如実に分析し、以後の本当の「私小説」代表作家のために、地ならしとしての準備をしたのだ。

これについては、評論家中島健蔵の論説が重要である。中島健蔵は、日本文学界の様々な「宇野浩二論」に真っ向から対立し、まず宇野浩二は私小説作家ではないとはっきり否定した。これは非常に面白い。彼の理由は、もし「私小説」作家であれば、作品の主人公はいわゆる「足場」的性質を具えていなければならない。一言で作家だと言えば、「自我」こそが最も堅固な足場の材料である。「自我」を書くことは、当然勇気が必要だ。しかし、彼はまた述べた。ほかにもう一種類の「私小説」があり、最初、足場を必要とせず、足場の材料を直接建築の中に用いてしまう。このような言い方はいささか不明瞭である。論者は、自家撞着に陥っているようである。彼ははじめに「私小説」中の主人公は、作家自身である必要はないと述べているが、しかしだんだんと言うことが変わっている。宇野浩二の作品の中の現実の人物が、結局足場なのか、処理を経た建築用材なのか、彼は自分でも正しく把握していないようだ(14)。

しかしどうあろうと、中島健蔵の見方は一家の言をなしている。宇野浩二の作品が私小説に属するのかどうかは別にして、中島健蔵の宇野浩二への関心は注目に値する。中島はまた「懐疑と象徴」の中で、特に、宇野の小説「子の来歴」と「枯木のある風景」に論及し、二冊は蔵書として持って良い本だ、と述べている。中島が特に褒めているのは宇野の小説の中の人物心理と人間の動きについての描写で、小説中の「死」の描写に対しては、大いに賞賛している。彼は述べている。「死を背景とする感傷や激情はまだ容易ですが、死を前提とする抒情は実に困難です。ところでわたくしは、真に生を感じさせるものは前提としての死である、死の影が濃くなればなるほど生の抒情が高揚すると思っているのです。[15]……」。このような論説は真の私小説論とはあまり関連がないが、しかし我々に宇野の小説の優れた切り口を示してくれる。

前述の重要作品のほかに、「思ひ川」（1948）は、宇野浩二の後期の長編小説の代表作として、比較的典型的な私小説の名作のひとつだ。小説は「自伝的」色彩をもち、不可思議で、純潔な精神的恋愛を主軸とし、作者の異常なまでの、あるがままの精神面を表現している。「思ひ川」は浩二の晩年の流動感、量感に富んだ力作である。

このほかに、短篇小説「続軍港行進曲」も私小説の特徴が著しい代表作と言われている。この作品の主人公は、もちろん「一人称」で、小説は依然として宇野浩二の深邃、枯淡、叡智に満ちた眼差しを十分に感じさせる。過剰に個人化した現実生活は、本来読者を感動させるには至らない。しかし、宇野浩二の魅力ある筆のもとに、一種の類いまれな叙情が、写実的な文体の中に融合して一つとなっている。そのため、小説中の生活の記述に、別のある私小説作品のように味気ない退屈さがなく、特有な趣の中に普遍的意義をもった精神生活の情景が現されている。主人公と恋人の絶望、苦悶あるいはヒステリーは、現実根拠に乏しい修辞ではなく、作者自身の深い感銘、思考と観察に基づいた精神の血の滴りである。宇野浩二の文体の風格は大家の風采を示している。しかし、探求に値するのは、「私小説」様式の文体特徴の中には抒情的特質を含まない、と考える者がいることである。

私小説の厳密な定義からいうと、宇野浩二の創作には異論がある。しかし、彼が魅力的作家であることは否定できない。同時に、中期以降の創作は、多くの重要な文体的特徴の上で多くの人が認める私小説の判定基準に符合しているといえる。たとえば「続軍港行進曲」の中の「私」も小説家で、小説創作の種々の問題と苦悩を抱えており、同時に二年の苦しい生活を体験し、「苦の世界」という表題の未完の長編小説を書いた。現実でも、宇野浩二にはこれと同名の長編小説「苦の世界」（1919）がある。この小説中の人物と作家宇野浩二は、多くの面で基本的に「同一」の特徴がある。

『続軍港行進曲』は本物の「私小説」作品といわれている。作品は写実と回想という異なる形式を通し、名門の出身だが、矛盾だらけの、不幸な女性真理子を描いている。真理子と主人公「私」は、離れられない深い恋愛関係にある。しかし関係は不即不離で、変化が絶えない。真理子は常にどうしようもない精神的興奮と自殺衝動の中にあって、「私小説」様式特有のどうしても解けない「かた結び」のようである。真理子は「私」と分かれて数年後に、ついに自殺を遂げた。小説の筆触は平淡だが、静謐で恬淡な哀愁の中に私小説作品の写実的魅力が現れている。読者は作品を通して、現実生活の本当の様子がこうだったと感じとることができる。このほか、宇野浩二が苦しみながら追求したのは、あるいは内面的、精神的酷似の境地で、簡単な表面的な類似を求めるだけではなかったのかもしれない。真理子のすべての描写は、実際、主人公「私」、すなわち作家自身の内在精神の歩んできた道と苦悩を表現するためだったのだ。

四、葛西善蔵と私小説の前近代性

葛西善蔵（1887-1928）は徹頭徹尾の私小説作家といわれ、日本の近現代文学史上特殊な地位を占めている。葛西善蔵の処女作は、1912年刊行の雑誌『奇蹟』創刊号に載った「哀しき父」である。以後、彼は同じ雑誌上に「悪魔」、「池の女」などの作品を発表した。1923年、葛西善蔵は関東大震災に遭い、翌年9月、日光の湯元温泉に避難し、この時期に喀血が始まった。

葛西善蔵の一生は、ほとんどずっと病苦と貧困の中にあり、世間の考え方、倫理などとはほとんど関わりがないようだった。日々の暮らしの中で、狂ったように「自我」虐待を繰り返し、生活の犠牲の中で、作家が表現しようとする特殊な感懐を求めた。ある論者は葛西善蔵の小説を「破滅型」私小説と分類する。「破滅型」に相対するのは、いわゆる「調和型」の私小説だ。では、「破滅型」の私小説の主な特徴は何か？　簡単にいうと、日本のあらゆる私小説作家はある共通点をもっているというべきで、それは即ちその「個人化」の現実生活の中で、不可避に生活上、精神上あるいは心理上の「危機感」に直面していることだ。この危機感は異常に強烈で、あらゆる私小説作家あるいは作品を似通った暗い雰囲気で覆った。周知の通り、私小説作家の極めて重要な判別標識の一つは、作品の中に表した「自我」を確保し、できるだけ絶対的に現実の中の作家の「自我」と等しくすることだ。このような追求には可能性があるかどうかは別にして、私小説作家は極力これに近づくよう努力している。そして一方では、一般の情況では、またある特殊な判定基準が常にあり、異なる風格の私小説区分を二種類の主要な類型に分けている。――いわゆる「破滅型」私小説は、作家自身と作品中の人物がどうにもならない現実生活の苦境、苦痛と危機の中で絡みつき、彼らは自虐して「自我」を零落させ、破滅させる以外に道はない。反対に、「調和型」私小説の基本的特徴は、簡単にいうと、前述の生活の苦境、精神的「危機」感が、作家ないし作品人物の正常な生活を完全に破滅させるには至らない。彼らは常々ある種の独自の解決方法を探し出すことができ、暗い「危機」感を、リラックスした明るくのびやかな心境、ムードに転換する。

面白いのは、このような様式の限定の中で、葛西善蔵は相変わらず私小説以前の日本伝統文学に特有の約束を守り、創作の中では依然として日本伝統文学における特有の超然、従容、飄逸を保ち続けた、ということだ。日本の現代文学界の一般的認知に依ると、葛西善蔵は、強烈な自虐と懺悔の境地の中で重厚な詩情と写実を保ち続け、「私小説」あるいは「心境小説」という日本民族の精神文化気質に関わる小説様式を現実的な文学界での存在へと変えていった、ということだ。葛西善蔵は、日本大正期の最も代表的な私小説作家のひとりである。後日、ある人は彼をもう一人の代表的私小説大家の志賀直哉と比較して論じた。志賀直哉は「調和型」私小説の典型的代表である。

葛西善蔵の作品の数は、あまり多くない。以上の作品のほかに、比較的重要なのは「遁走」（１９１８）、「暗い部屋にて」（１９２０）、「父の葬式」（１９２３）、「酔狂者の独白」（１９２７）などである。重要なのは、葛西善蔵の作品の全てが、自己の身をもった生活から題材をとっていることだ。彼の処女作は前述した「哀しき父」で、この作品は僅か六千字余りであるが、とても興味深い作品だ。この小説は葛西善蔵の全ての小説創作の中でも、特別重要な地位を占める。小説の筆致は細やかで、鋭敏で、静謐で、叙事的な散文を思わせる。小説の主人公は三人称で「彼」――「哀しき父」である。この「哀しき父」は寂しく惨めな詩人だ。自分自身の事情で、彼は頑なに自分を閉ざし、都会、生活、友人、音楽、色彩、およびあらゆる事柄の外に隔離する。あるいは、頑固に「自我」の陰鬱、狭小な世界に閉じこもるといってもよい。貧困、病気がち、困窮のためやむなく自分の子どもを田舎の母親に預ける。彼は片時も子どものことを忘れたことがなく、耐え難い孤独を体験する。彼は酒によって憂さをはらし、辛い病苦と不眠と不安を追い払おうとする。彼は悪夢の中で子どもの将来を垣間見る。子どもの将来も、同じように「暗い運命の陰影」に覆われているのではないか？

間もなく、彼は喀血するようになった。しかし、彼はおかしな意識の中で、このような病苦を「命の洗礼」と見なす。彼は天涯孤独の寂しい生活を続ける。彼は哀しい父であり、またあわれな夫である。

この作品を書いている時、葛西善蔵は自分の将来の文学の質と方向を定めた、と述べている者がいる。作品人物の悲しい離散生活の中で、人の父としての様々な煩悩は暗く、身を切るようである。この孤独な父親は、子どもの元へ戻って子どもの友となり、子どもの教育の責任を担いたいと思う。しかし結局彼はこういう思いを捨て去り、「永遠に、死ぬまで自らの道を追求しよう」と決心する。この短編小説の筋はこれだけだ。読者がここから読み取る「破滅」は、余分なあるいは過剰な、はらはらするような要素はなく、極めて自然で、平静な過程でだんだんと実現してゆく。この類の私小説が精一杯追求するのが、静かな自然のうちにゆっくりと実現される生活の真実、心理の真実であることを、作品の描写の中から読み取れるのではないか。この「破滅」はいつも自然で、様式に対する苦しい追求である。

では、葛西善蔵の私小説の代表作――「湖畔手記」にはどのような主要な特徴があるのだろうか？この作品にはもともと完成したストーリーとプロットはない。彼が小説の結びに書いているように、「湖畔手記」は糟糠の妻のために書いた雑記で、創作の目的は妻への贖罪で、自分とおせいの間のもめ事のいきさつを説明したにすぎない。しかし、知らぬ間にこのような「無聊の小説」（葛西善蔵いわく）になってしまった。小説の中では主に「自分」のおせいに対する感じ方と見方を書き、主人公「私」の交友生活をも書き込んでいる。小説は幾人かの、似たような運命をたどる友人KとSなどを通して、「一人称」人物の生活境遇と心理状態を浮き立たせている。典型的な私小説の名作として、作品中の「私」と作者葛西善蔵は明らかに「同一性」をもっている。葛西善蔵は小説の中で、滅茶苦茶にたくさん書いてしまったが、妻に自分の孤独の苦しさを感じとってほしかった、と説明している。同時に、ほかにも思うところがあったのではないか？　自分はこんなにも落ちぶれていて、息子の学費さえ負担できない。小説を書けば、なにがしかの実入りがあるのではないか？　小説中に書いている。「七月以来妻と自分との間が一層疎遠になつてゐる。亡父の三回忌におせいを伴れて行つて会はせたのが、また失敗である。やはり、自然の時を待つほかないのだ[16]」。このような心境表現は、非常に典型的に、「破滅型」私小説作家の特殊な文体と境地を現している。

葛西善蔵は彼の小説の中でまた書いている。十五年の結婚生活が残したものは、ただの苦い滓だけで、妻の髪は真っ白になってしまったが、今になってもまともな家さえない。「私」がこの中で積み重ねたのは、ただ本能的なあやまちだけだ。「私」は家庭生活の苦楽が分からず、家庭生活が私にもたらしたものは、ただ幻滅だけで、「私」を廃人同様にしてしまった。「私」の生活の土台は暗く、悲劇的だ。当然、「私」は自分とおせいの関係を呪った。自分の過ちは、何といおうと過ちだ。そのような愛情もなく、魂もない関係は続けていく必要はまったくない。しかしおせいはそう思っておらず、わけも分からず「私」の子を身籠もってしまい、本当に執拗だ。小説の登場人物に対し、常識的な道徳心を以て批判してはならないことは明らかだ。人物の存在に、それ自身のロジックがある。このように、煩瑣で理に反する現実模写の中に、私小説の名作特有の真実情況とまぎれもない感懐と心境を現している。小説の中に取り入れられ、表現された全ての素材は、泥沼に落ち込んだような、堕落した男女関係を含めて、みな人物の極端で強烈な「破滅」の感覚を表現するためのものである。言葉を換えていえば、読者がもしこの類の私小説を読んで、より大きな感動を得たいと思うなら、似た経験を持っていることが、常に作品閲読あるいは解読の必要条件である。

次は、「私」の病床での呻吟である――「すべてが、妄想と云ふもの、仕業か知らん？　絶望して見たり、希望を描いて見たり、憎悪、愛着、所有感、離脱感――何もかも皆己れと云ふ拡大鏡を透しての妄想と云ふものか知らん？　あの山の樹木、湖の水が自分等に無関心のやうに、自分も社会、人間、周囲に対して無関心な気持になれないものか知ら。生の溺愛か、離脱か、はつきり出来ないものか知ら。はつきり出来ないところに何か知ら生活の味……？」[17]。葛西善蔵が小説の中で描き出したのは、典型的な生活敗北者だ。彼は作品の中で、自分は「活きた屍」だと哀嘆した。葛西善蔵の文学の根本的特徴は、閉鎖的「自我」に対する凝視あるいは表現だ、とある人はいっている。この評価には説得力がある。葛西善蔵は「破滅」から出発しようと決意した。彼のその「破滅」の決心は、世俗の倫理と愛情を美しい詩情に変えた、ということだ。一般の読者の印象としては「湖畔手記」の詩情は、現実の重圧に粉々に砕かれてしまった。その手記は臨終の呻吟のようで、地獄や、錯乱し混濁した「酔狂者の独白」を連想させる。

評論家山室静は、かつて1939年『早稲田文学』一月号上に「葛西善蔵と私小説」という文章を発表した。文中、彼の葛西善蔵に対する評価は、たいへん高い。彼は言った。「間違ひなしに氏は私の最も好きな作家の一人であり、この点からのみ言へば漱石藤村のやうな大作家、百花繚乱的な現代の才能ある人達の誰よりも、と言つても私にとつて大して誇張ではない[18]」。

このような評論の根拠はどこにあるのか？　山室静はまず、文章中で必要な定義づけをした。葛西善蔵は疑いなく自然主義文学の源流の私小説作家だ。山室静は、「自然主義文学はただの技法運動にすぎない」という言い方には賛成しなかった。日本では自然主義文学運動の作家を育成したが、むしろ理想主義の特質を具えたというべきだろう、と彼は述べた。なぜならば、彼らの作家精神と文学作品の中には、ロマン的熱情と才能が現れている。日本の自然主義文学は当時人々が誤解していたような、いわゆる「無理想、無倫理」のもの、僅かに技法の面に限られた一種の実験ではなかった。自然主義文学は写実主義文学の支流のひとつとして、またそれ自身に対する挑戦、探求である。

山室静はまた述べた。私小説と日本の自然主義文学は分けるに分けられない淵源の関係があり、このように見ると、私小説はまさに日本自然主義文学の必然的に帰結するところ、或いは方向である。山室静は私小説を否定する気はなく、彼はこのような文学状況の発生理由は十分にあると考えた。自然状態の人類社会である以上、個人は同じ等しい権利を具えた存在であるから、なにも他人を描かねばならない理由はない。次に、もし作家の描写が最大の誠実を求められていたなら、「自我」の体験はきっと最も信頼できる根拠になる。山室静はまた、実は創作中の「自我」体験を過剰に強調すると、時には小説の否定を具現してしまうかもしれない、ともいっている。本来的な人類の生活には小説性は具わっていないのだ。

しかし葛西善蔵はこれらを気にかけなかった。彼はただひたすら作品の表現中の「謙遜、誠実、正直」を追求した。山室静は、日本作家がこのように猥雑で狭隘な「自我」に固執するのも、理由は社会的「自我」を拡充する道が早くも塞がれてしまったためだ、と考えた。

葛西善蔵はかつてこのようにも書いた。「何が自分をこんなにまで無力にし、自分を弱らせたか。自分の病気、過度な飲酒――それが大部分の原因をなしてゐるとは思ふが、むしろそれ以上に自分を弱らせてゐるものの本体――さう言つたものが、此頃稍明瞭に解りかけた。つまり自分は日本的な古伝統主義者であり、家族主義者であり、その亡霊が自分を脅かしてゐたのだ。その亡霊の苛責の前には自分は実に無抵抗的な弱者である。それが永年の間自分について廻り、生活的にも、芸術の上にも先刻話したやうな憂鬱妄想狂たらしめたのだ[19]」。

彼の叙述の中から次のことを発見できる。日本の旧式文化社会の多くの伝統が、現代社会の個体「自我」の人間的成長にとって脚を引っ張る役割を担っている。同時に読者は連想することができるだろう。日本の「私小説」作家は非常に執拗に、煩わしさを厭わず「自我」を追求、表現するが、実際上、その「自我」は現代文化学の意味からの、いわゆる「自我」ではない。

葛西善蔵はこのように、まさに日本の伝統の「脅迫」のもとに、外部世界に対する一切の抵抗を放棄した。彼が擁していたものは貧困、病、飲酒癖だけだ。これらは彼の恨みの対象であり、また彼特有の慰めでもあった。たとえば「湖畔手記」は作者の無限の絶望を表現しているが、もがきの中に温かさ、健やかさ、澄清さが滲み出ている。山室静は、その底からゆっくりと滲み出てくるものは、彼の暗い人生の特異な甘美さである、といっている。山室静はその論文の結語でまた述べている。「人間的真実の探求とそれの客観的描写が見事な形姿に統一されるなどは最も困難な作業である。まして読物の伝統は豊かすぎても、そのやうな近代小説の伝統は我々の許にどれだけありえたか。バルザックの壮大もメリメの美しい簡頸もなほ遠かつた。人間の正直な追究が形式を破壊しても、豊麗な姿が通俗の魂を包むよりまだしもである[20]」。

葛西善蔵は肺病の悪化で、1928年7月他界した。享年41歳。彼がこのように相対的に純粋な私小説の名手になった理由は、その出身、経歴、性格と非常に密接な関係がある。そのほか、葛西善蔵は徳田秋声を師としていた。当時の秋声はまだ有名な自然主義の代表作家ではなかったが、彼の自然主義文学的意識と傾向は、葛西善蔵に大きな影響を与えた。結局のところ、葛西善蔵の文学の中に時々現れる社会的「余計者」の形象は、先輩作家の特定な影響と無関係ではなく、それに彼個人の特殊な体験とも密接な因果関係がある。葛西善蔵は田舎の地主の家に生まれ、身ひとつで東京に出てきた後、訳の分からぬ反時代意識を内心に抱いていた。葛西善蔵は、日本社会の異常に速い資本主義化が自分の家の没落をまねいた、と直感した、といえる。ゆえに彼は潜在意識の中で、早くから本能的に時代への嫌悪を抱いていた。都会の人間に対して劣等感を抱いていた。彼はまた、日増しに発達していく資本主義社会をおもしろく思っていなかった。加えて、作家になってから「彼の人間としての生活状態は、百姓や車夫よりも劣悪だった」。彼には真の友もほとんどなく、本当に社会の「のけ者」だった。

田中保隆は『葛西善蔵仮説』に書いている。葛西善蔵にとっては「文学と生活とは一体不離であった。文学を生活に、あるいは生活を文学に近付けるなどという分離的な意識はなかった。したがってそこには演技の意識もあり得ない。演技にはまた「他者」識が前提されるが、善蔵の場合には「他者」識は希薄であり、彼を支配していたのは、彼一箇の、禅宗と結びついた直観主義的な中世的求道の精神であった。その点で彼はきわめて健康であり、演技を必要とする基盤を持たなかった[21]」。田中保隆はさらに詳述している。葛西善蔵の文学は、実は、ある種の背徳の中で燃焼していたが、しかし彼は懐疑を示したことはない。生活の「不如意」は、その意志を消し去り、屈服させることはできなかった。

この意味からいえば、葛西善蔵はまた精神的に健康な作家である。もちろん田中保隆のいわゆる「健康」はこれとは異なる面のことだが。葛西善蔵はその悲惨で苦痛な生活情況の中で、不思議な楽天的態度を持ち続けた。「私小説」的な創作理念と実践は、「破滅」の中で、彼に平静な心理状態と楽天性を持ち続けさせた。

本質的にいうと、葛西善蔵の文学は「近代性」を欠いており、時代遅れの感を与える。田中保隆は問いを発している。このような文学が、どうして大正末期の20世紀20年代前半期に大いに好まれ、支持を得たのだろうか？　田中保隆は改めて、いわゆる「近代」の定義を考察した。いわゆる「近代」

にまず付随したのは「自我意識」の覚醒である。彼は、「自我意識」の深化は必然的に「他者」意識をともなった、という。「他者」の対象化の中でこそ、「自我」の存在が意識できる。「他者」意識と離れた「自我」意識は存在し得ない。この時、田中保隆は、「自、他」は対立的な関係にあり、「他者」との対立関係の中で「自我」は孤立の存在になる、と述べた。しかも孤立した「自我」はまた、第二、第三……極度に微小な「自我」の中の対象化を行ない、さらに一歩進んで、新しく生まれた対立関係の中で、これを新しい「他者」とする。一方、このような「自、他」関係は永遠に対立の関係にあるわけではない。時には融合的関係にもなる。強烈に自我の孤立を意識すればするほど、「自、他」の融合もますます不可欠になる、と彼は述べた。一方では、「自、他」の対立を前提とし、もう一方ではまた「自、他」の融合を可能にした、ともいえる。「ここに近代における契約社会の理念が登場してくる。契約社会において、自他の融和への希求は、――結果としてはもちろんある程度ではあるが、――実現される[22]」。田中保隆の以上のような論述は、確かに重要で、彼が煩瑣をいとわず「近代」を解釈した目的は、近代作家が具えるべき基本的特徴を説明するためである。

彼は、近代の特徴の微小な「自我」を持つことは近代作家の文学の拠り所で、「自、他」を融合する意志は近代作家の創作活動の原動力である、と考えている。近代作家は自己の創作活動を借りて、「自、他」の間の橋梁にしている。この目的を実現するためには、当然普遍性を必要とし、普遍性を得るために、作品の構成、虚構を重視せねばならない。彼はまた強調した。近代社会の中で、主語のない対話は成立しがたい。近代社会はまた未曾有の、対話を必要とする社会である。

繰り返し述べると、葛西善蔵が読者の歓迎を受けたのは、はっきりとした前近代的な文学意識が原因であり、いわゆる近代作家が必ず具えるべき素質ではなかったのかもしれない。また、「私小説」というこのような日本特有の小説形式自体が、実質的に前近代的精神の内包を具現する文学様式といえるのではないか。「私小説」が流行し歓迎されたのは、おそらく、日本の文化界のある特定の時期の全体的趨勢、読者大衆の伝統的な閲読心理あるいは社会心理と密接な関わりがあったのかもしれない。要するに、日本社会の迅速な近代化の過程で、前近代的な感情、心理、思想意識といったものが、対立的なものとして未だ重要な存在を構成していたのだ。

五、嘉村礒多の小説の特徴と文学界の評価

嘉村礒多は1897年に生まれ、1933年に夭逝した私小説の代表作家である。嘉村礒多の青年時代の家庭生活も、葛西善蔵と同じように読者に暗い生存感覚を与える、ということだ。彼は両親とよく衝突した。以前に結婚経験のある藤本静子と結婚したが、長い間不和が続いた。傷ついた心を慰めるために彼は宗教にのめりこんだ。嘉村礒多は葛西善蔵に師事し、二人はいわゆる文学界の師弟だった。ふたりは志と信念を同じくし、運命とその最期もよく似ていた。29歳のとき、嘉村は妻の静子を捨てて、裁縫助手の小川千歳と東京へ駆け落ちし、赤貧の生活をおくった。

嘉村の処女作は、雑誌『不同調』に発表された短編小説「業苦」(1928)だ。同年にはまた同じ雑誌に小説『崖の下』が掲載された。ふたつの作品は「無名の傑作」と褒め称えられ、有名作家宇野浩二の高い賞賛を得た。1932年、嘉村礒多は『中央公論』に代表作「途上」を発表し、不動の作家の地位を確立した。そのとき彼は僅か36歳だった。嘉村の重要な作品には、「曇り日」、「牡丹雪」、「秋立つまで」、「神前結婚」などがある。その短い作家生涯において、嘉村礒多はあまり多くの作品を残すことはできなかった。作品は30編足らずで、すべて作家の「自我」身辺の日常生活から題材をとった私小説である。嘉村礒多は、現実生活の中で発生した平凡な事件と「自我」生活の言語挙動を

執着的に描いた。描写の中で彼が終始逃れられなかったのは、強い羞恥心と罪の意識だった。彼の「自我」暴露は、非常に徹底的で、何もかも余すところなくさらけ出していた。それで、人々は嘉村の小説を自虐的告白の懺悔録と称した。作品は自ら作家の「自我」の自尊心ないし人間の自尊心を奪い取った。

彼について言えば、主要な問題はいかに自らを救うかということだ。これは彼の一生の祈願でもあった。しかし、真に彼に幻想的希望をもたらしたのは文学ではなく、宗教と形而上学的方法論だった。嘉村礒多の、その他の私小説作家との違いは、ここにある。

嘉村の理想の中のいわゆる佳作は、「宗教と文学の融合」した作品である。

しかし、嘉村礒多の宗教観念は彼の現実の人生と、緊密に相関連していた。彼は、本当の信仰は暗い重苦しい人生のなかにのみ自然に形成される、と考えていた。人の肉体、魂が直接発する音は何よりも貴重だ。彼はまたこのように言った。人々が救いを得たいと欲する大前提は、自分が絶対に望みのない境地に身を置いて自己を認識することである。そのような境地の中で自己の深く重い罪業を分析せねばならない。嘉村文学の中心あるいは要点は、前述の「自我」懺悔の土台の上で、少しも隠すことなく赤裸々に、「自我」の中に潜在する一切の虚栄と一切の罪悪を告白することである、といえる。このような情況の下で、私小説作家の「自我」告白式の創作傾向は、嘉村の文学の中でおのずから極致まで発揮された。彼は作品の中で、伊藤整（文学評論家、作家）のいう「現世を捨てた者」の典型的形象を描いた。同時に、前に述べたように、嘉村礒多は葛西善蔵と同様に破滅型の私小説作家に属する。異なるところは、嘉村礒多は葛西善蔵の後輩で、彼が文学界で名をあげたときは、ちょうど葛西善蔵が病気で死ぬ昭和3年（1928）前後だった。

日本文学界の定説では、嘉村礒多は、田山花袋、葛西善蔵などが一歩一歩築いた日本的な自然主義文学の伝統を受け継ぎ、昭和初期の特定の文学、文化ムードの中で独自に「伝統的写実主義の砦」を固守したことになっている。

面白い偶然の現象がある。田山花袋の「蒲団」、葛西善蔵の「湖畔手記」および前述の幾人かの私小説の代表作家の作品は、ほとんどすべてが短編小説だ。嘉村礒多の処女作「業苦」と代表作「途上」も、非常に洗練された短篇の佳作だ。葛西善蔵と比べて、嘉村礒多は同じ「破滅型」の私小説作家に属するが、彼の小説はより重く、より奥深い。なぜなら、ここには宗教的なある要素が加わっているからである。

「業苦」が読者に与えるものは、相対的にいえば、軽い解脱感のようなものである。

「業苦」はやはり「三人称」の叙述方式をとる。主人公は圭一郎といい、家には妻子がある。たいした根拠のない理由から、彼は病的なまでに、妻が結婚した時処女ではなかったとの疑いをもつ。夫婦の間にいつも諍いが絶えず、家庭生活は苦痛に満ちていた。ちょうどそんな時、圭一郎は縫い子の千歳と知り合い、愛し合うようになり、妻を捨てて家を出た。ふたりは知り合いのない東京で、貧しく逼迫した現実生活をおくる。これは小説の表面的な粗筋だ。

「業苦」の筋は、嘉村の現実生活と完全に一致する、とある者は考証して言った。間違いなく、これは私小説の最も重要な様式要求のひとつである。嘉村の小説のほうがより徹底している。彼はある特定の情況の中に、人物の内心のあがき、苦悩、後悔を如実に描き出している。小説の中にはより有効な「自我」の心理告白は全般的には用いられておらず、私小説が好んで常用する、もう一つの形式である書簡形式を用い、これによって詳細にわたった背景説明を実現している。

小説の始まりに近い部分は、圭一郎の実妹春子から来た手紙だ。手紙は三千字余りで、圭一郎が家を出たあとのことを詳述している。春子は圭一郎に言う。「どうして厭なら厭嫌ひなら嫌ひで嫂さまと正式に別れた上で千登世さまと一緒にならなかつたのです。あんな無茶なことをなさるから問題がいよいよ複雑になつて、相互の感情がこぢれて来たのです。今では縺を解かうにも緒さへ見つからない始末ぢやありませんか」。春子は、父親がこれによって受けた様々な苦労や圧力について伝え、甥の敏雄が父親を思う悲しげな様子を伝えた。これらはすべて、圭一郎の心に深い陰影を残した。後悔の中で、圭一郎は自分の中学時代と青年時代を振り返った。自分は幼少の頃から反抗心が強く、自分の青年時代は悲しかった、と痛感する。同年齢の青年の青年期特有の輝きや自由、幸福を享受しなかった。妻との結婚は、伝統的で保守的だった。ふたりは仲人の引き合わせですぐに結婚し、妻は彼よりも二つ年上だった。結婚早々は、圭一郎はまあ満足していた。なぜならば、彼は母性愛のような愛情を必要としていたからだ。しかし、良い時間は長く続かず、彼は押さえがたい疑念にかられた。圭一郎の心理は非常に病的で、何度も何度も繰り返し妻に貞操の問題を問いただした。

　ことここに至っては、圭一郎は限りない後悔に沈むばかりで、自分は不肖の息子で、同時に父と妹が千歳を責めないよう、彼女を悪い女だと思わないよう願うばかりであった。さもないと、自分の罪がもっと深く重くなり、地獄に落ちねばならないように感じた。彼は千歳が自分を愛していて、自分は彼女に対し責任を負わねばならないことを痛感した。彼は自分を愚かな「飛んで火に入る夏の虫」に喩えた。父の財産を放棄して、千歳だけを得たのだ。また、自分が、か弱い千歳を苦闘の生活の渦の中に巻き込んでしまったと感じた。あれこれ言いつのるが、圭一郎は「駆け落ち」が妻子にもたらした痛手についてはあまり語っていない。嘉村礒多は人物の苦しみ、後悔を描いた後、浄土宗のG法師が圭一郎にした説法をもってくる。法師は圭一郎に、幻滅と破滅がすぐ間近にあるので、必ずや一時の妄想を捨てて千歳と手を切れと勧める。小説に結末はない。圭一郎がより深く重い罪の意識に沈み込むまでを書いている。圭一郎は千歳の寝姿を見て、美しさの中に透けて見える病的な青白さを感じる。圭一郎の心の中には強い憐憫の情が湧き上がる。寝返りを打つと、彼は突然恍惚の落とし穴に落ち込んだような気がした。

　前にも述べたように、典型的な「破滅型」の私小説作家として、嘉村礒多は葛西善蔵の後継者である。二人の性格と文体の特徴は一脈相通じており、同時に似通った罪業的個性は人の目をそむけさせる。彼らも、この独特な個性を、複雑な絶望的感覚とともに、巧みに彼らの文学表現の中に運用している。悲惨な体験は悲劇的ではあるが、彼らの文学創作にとっては非常に重要なものだ。

　宇野浩二は「文学眺望」という文の中で、嘉村礒多の「業苦」と「崖の下」に論及し、おしみなく賞賛し、「無名の傑作」と褒め称えた。平野謙も嘉村文学を論じて言った。当時の日本文学界はすでに新しい文学類型或いは象徴を確立しはじめていた。――象徴的芸術と現実生活の相互関係に悪循環が生まれた。このような類型あるいは象徴のもとに、「現実生活喪失」に密接に関わる芸術的理論が生まれた。破綻に満ちた現実生活の償いとして、作家は必然的に、徐々に芸術の尊厳と芸術家の矜持の問題に関わっていき、生活の挫折もまた作家の兄弟、妻子、あらゆる親族に波及する。ここには奇妙な定式が出現するともいえる。前近代的芸術特徴をもった日本の私小説作家として、自分の芸術的夢を成就しようと思えば、自分の肉親の共同犠牲に依拠せねばならない[23]。平野謙のこの説明は重要で興味深い。

　この定式は、後輩作家太宰治、大江健三郎などの文学人生にも裏付けられる。また一方、このような状況が、作家と文学の関係からいえば、ある種の人生修行、修道的な性質を幾分かは具えていることを、日本特有の文学様式「私小説」は証明した。

　同様に、評論家伊藤整はその著名な論作「近代日本人の発想の諸形式」の中で、いわゆる芸術至上主義と日本人の立身出世思想について述べている。

日本の芸術家は、いわゆる優秀な芸術の創造のためには、自己ないし妻子と家庭の幸福を犠牲にしてもいい、あるいは、犠牲にせねばならないと考えている、と彼は述べている。このような観念は日本の私小説作家たちにとって、意外にも生活と芸術の精神的支柱だった。伊藤整はこれを「日本的な芸術至上主義」と称した。

伊藤整の考えでは、葛西善蔵と嘉村礒多はふたりとも日本的な芸術至上主義者であった。もちろん伊藤整は、日本の芸術至上主義とヨーロッパ文学の中の「芸術のための芸術」思潮とは大きな隔たりがあることも感じとっていた。それで、彼は日本の私小説作家を「芸術家至上主義」者と称した。なぜならば、日本の私小説作家の考えでは、最も優先的に考慮する問題がまだ、最初の志としての「優秀な作品を創作する」ことではなく、まず彼らの意識の中に芸術家の概念を保つことであったからだ。その口実は、現実生活中のいわゆる「破綻」を埋めることだった。また、現実生活の中の解決できない危機や矛盾は、ある種の特別な創作意識あるいは準則に頼り、特殊な創作行為に依拠し完成、実現せねばならなかった。このようにすれば、芸術の尊厳あるいは理念に背くことはなくなる、と伊藤整は考えていた。それはただの償いであるだけで、現世での立身出世の基本理念に対し、絶望を抱いてからの心理的補償、精神的補償である、といえる。よって、成熟期の私小説作家においては、「白樺派」作家のような近代市民の社会理想はまったく見られない。前に述べた「白樺派」は、これ以前の日本理想主義文学流派――芸術を通して人類の進歩を推進すること――である[24]。

平野謙と伊藤整はともに日本の20世紀中葉の屈指の文学批評家であり、彼らは、日本の私小説作家の分析と評論に対し、説得力のある反論を展開した。彼ら批評家の視野の中で私小説は疑いなく非常に重要な文学界の現象であり、このような現象はより深遠な文化心理的伝統と関わっている。彼らの分析と評論はまだ十分に深くはなく、全面的でないので、時には人に批判の感触を与える。しかし、彼らの私小説に対する基本的な見方は、大きな影響力をもっていた。ときにはまた、非常に正確でもあった。

平野謙の基本的結論は、葛西善蔵と嘉村礒多の創作体験と特徴が、私小説作家というこの日本文学特有の独特の存在あるいは概念を確認する際の手助けとなる、ということだ。同時に平野謙は強調した。肉親の犠牲を前提とした「破滅型」私小説作家は、明らかに日本現代文学の中の前近代的桎梏を打ち破れなかった[25]、と。

六、短編小説の神様——志賀直哉

志賀直哉（1883-1971）は、日本の「短編小説の神様」と称えられている。この賞賛は空前といえる。直哉に関する賛辞の中には、「傑出し、徹底した現実主義者」という者もいれば、日本の「純文学の最高峰」を築いたという者、彼の小説は「日本文学の故郷の景色」を示しているという者、また、志賀文学は「日本的人格美学の典型」であるという者もいる。

しかし、われわれがここでまず注目するのは、やはり、彼の私小説作家としての典型的特徴である。もし、葛西善蔵と嘉村礒多を日本の「破滅型」私小説の代表作家というなら、志賀直哉は「調和型」私小説作家の典型的代表である。簡単にいえば、「調和型」私小説の基本的特徴は、作家と作中人物が、現実あるいは心理的危機に満ちた苦闘の中で「自我」を破壊するのではなく、和解を求める過程で、努力して妥協的な調和状態に達する、というところにある。志賀直哉の小説作品はあまり多くなく、一部の長編と百余編の中、短編である。重要なことは、その中の多くの作品が非常に典型的な「私小説」の名作であることだ。たとえば1908年の「網走まで」、1912年の中編小説代表作「大津順吉」、およびその後の「和解」（1916）、「城の崎にて」（1917）と『暗夜行路』（1921）

などである。

志賀直哉は新興の資産階級家庭に生まれ、1906年東京帝国大学英文科に入学した。彼は18歳から7年間、有名な宗教家内村鑑三に師事した。この間彼は、正義、人道、合理、自由を追求する特殊な世界観を形成した。しかし現実生活の中では、彼は常に父親との衝突と対立の中に身を置き、ついには親子関係を断ち切るに至った。彼の思想体験と生活体験は、その私小説作品の主要な表現の基礎と内容を構成した。

周知の通り、「網走まで」は志賀直哉が初めて公に発表した小説で、作品は「一人称」の表現形式で、初めて志賀直哉特有の文体の特徴と写実の手腕とを人々に示した。この小説は質朴な叙述、対話、連想であり、主人公が汽車に乗ったときの一時の見聞ないし思想活動をありのままに示している。面白い物語の側面を追求する考えがないが、意識的に、平凡で簡単な物事の中に星の煌めきのような人間の誠実さ、価値観を探求しているところが基本的な特徴である。小説は、主人公が雑踏の中で汽車に乗り込み、二人の子供を連れた女主人公に出会ったことを書いたものだ。彼らは座席に向かい合って座り、話をするうちに女主人公の家庭の状況を知るにいたる。もともと、これらの話題は「私」とは何の関わりもない。しかし、「私」は自分で悩みの種を作り、あれこれ考え、若い女の家庭を思い描き、彼女の行く末などを思い描く。「私」は、彼女が夫と障害のある子どものために死んでしまうのでは、と心配する。ここから「私」の無限の同情が生まれる。これに関して、志賀直哉は「創作余談」の中で書いている。――「或時東北線を一人で帰つて来る列車の中で前に乗り合してゐた女とその子等から、勝手に想像して小説に書いた」。志賀直哉のこの初めての創作の中には、彼の私小説創作様式に対する自然な親しみと好みが現れている。

日本の文学研究では、志賀直哉の使用人の女性との恋愛や武者小路実篤の従妹康子との結婚が、父親との衝突の原因のひとつだと記載されている。これらの内容は、みな彼の私小説の代表作の中に書かれている。たとえば、小説「和解」の主人公「私」は、父親の反対をも顧みず康子と結婚し、父子の関係はひどく悪化した。祖母は生まれたばかりの初孫を利用して、父子の間の緊張関係を和らげようと考えたが、赤ん坊は流行病に罹って死んでしまった。苦悶する「私」は死んだ赤ん坊を東京に連れ帰り、祖先の墓に埋葬しようとしたが、父親は懸命にこれを阻止する。父子間の衝突はより激しくなる。

小説の最後は、「私」の父に対する譲歩を描く。主人公は父親に憐憫の情を抱き、継母の取りなしを受け入れて、父に謝る。志賀直哉の私小説は、このようにいつも、ある特定の精神的対立や矛盾を取り扱っている。彼は常に、人間の生物的本能と精神、理性、道徳との間には激しい闘争が存在する、と強く感じていた。彼は人と人の間にはある種の調和的犠牲精神が欠けており、雌鶏、雄鶏の間のような「道徳的、調和的一面」が羨ましい、と感じる。「和解」は典型的な私小説作品である。作品の中で取り扱っている内容は、志賀直哉の実際の生活情況や心理状態とかなり合致、接近している。もう一方で、「和解」は、志賀直哉特有の妥協状況を典型的に強調し、志賀直哉が青年時代から封建的家父長制に抗い、段々と中年の知識人特有の思想的妥協と退歩に転化したことを反映している。ある意味からいえば、ここでは日本の知識人の共通の弱点を現している。

ある者は、「和解」はまた転換点でもあり、ここから、志賀直哉は「心境小説」の創作に転向したと言っている。日本では、志賀直哉を日本の「心境小説」の重要な開拓者と見なす者もいる。１９１7年に発表された小説「城の崎にて」は、志賀直哉の一作目の「心境小説」というべきだ。同時に、「城の崎にて」はまた、洗練された短編小説の名作でもある。小説は主に、１９１3年交通事故に遭って負傷した志賀直哉が城の崎に療養に行った体験と心境を描いている。前にも述べたように、いわゆる「心境小説」と「私小説」の主な差異あるいは基本定義は、新思潮派の代表作家久米正雄の評論『「私小説」と「心境小説」』から来ている。簡単にいえば、「心境小説」は作品の写実の中の、真実で確かな心理と心情をより強調する。

このほか、日本の現代文学の中で『暗夜行路』（1921-37）は、志賀直哉の唯一の長編「心境小説」の代表作と称されている。『暗夜行路』は序章と前・後篇の二巻からなる。小説の題名は暗く重い運命を暗示し、また、主人公時任謙作の自分の運命との粘り強い苦闘を象徴している。志賀直哉が苦しみながら探求したものは、「自我」生存中の極めつけの「真実」だった。――この真実は、暗い色調の中に築き上げられている。あるいは、生まれながらの悲劇的運命といってもよい。いかんせん、資料などの客観条件に制限があり、小説中の人物が志賀直哉の現実状況と同値なのかどうか、彼の生活体験ないし現実の心境が完全に一致しているのかどうか、より詳細に考証するのは難しい。日本の学界の関連の研究は、小説中の多くの描写が志賀直哉の実際の生活と異なることが多いことを証明している。しかし、小説中の人物の境遇および人物の特定心理と心境は、志賀直哉が自ら体験し作り上げたのだということは断言できるようだ。

少しの疑いもなく、この長編小説は典型的な「調和型」の私小説の名作ともいわれる。結局のところ、「心境小説」と「私小説」は異なるものではなく、同一様式のレベルの違いである。

「調和型」には二つの必要な前提がある。一つは、作品は最大限度の真実性を保証せねばならない。作者と作品は可能な限り「同一性」をもつべきである。二つには、作者の観念の特徴が、この類の小説の基本的要求にぴったりと符合していなければならない。作者と人物は自ずとその暗く陰鬱な運命と心のブラックボックスから逃げ出し、真の意味でのいわゆる「解脱」を得なければならない。そして単純に外在的な生活理念に依拠するのではなく、かたくなに、いわゆる「和解」の結末に辿り着く。

『暗夜行路』の主要な筋は非常に明解である。しかし「私小説」や「心境小説」が最も重視するのは、小説の中の物語的、プロット的要素ではない。前にも述べたように、日本人はしばしば「物語性」を小説の「通俗性」の根本的特徴の一つとみなす。反対に、私小説作家が特に重視するのは、いわゆる「事実性」で「物語性」ではない。もちろん、「事実性」や「写実性」は、本来小説中の物語的要素を完全に排除するべきではない。完全に排除することは愚かなことでもある。なぜならば、自然状況の「事実性」の中には、もともと、可能な「物語性」の要素が含まれているからだ。自明のことであるが、志賀直哉の『暗夜行路』の物語的特徴は、はっきりしている。この小説は35万字もの長さに及び、小説は終始、時任謙作をめぐって展開する。志賀直哉は人物の幼年時代を書き、謙作の母親の不平等な待遇が謙作にとって深く重い心理的圧力となっていたことを書いた。同時に、謙作の父と祖父の記憶について書いた。祖父に対し、謙作は好感をもっていなかった。宿命の暗い引き合わせか、潜在意識の中の原始的欲望と性的本能のめざめなのか、謙作は祖父の妾お栄に奇妙な恋心を抱き、お栄と正式に結婚しようとさえ思う。さらに奇妙な感じがするのは、このとき謙作は兄信行の所で、自分は祖父と母親との間の不義の子であることを知る。このような異常な環境は、未熟な謙作に致命的な心の傷を与え、このため「自我」破滅の頽廃の中へ陥ってゆく。

しかし志賀直哉はよくある筋書きのように人物の運命を設定したのではない。謙作はごくあたりまえに暮らし、それから直子と結婚した。『暗夜行路』の後篇は全篇にわたって、謙作と直子の結婚後の日常生活と、突然の出来事が謙作に与えた打撃を描いている。謙作はやさしく温かい妻が、彼女の従兄弟と「過ち」を犯すなどということは想像もできなかった。謙作にはこのため大きな悩みをいだき、自暴自棄になり、自分の不幸は運命で定められたものだと感じた。彼は伯耆大山に分け入り、心身の解脱を求める。小説の結末は、いささか唐突の感を与える。謙作はついに、自然の懐の奥深さを感じる。彼は直子の犯した過ちを許し、現実のすべてを受け入れる。直子も深く感謝し、末永く夫に仕えることを決意する。

主人公謙作は生命あるいは生存の危機に直面したとき、あまり真実味のない、奇妙な生活態度を示す、と読者は感じる。ここには反論的仮説が存在しているのかもしれない。志賀直哉のこの小説が典型的な「私小説」あるいは「心境小説」なら、人物に現れたゆがみ感覚は、読者の一方的な印象にすぎないのかもしれない。なぜならこの様式の原則あるいは判定基準は、読者の感覚に真実味があるかどうかではなく、物語と事実の間の関係（いわゆる「事実性」）であるからだ。志賀直哉がまず重視したのは外在的な物語の進展ではなく、事件の中の主人公の心情ないし心理的活動と変化で、この活動と変化は、「事実性」の上で確証を得ればよく、社会通念と合っているかどうかを過剰に考慮する必要はない。

あるいはこのようにいうことができる。作者、人物が生命の危機に直面したときの基本的態度は一致しているという理由に基づいてのみ小説は成立するので、過多の現実離脱と観念先行の印象と感触を読者に与えることはない。

この小説の中のメモや手紙もとても重要な導入の役割を果たしていることを認めねばならない。周知のように「書簡体」は、日本の私小説では重要な外在的特徴のひとつである。小説の発展方向、人物の心理定義づけないし作者の創作理念は、しばしば手紙形式を通して最も徹底した表現を得る。たとえば、『暗夜行路』の冒頭の部分には、謙作の数千字に及ぶ日記がある。――その中には自分の重い運命に対する想いと感慨が書かれ、また謙作のより広い人類の運命に対する思考が書かれている。彼は述べた。人類の運命は地球の運命のために殉死しなければならない。動物はこんなことは分からない。ただ人類だけがこのような受け身の運命に抗おうとする。しかし人類は結局滅亡するのだ。すべての生物は必然的に死へと向かい、冷たい氷の下に埋められる。これは故意に大げさに言っているのではなく、人類および一切の生物が必ず直面する恐ろしい運命なのだ。問題は、人類はおとなしくこの運命を受け入れないだろうと、謙作が思っているところにある。我々は人類が必ず滅亡することが分かっているが、しかし、絶望の中で暮らしているのではない、と謙作は書いている。我々は人類の滅亡が必然的であることは認めるが、しかし感情の上でいえば、この問題は考えたくない[26]。

このような思索は、理性主義というよりは、非理性主義といったほうがよい。問題は、謙作の日記中の人類の運命に関するこのような叙述が、まさに志賀直哉の「調和型」私小説の注釈であると見なすことができるところにある。つまり、志賀直哉およびその作中人物は、自分の運命が悲惨で陰鬱なことをはっきり知っていて、そこに調和不可能な矛盾があり、そのような運命を無視、甘受、黙認するよりは渾然とした願望に依拠する方がよい、ということだ。『暗夜行路』の物語の結末は、必然的に自ずと奇妙な「和解」へ向かった。さもなければ、作品は私小説作家の創作信条に背反する。

日本の学者は、かつて、いわゆる「志賀直哉作品の構成原型」の問題を取り上げたことがある。この原型の基本パターンは「反発、葛藤、和解、調和」であると、指摘する見方がある[27]。このような言い方は、志賀直哉の基本的創作特徴を明らかにしている。広津和郎はまた、私小説の文体について「志賀直哉論」という論文を発表した。小林秀雄はこれを基礎に「志賀直哉」と題する重要な論文を発表した。小林秀雄の志賀直哉論は、二項対立の特徴がある。いわゆる「肉体」は人間の中の自然で、「意識」に相対するのは「身体」で、「思索」に相対するのは「行動」であり、そして「関係」に相対するのは「原初性の存在」である、と彼は言った。もし、意識、思索、関係が近代の象徴というなら、自然、行動、原初性存在は、原始、古典あるいは日本の象徴である。

明らかに、志賀直哉の『暗夜行路』の類の作品の中には、確かに小林秀雄が提出した二組の対立の問題がある。小林秀雄はまた言った。志賀直哉は二者を合わせて一と成し、直哉について言えば――「思索する事は行為する事で、行為することは思索する事」である。「氏の神経は氏の肉体から遊離しようとする、だが、肉体は神経を捕へて離さない。氏の神経は氏の肉体を遊離するのだが、理知はこれに何等観念の映像を供給しない、そこで神経は苦しげに下降して実生活の裡にその映像を索めねばならないのだ。氏が神経の独立した運動の上に「児を盗む話」なる最も現実的な世界を築き得た所以は、氏の心臓が恐ろしく生活の欲情を湛へてゐたが為である[28]」。

小林秀雄の評論は、いささか雲を摑むようだ。しかし少なくとも、小林秀雄から見た志賀の小説が、非理性、非観念の情況の苦闘の中に置かれている、ということを説明している。一歩進めると、志賀直哉の小説の中に表された近代的「自我」は、西洋文学の中の理性的な「自我」とは、確かに大きな差異、落差がある。このような観念は、小林秀雄の有名な論文「私小説論」の中に繰り返し強調される核心的観点である。小林秀雄は、志賀直哉文学の視線は、行動的な「個体」と調和的な「自然」をできる限り一緒に組み立てることだ、と考えた。しかし、それは「単一的」な視点である。

小林秀雄の西洋文化の視点に基づいた評論家の目では、志賀直哉の作品を真の小説と称することはできないかもしれない、と考える者もいる。

小林秀雄はかつて、志賀直哉の創作とチェーホフの創作を比較したことがある。西洋文学の価値判断に基づいているので、彼の考えによれば、志賀直哉の創作は小説と詩の基準に達していない、という。しかしまた、別な批評的観点は、小林秀雄の説は誤りだ、としている。なぜなら志賀文学が直面しているのは日本の文学読者と日本の文学基準なのであり、的確に当時の「私小説」問題を語っていると言えるからだ。志賀文学が表現しているのは、日本人特有の伝統的感受性でもある[29]。こうしてみると、ある日本の論者は『暗夜行路』の類の作品に否定的見方と態度を持っているが、しかし反対に、この類の文学は世界文学の中で唯一無二の特異な存在である、と考えている論者あるいは日本以外の日本文学研究者もいる。

したがって、小林秀雄の類の批評的観点に注目すると同時に、また作品の批評の中で別の着眼点や視点を探す必要がある。特異な文化、文学の特異な結果について言えば、その文学の品位が西洋あるいはその他の国の判定基準に到達しているかどうかは別にして、探求に値する、より面白い別の一面をもっていると言える。それは、この類の文学と民族文化、民族心理の密接な関連である。この点で、葛西善蔵、嘉村礒多も志賀直哉も同様な認識価値あるいは意義をもっている。

七、林芙美子と『放浪記』

林芙美子（1903-1951）は、日本の20世紀前半の特異な女性作家であり、代表的な私小説の名手である。最も有名な作品は、長編小説の代表作『放浪記』（1930）である。この作品は、林芙美子の10年にわたる日記をつなぎ合わせたもので、非常に典型的な私小説の名作ということができる。『放浪記』創作に関わる基本的特徴を理解する上で役立つように、林芙美子が名を成す前の家庭状況、困窮と不遇な生活体験に目を向けてみることも必要だ。

林芙美子は、山口県に生まれ、実父は宮田麻太郎という商人だった。母のお菊は父と結婚する前に三度離婚し、3人の父の違う子をかかえていた。芙美子が生まれたとき、父は22歳、母は36歳だった。父と母のこのような婚姻状況は、芙美子誕生のその瞬間から不幸の種となった。

気の毒なのは、実父が芙美子をお菊の不義の子だと思っていたことだ。このことで芙美子は小さいときから学校で級友たちにバカにされ、侮辱され、心に恥辱の痕跡を刻み込まれた。多くの私小説作家を包括した、後の「無頼派」作家太宰治でも、私小説の創作方法に接近した理由は、おそらく早期の生活の中によく似た特殊な体験を持っていたからに違いない。そのような体験は、彼らに特殊な精神気質と性格の特徴を形成させた。

林芙美子を生んだ家庭と幼児体験は、彼女の一生の命運ないし文学創作に無視できない重要な影響を与えた。7歳の時、父は若松に行き、商売で大金を手にし、恋仲だった芸者を家へ入れていた。このときから、芙美子と母の悪夢が始まった。母親と芙美子は、父親のこのような行為にいたたまれず、二人で家を出て、故郷の鹿児島へ帰った。故郷へ帰って間もなく、母親はまた岡山県の農民の長男と結婚した。この継父は、母親より20歳も若かった。

林芙美子の不幸は、半分以上はこのような信頼の欠乏と家庭環境によるものだった。彼女はこの不幸と悲しみから逃れることはできなかった。

養父の名は、澤井喜三郎といい、住所不定、さすらいの行商人で、芙美子と母親は彼と一緒に諸国を放浪せねばならなかった。１９０１年、芙美子は長崎の勝山小学校に入った。しかし、年の瀬には、また佐世保の八幡小学校に転校した。その後、佐賀、鹿児島、熊本、若松、久留米、直方、折尾、門司、下関、尾道など十数カ所を転々とし、頻繁に学校を換えた。このような体験は、芙美子の子ども時代に明るい思い出を残すことはなかったにちがいない。彼女と母親、養父は長期にわたって、社会のどん底を這い回り、諸国放浪の行商生活をした。雨の日には、両親は商売に出られないので、カボチャ飯を食べた。ときにはこのような粗末な食事にもありつけなかった。

このような生活環境のなかで、芙美子は寝食を忘れて読書に夢中になった。芙美子は幼い頃から文学を好んだ。幼い頃、芙美子が読んだのは、大部分は大人向けの様々な本だった。例えば徳冨蘆花の『不如帰』、柳川春葉の『生さぬ仲』、小杉天外の『魔風恋風』と『水戸黄門』などである。彼女が広く渉猟した読み物の中には、通俗小説の様々な類型さえ含まれている。

1918年、尾道高等女学校で学んでいる時期、芙美子の家の経済状況は一時的に少し好転したが、しかし、彼女はやはり常に仕事に出なければならなかった。彼女は女中や、帆布縫製工場の臨時工として働いた。この頃も、暇を見ては図書館に行き、いろいろな文学書を読みあさった。

彼女の詩人としての才能がゆっくりと開花しはじめた。彼女が好んだ近代詩人は石川啄木、北原白秋、佐藤春夫などで、外国の詩人はプーシキン、ボードレール、ランボー、ヴァレリーなどである。尾道女学校を卒業してから林芙美子はすぐに東京に出て、女学校時代の恋人岡野軍一と同棲生活を始めた。この時から、林芙美子のいわゆる『放浪記』時代が始まるといってよい。このような生活は約10年も続くことになる。

しかし、いくらもたたないうち、岡野軍一は林芙美子を捨ててしまった。社会経験が乏しかった芙美子は真の人間の苦しみを味わう。惨めな心境で芙美子は自活していかねばならなかった。生活を維持するため、彼女はどんな仕事でもした。小学新報社で雑務をしたことがあり、近松秋江の家で女中をしたことがあり、神楽坂、成子坂、道玄坂で露天を広げたこともあり、日立商会で事務員をしたこともある。

この間、彼女の読書の欲望はより強くなった。これも彼女の全ての仕事が長続きしなかった理由のひとつである。

1923年9月、東京で大地震が発生した。どうしようもなくなった芙美子は、しばらくの間、尾道に帰郷した。彼女は、少女時代の多くの記憶を留める持光寺の石段を歩き、青磁のような大海原を眺めながら、「風琴と魚の町」の創作を始めた。この年から、彼女は日記を書くようになった。それらの日記は、彼女が後に『放浪記』を書く重要な素材と基礎になった。

長編小説『放浪記』は初めからそのまま「私小説」様式の既定基準に合致していた。それらの現実の体験、印象、心境は、その他の作家がとうてい敵わないほど、彼女の小説創作と緊密な関係を持っていた。１９２４年、林芙美子は東京に舞い戻り、やはり住所不定の放浪生活を送り、様々な人生の苦難を体験する。彼女は、また引き続き、セロファン工場の女工、毛糸屋の売り子、及び寿司屋の給仕をした。

これと同時に、林芙美子は次々と倦まず弛まず創作に従事し、重要な詩歌と童話作品を書き上げた。しかし彼女の作品は、たびたび出版社に突き返された。

20世紀の前半、全世界は戦争の暗い影に覆われ、不安な世の中だった。興味深いことに、第一次世界大戦のアナーキズム思潮の影響のもとで、林芙美子はアナーキズム詩人の岡本潤、壺井繁治等と交流をもつ。彼らを引き合わせたのは、同棲していた演劇俳優田辺若男だった。これらの出来事には、すべて『放浪記』の中に「対応」した表現がある。林芙美子の小説は、彼女の現実体験とほとんど完全に一致している。林芙美子と田辺若男との関係もまた悲劇だった。田辺若男も、林芙美子を幻滅と離別の精神的苦痛に陥れた。別れた理由は、田辺若男のバイセクシャル行為によるものだ。二度目の結婚の夢が破れた後、林芙美子は暫し父母の住んでいる高松に帰った。

間もなく彼女は、また東京に引き返して、苦難の放浪生活を続ける。この時期、彼女は『女性新聞』の記者やすき焼き屋の給仕をした。

田辺若男と別れてから半年後、林芙美子は、その詩人としての才能に憧れていた野村吉哉と同棲した。林芙美子の個人生活は、いつもながらに乱脈を極めた。悲劇的家庭の悲劇的な性格遺伝子が、早くから彼女の血の中に入り込み、自分でもどうしても抜け出すことはできなかった。野村と同棲していた頃、林芙美子は世田谷太子堂の雑居アパートに引っ越した。ここで、彼女は偶然、隣人となった壺井繁治夫妻と平林たい子夫妻と親しく交流する。

この後、林芙美子は画家手塚緑敏と出会う。1926年12月、芙美子は緑敏と結婚した。長い放浪生活で疲れ切った芙美子は、初めて愛の温もりを感じた。二人は高円寺に移り住んだ。

1928年、林芙美子に変化の兆しが見え始めた。ある大衆作家の推薦により、『女人芸術』2月号に、彼女の日記体小説『放浪記』が連載され始めた。作品が発表されると、文学界から絶賛の声があがった。1930年、改造社は『放浪記』の単行本を出版し、この作品を「新鋭文学叢書」におさめた。長編小説『放浪記』は予想外のベストセラーになり、2、3年で販売部数60万に達した。これで、林芙美子の10年に及ぶ放浪生活に終止符が打たれた。彼女は暗い、冷たい夜の路地から一気に陽が燦々と輝く大通りに躍り出た。

長々と林芙美子の10年間の生活体験と心の流れに言及したのは、林芙美子の個人体験と作品の間には密接な関係があるということを説明するためである。林芙美子の10年にわたる苦難の生活およびこの生活が残した記憶と記録を理解すれば、これらの生活の体験と記録が彼女の私小説の代表作『放浪記』に対しいかに重要な役割を担ったかを理解できるということである。ある者は『放浪記』を「日記体」小説と称する。なぜならば、林芙美子の放浪日記に基づいた長編小説『放浪記』は、文体、様式の上で直接に「私小説」の様式特徴に近いというだけでなく、日記素材の絶対的な運用としては未曾有である。この作品以前の伝統文学からいうと、このように完全に日記体を繋ぎ合わせた新形式の小説は、なお未だあれこれの不備や問題をかかえているが、しかし、このような「日記小説」は特異な真実と信頼度を具えているだけでなく、また、強い感動も具えていることはすぐに分かる。こうした感動は、私小説では一般的には見られない。その他の私小説作家紹介の中でも繰り返し述べたが、作家の体験が人を感動させるかどうかは別として、私小説の重要な特徴の一つは、作家の体験と心理と小説文体、表現の絶対意義の上の「同一性」である。そのほか、右に述べたが、私小説のもう一つの重要な特徴は、まさに常に用いる日記体の表現形式である。

林芙美子の『放浪記』は、自然に私小説の特定の規約と要求を実現している。作品の感動をいかに位置づけるかは、もう一つの重要な問題だ。

取り上げるに値することは、林芙美子は『放浪記』の創作の中で、自分の出世や名誉、名声を高めるのに有利な素材内容を単に選んでいるのではないということだ。芸術理論と追求を尊重する原則の下に、芙美子は可能な限り、「自我」生活の真実に近づき、性風俗街に身を落とした屈辱的な体験を含んでいる。

日本文学界は、『放浪記』は林芙美子の天生の詩情と敏感な感覚に依拠し、日記体の文学特性をいかんなく発揮していると認識している。作品が特に人を感動させる理由は、小説の主人公が不如意、苦難、屈辱を舐め尽くすが、積極的に向上したいという姿勢を持ち続ける、というところにある。林芙美子が人々に向けて表現した誠実と善意は、自ずと、作品におおらかなユーモアをもたせている。

最後に、『放浪記』に特別な注目と評価を与えているドイツの日本文学研究家イルメラ・日地谷の説に触れておく。彼女は「私小説」の抽象的な構造模型から出発し、「日記」と「私小説」ははっきりとした一致点と接触点がある、と考えた。日記と「私小説」は同じように事実性を前提とし、同時にいわゆる「焦点人物」要素の問題を持っている、ともいえる。一般的にいって、日本の日記がもつ傾向は、いわゆる「焦点人物モデル」に向かい合わねばならない、と彼女はいっている。この点では、図らずも「私小説」と合致する。彼女は、日本の幾人かの評論家の説を認め、両者の区別はただ、「私小説」は「日付を省略し、会話を組み入れている日記」である、と述べている[30]。しかし、この論述は、私小説の表面構造上の最も重要とはいえない差異について細かく述べたにすぎないのではないか。イルメラ・日地谷は、林芙美子がこの記述形式を用いた理由に論及する時、林芙美子本人の言葉を援用した。――「放浪記を書いた始めの気持ちは、何か書くといふ事が、一種の心の避難所のやうなもので、書く事に慰められてゐた。私は、此当時は、転々と職業を替へてゐたし、働く忙はしさでいつぱいであつたから、机の前に坐つて、ゆつくりものを書く時間はなかつた。日記の形式で、ひまがあると書きつけてゐたものが、少しづつたまつてゆき、昭和四年に第一部第二部の放浪記が改造から出版された[31]」と、林芙美子は言った。

様式的特徴から言って、私小説は「事実性」、「同一性」の類の形式規約がある、ということがこの部分から見て取れる。しかし作家の技巧という点からは、私小説はあまり多くの形式的要求はない。時には、自然発生的体験と情感をありのままに表現しさえすれば後世に伝わる代表的佳作になる可能性がある。もちろん、作家自身の才能、体験、教養はやはり重要な役割を担う。しかし、ここにはやはり大きな利便性がある。これは、さまざまな形式、技巧に執着する小説家に不公平感を抱かせた。

実は早くに、私小説を「安易で低級な告白小説、会話を加え期日を消した日記、実質的な用途のない人生記録」(佐々木味津三の説)と称する論者もいた。独特の国別文学様式を深く理解するという意義からいうと、私小説に関する様々な否定的評価を理解する必要があるのは明らかだ。目的は、典型的作家の典型的創作を通して、「私小説」の特定の様式規約を認知することにある。林芙美子の創作が、我々が私小説の根本的特徴を理解すること、「私小説」様式の創作過程を理解することに対して、重要な認識作用と意義を具えていることは、明らかだ。林芙美子の文学の成功は大いに偶然性、打算的な性格を具えているけれど、しかし実際上、このような状況は日本文学の伝統的審美観、および特定時期の日本文学界の様々な理念の変化と争えない必然的関係をもっている。いずれにせよ、イルメラ・日地谷は、林芙美子の『放浪記』は日本の「私小説」様式の中で最も典型的な代表作だと強調している。

八、太宰治――「破滅」及びその文体の特殊性

20世紀中葉、第二次世界大戦の後、「無頼派」文学の基本的特徴は、当時の時代感覚と時代の観念にぴったりと合っているということだった。この派の文学は、その多様、独特な文体風格をもって世人の注目を集めた。「無頼派」文学は、一時は、第二次世界大戦後の日本文学界の寵児でもあった。また「新戯作派」文学とも呼ばれる。いわゆる「戯作」文学は、江戸時代（1603-1867）の通俗小説の呼称で、多くは遊戯的色彩に富んだ作品を指す。

では、「無頼派」文学はどうして「新戯作派」文学といわれるのだろうか？　理由は、このグループの現代作家の創作の中には、「戯作」文学に似た遊戯的世俗性及び自嘲と反逆があるからだ。「無頼派」作家の共通性は、彼らがまるで心から願って、戦後社会の虚無と頽廃の泥沼の中に身を浸し、このようにしてはじめて、いわゆる人間の「真実性」を確保できると考えていたところにある。「無頼派」作家は常々、昔の社会的権威と秩序を虚偽の物とみなしていた。それで、評論家小田切秀雄は、彼らを「反秩序派」と称した。結局のところ、「無頼派」文学が隆盛を誇ったのは、当時の日本社会の文化的ムードと不可分であった、ということだ。第二次世界大戦後の日本社会の基本的文化特徴の一つは、徹底的な虚脱感と道徳の崩壊、及び精神の「解放」と呼ばれるものであった。重要なのは、このような特徴と「無頼派」作家の個体的精神気質がぴったりと合ったことだ。

「無頼派」文学という呼称は、当時の文学界の概括と印象にすぎない。この派の作家はもともと、完成された真の理論主張をもった文学流派ではない。「無頼派」文学と呼ばれる理由は、認知上のわかりやすさと特殊な必要からである。

では、「無頼派」文学の代表作家とは誰であろうか？　日本の戦後文学史で言われているように、主要作家は坂口安吾、太宰治、織田作之助、石川淳、伊藤整などである。彼らの創作の中から次のことが見て取れる。この派の作家は、「自我」否定と破壊の面でのみ、また自覚的に自発的に堕落と破滅の感覚に向かうという面でのみ、僅かな共通性をもっている。もし真摯に彼らの作品を読めば、このグループの現代作家の差異性は共通性より遥かに大きいことがわかるだろう。

その中で、特に差異が顕著な例は、絶えず「破滅」感覚を強化、詠嘆する太宰治だ。

全体的にいえば、「無頼派」文学は「私小説」様式とはあまり関連がない。しかし、もし歴史の視角から私小説の基本的発展の歴程を思い返せば、太宰治は避けて通れない特異な存在だ。

太宰治（１９０９-４８）は日本現代文学史の上で、特異な魅力をもつ作家の一人だ。彼を重要で典型的な私小説の代表作家に数える者もいるが、私小説作家であることを根本から否定する者もいる。どちらにしても変わらないことは、民族文化心理あるいは日本の読者の審美意識からいって、彼は日本の読者が非常に好む重要な作家の一人であることで、ある論者は彼を「芸術と生活の殉教者」と称している。

太宰文学と「私小説」は、実は、いくらかの内在的関係がある。この作家の内在精神の特質、創作体験、文体の風格から見て、彼は確かに典型的な「破滅型」私小説作家である。読者は、太宰治の生活体験、心理感覚、幾分狭小でこせこせした小説作品に触れるたびに、多少不愉快な、絶対的美学への追求を感じる。つまり、訳の分からぬ極端に消極的な精神気質は、彼の小説形式に波及しているだけでなく、さらに緊密に太宰治特有の心理状態と美意識に関連している。太宰治の頭の中には、永遠に希望と新生がないようだ。ある意味でいうと、第二次世界大戦後の特殊な歴史的ムードの中で、このような絶対的「破滅」の感覚を認めることは、歴史的な偶然の一致かもしれない。戦後日本の社会的文化心理にちょうどぴったり合っており、また日本の「私小説」様式特定の審美基準にぴったり合致している。

しかし、太宰治のような作家は、創作における作家の社会的責任などは考えていないようだ。彼の責任は、真実の「自我」体験を「絶対」のものとして、ありのままに自分の作品の中に表現することだ。

太宰治の代表的な主要作品は、戦後に出版されたものだ。すぐにわかるように、それらの小説の中に氾濫しているのは、依然として、彼が戦前の小説の中で繰り返し表現した破滅、罪、死、それに「人間失格」であった。面白いことに、多くの戦後の日本作家が「無頼派」文学に含まれる。彼らの「破滅」感覚、「絶望」意識は、常に国の敗戦に源があり、「死」の中で彼らが渇望したのは、常にある意味でのいわゆる「新生」を得ることであった。しかし、太宰治の情況はまったく異なっていた。太宰治の「破滅」感覚は、早くから、彼特有の「自我」内在精神の遺伝子の中にしっかりと植え込まれ、永遠にそれから逃れることはできなかった。彼自身も、脱却する意識が無く、無理をして形を変える意識もなかった。すなわち、太宰治の戦前の早期の作品の中には、すでにしばしば生まれながらの生存の苦しみ、頑なな「死」への思いが現れていた。例えば、彼の戦前の重要な作品「魚服記」、「道化の華」、「思ひ出」などは、小説のプロット、作風、心理傾向において彼の戦後の代表作と近似している。

太宰治の小説創作は、大まかに三期に分けることができる。つまり第二次世界大戦前、戦時中、戦後だ。ここで説明する必要があるのは、戦時中の『走れメロス』や『津軽』などの作品が太宰治特有の個性の軌跡とは少しかけ離れている、ということだ。この時期の作品は、予想外に健康、明朗な文体特徴を示している。例えば「走れメロス」は古代ギリシャの神話伝説に題材をとり、メロスが死の危険を冒して、暴君のディオニソスに人間の信義の存在を信じさせるという内容だ。小説の最後で、暴君は「信実とは、決して空虚な妄想ではなかつた」と信じるようになった。しかし、太宰治の全体の創作傾向から見て、中期の創作のこのような変化はあまり正常ではない。このような状況を造り出した理由は何であろうか？

評論家高橋和巳は、時代全体の不幸がきっかけを作り出し、一時この不幸な魂を救済した、と考えた。つまり、戦争期の巨大な外在的抑圧が太宰治に、個の心に纏い付く精神的苦痛は取るに足りない個人的煩悩にすぎないと感じさせた、ということだ。このように偶然に獲得された直感が、太宰治の生まれつきもっていた「傷つきやすさ」を和らげることになったのかもしれない。しかし、間もなく、日本の敗戦がもたらした社会的衝撃が、この精神的弱者である作家をあっという間に「幻境」から現実に引き戻し、太宰治はまたさらに深い「絶望」と「破滅」の感覚の中に落ち込んでいった。

前にも述べたが、太宰治の「破滅」傾向は必然的で、彼の生まれつきの個人としての精神気質に源がある。しかし、この「破滅」感覚は戦後社会の凋落感覚とちょうど合致したが、しかし前に述べたように偶然の一致による。敗戦、ないし新しい社会的な触媒は、太宰を「深い罪を負った自我」に回帰させた。もし、彼の「破滅」に外在のいわゆる指向性が存在するとしても、ただいたずらにある種の抽象的「権威的」伝統に抗っているにすぎない。彼は、小説を書くことはこのような伝統的現実に対する「復讐」だといっている。

戦後、太宰治が発表した一作目の小説は「パンドラの匣」（1945-46）である。この作品のなかには、このような分かりやすい記述がある。「人間は死に依つて完成せられる。生きてゐるうちは、みんな未完成だ」。ここでのいわゆる「死」は、肉体の意味での消滅を指すばかりでなく、文学創作の中の美学的意義上での究極的実現をも含んでいる。太宰治は、一方でこのように執拗に、現実の中の肉体の「破滅」（心中の繰り返し）をはかった。また一方で、独特の優雅で静謐な文体を用い、彼の戦後の代表作『ヴィヨンの妻』（１９４７）、『斜陽』（１９４７）、『人間失格』（１９４８）を完成した。これらの作品は、太宰治の変えることのできない「破滅願望」に貫かれており、同時に「無頼派」文学共通の文体革新意識――現実、虚構、日常性と非日常性の合一、を具現している。

太宰治の小説は、多くは「一人称」の告白形式を採っている。この特徴は私小説の形式面での基本要件と一致している。表面的には、『斜陽』およびその重要作品の基本叙事と心理傾向は、葛西善蔵などの小説文体とよく似ている。しかし、実際には似て非なる物である。これもまた、太宰文学が特殊な文学史的地位をもつ所以である。

『斜陽』は、太宰の小説作品の中で成功作と考えられる。しかし、小説の形式からみると完璧とはいえないようである。作品は没落貴族の家庭を中心に、日記、手紙の類の「無技巧」に近い重苦しい文体を用い、繰り返し、彼特有の四重奏的「破滅」楽章を奏でている。簡単に説明すると、『斜陽』の中の主要人物は、かず子、母親、弟直治と作家の上原で、彼らは異なる「破滅」形式を通して、「自我」存在の深層的寓意と荒唐虚妄の戦後社会に直面している。小説の中には、筋の上での乱れやもつれ、人物の性格の鋭いぶつかり合いはなく、四人の人物は、道は異なるが、皆同様に「破滅」に向かう。違いはただ、「破滅」の形式が異なるというだけである。

例えば、かず子は自己の背徳行為の中で「自我」の「破滅」願望を体現し、自身の名誉と心身を破壊することを通して、いわゆる道徳革命の偽りの理想を実現しようとする。具体的にいえば、彼女の「破滅」は、作家上原のいわゆる愛情のない私生児を生もうとすることである。かず子が小説『斜陽』の第一パートを表現していることはまちがいない。小説の第二パートは、かず子の母親の静かな死である。かず子の母親の生活は、世間と争わない、優雅で上品な、没落貴族の暮らしだった。彼女の死、破滅は、「挽歌的な文化伝統の美をともなっている」。ここには同様に、太宰治の日本伝統文化に対する認識と理解が含まれている。

残りの二つのパートについては、述べる必要はない。太宰治の直治と上原に関する形象構造の中に、どのように同じ創作傾向と様式特徴が含まれているか、を理解する必要があるだけだ。太宰治は苦心惨憺して特殊な精神的ムードを作りだし、力の限りありのままの「破滅」願望を表現している。このような状況は『人間失格』の中でより極端になっており、小説の題名さえ鮮明な意図を示している。日本の評論界のある論者は、この作品を太宰治の文学の「集大成」と見ている。

これと同時に、『人間失格』は根本的にいって「私小説」特定の様式基準に合っていない、という者もいる。比較的典型的な見方は、評論家奥野健男の論文である。『人間失格』は太宰治の精神的自伝である、と彼は述べている。しかし、この作品は「私小説」とは違う。この作品は「事実そのままではないが、より深い原体験をフィクショナルな方法により表現している」[32]。ここでは、読者がテクストの中で単独には発見できない問題があるのかもしれない。それは前文で繰り返し強調した。私小説作品と私小説作家の体験世界の間には、「絶対的」な対応関係がある。「私小説」の基本的様式の前提は、作家の「自我」は作品の中に表現された「自我」と可能な限り同一方向に向かわねばならない、というところにある。このような同一はさらにほかの基本的要求をもっている。自然、真実の原則にできるだけ合致しなければならないことだ。一般の情況は、即ち、先に体験あり後に表現ありだが、太宰治の情況は多少異なるようである。

一般的にいって、作家の「自我」の現実生活と現実心理は、「二次元的」な特殊意義を具えている。作品中に如実に現される人物の生活と心理の自然は、いわゆる「二次元的」な存在にすぎない。もしこのような条件の制限が存在するとすれば、太宰文学とその他の私小説作家の差異の所在を比較的容易に理解できるだろう。イルメラ・日地谷は、『人間失格』を私小説ではないとする多くの見方の中で、一部の見方と伝統的見方の矛盾は大きい、と述べている。もちろん、特異的な「私小説」の存在様態を分析して述べる見方もある。例えば高橋英夫は、正統な私小説の中では、作者は背景と融合し、なおかつ外在世界の関係の中に常に身を置かねばならない、と述べている。これとは反対に、太宰治の作品は作者の自画像にすぎず、作者と他人との間の関係をまったく現していない。そのため、高橋は太宰治に非「私小説」作家のラベルを貼った[33]。

イルメラ・日地谷は、このような否定的見方に賛成しなかった。彼女は、『人間失格』は少なくとも主題の上では私小説が常に表現しているものだ、と述べた。このほか、テクストの特徴からも太宰治の『人間失格』などの作品は、「私小説」の意義の上でのみ解釈ができる。彼女は、太宰治の文学創造は個性に富み、太宰治特有の精神病気質を具現していると述べた。重要なのは、いわゆる考察の結果である。個人の問題の克服として、太宰治は自身の芸術的創造を推し進め、彼は芸術を「自我」表現、「自我」表示、「自我」弁明の媒体に用いた。よって日地谷は、太宰治と文学の関係から、彼は私小説作家に加えるべきだ、と述べた。日地谷は『人間失格』は典型的な「私小説」作品であると、再度強調した。なぜならば、小説中の主人公が実際のいわゆる叙事者——「自我」の自画像であるからだ。この特徴は私小説の本質的要素の一つである。

彼女はまた、こう言っている。太宰治は、その他の「私小説」作家と実質的に違いはなく、彼らはほとんど同じように発展過程の描写を放棄した。日地谷のこの見方は谷沢永一の論述に基づくものだという。

要するに、ここには終始変わらない構図があるようだ。一方は、ピエロにされる哀しい「自我」と、もう一方は、腐敗し欺瞞に満ちた俗世である。多くの私小説作家において、叙事者の「自我」の人生経験の両極性は決定的な意義をもつ。そして、この一点上で、太宰治と彼らは根本的にいかなる区別もない[34]。

実際には、多くの日本の論者は、太宰治を私小説作家という文学様式の外に排除していない。しかしまた、多数の論者は、太宰文学は伝統的意義の上で「私小説」様式と異なると考えている。イルメラ・日地谷は、『人間失格』は文体上独特であると繰り返し強調している。その他の私小説作家の創作と比べて、『人間失格』はさらに鮮明な理性的色彩を具えている、と彼女は述べている。

そのためにであろうか、この作品を「私小説」文学様式の外に排除する者がいる。太宰治のこの重要な作品の中で、彼はほとんど完全に日常の些事の描写を放棄している。イルメラ・日地谷は評価、説明することを重視し、『人間失格』は新しい形式手段を用い、作品に未曾有の理性的要素をもたせている。これに対し、評論家臼井吉見は、より高い次元の説明と評価を提示した。「日本の私小説の伝統はここでもっとも現代的な性格において開花した[35]」。

太宰治は、一定の意義の上での私小説の文体革新を実現した。つまり、作品そのものから見ると、彼と伝統的「私小説」様式にどんな区別があるのかは、まったく見出せないかもしれないが、しかし前提に変化が発生すると、作品は突然うって変わって「一次元的」な存在になり、作家は反対に「二次元的」で特異な存在となる。日本の学者は、太宰文学の中の等式は逆方向だと考えている。作品が作家の生活、心理とイコールでなければならないのではなく、作家が作品の完璧な実現に向けて、現実の犠牲を払わねばならないのである。太宰治の文学世界においては、文学本体がより神聖な存在になるようだ。作品本体の完璧な実現のために、小説家は人為的に「自我」を変革することができ、文学形式、様式上の諸般の要求に合致、迎合するよう努力する。よって、この意味で、太宰文学は常に「演技」的性質を具えている。太宰治の現実世界の中の「破滅願望」、不可解で嫌悪を感じる繰り返される情死はいつも、創作の中の独自の美学的意味をもった「演技」あるいは芝居の実現のためだったのかもしれない。

もちろん、このような演技は、太宰治本人にとってその代価は重いといえる。なぜなら、彼が絶えず繰り返すのは一種の死亡遊戯で、支払っているのは生命の代価だからだ。

要するに、表面的に見ると、太宰文学は初めは「私小説」の伝統基準に合致していた。実際には、この合致は「逆方向的」な人為的結果だった。この面で、太宰治は日本の私小説発展史上特別な役割と意義をもっている。

九、「第三の新人」およびその「日常性」

いわゆる「第三の新人」は、日本「戦後派」文学の特定の呼称である。これは、「第一次戦後派」と「第二次戦後派」という区分けと区別するための呼称である。「第三の新人」という文学史概念の最初の発生は、評論家山本健吉の1953年1月の評論『第三の新人』を源とする。山本健吉の視野の中では、「第三の新人」の代表作家は主に、井上光晴、長谷川四郎、伊藤桂一、吉行淳之介、安岡章太郎、小島信夫、庄野潤三、三浦朱門などだ。

ここで「第三の新人」作家の問題を取り上げる目的も、この戦後日本文学の中の特定の作家グループ、または流派と、伝統文学様式（「私小説」がもつ顕在的関係あるいは関連）について説明するためである。非常に顕著な文学界の現象、「私小説」という伝統的な文学様式は第二次世界大戦後、徐々に衰退した。今日、「私小説」様式を以て創作に従事している作家は極めて少ない。

評論家本多秋五は、日本の「戦後派」文学の観念と創作において実は、伝統的写実主義あるいは「私小説」文学様式を止揚したいという願望、欲望を含んでいた、と述べている。本多秋五の説の

「止揚」は、徹底的な否定ではない。この「止揚」は、戦後「無頼派」文学の代表作家石川淳、太宰治などの重要作家の創作の中に現れていた。いずれにせよ、戦後日本文学界の全体のムードは、疑いなく「私小説」の文学様式を否定していた。多くの作家、評論家は皆、伝統的「私小説」様式は、実は「自我」を喪失した形式、あるいは「卑小な崇拝、醜い礼拝」だと考えた。「無頼派」の代表作家織田作之助を含めて、みな、伝統的「私小説」に対し、否定的な見解を表明した。本多秋五は戦後、「私小説」様式に対する「止揚」は、最初「第三の新人」作家によって始められた、と述べている。[36]

本多秋五の見方は大いに権威性を具えている。「第三の新人」については、正統的様式という意味では彼らを私小説作家と称することはできない。彼らの創作に論及する本意は、本多秋五が指摘したように、彼らの小説創作の中で体現した「止揚」あるいは伝統復帰の形跡と特徴を簡単に説明するためである。

ある論者は、日本文学史論の帰納に基づき、「第三の新人」の文学的特徴を三つの面で表現した。一つは、「第三の新人」作家の多くが戦争の中で青春を送ったこと。二つは、それ以前の「戦後派」作家とは鮮明な対照を成し、創作の中の観念の低調な特徴を現していること。三つは、伝統的「私小説」の創作方法への回帰傾向である。[37] よって、まず年齢からいって、「第三の新人」はこれ以前の「戦後派」作家と本来は同時代人ではない。「戦後派」作家の青年時代は、二、三十年代の日本のプロレタリア文学運動の洗礼を受け、近代主義文学運動の隆盛と輝きを目の当たりにして、自然にこれ以前に形成された伝統的日本の「私小説」について十分に理解していた。戦争は、彼らにとっては降って湧いたような災難だった。この点では、「戦後派」作家と「第三の新人」作家の立脚点は明らかに異なる。

「第三の新人」の作家グループの大多数は戦中に育ち、彼らは戦争環境を自然の生存空間と見なした。同時に、彼らには生まれながらに、前者のような運命の逆境に挑戦する自覚意識がなかった。眼前の残酷な戦争の現実に直面し、彼らは、戦争が終わる日が来るとは想像もしなかったのかもしれない。これらの若い作家たちの観念上の低調な特徴は、ある種の自己卑下、引け目の意識と感覚から出ているといってもよい。

「戦後派」文学の先輩たちに向き合い、彼らは自らの劣った地位、平凡さ、矮小さを認めていた。彼らはまた、戦前の大多数の私小説作家のように、常に奥深く計り知れない、苦心惨憺のもったいぶった様子をすることもなかった。しかし、話はもとに戻るが、前述した諸般の点により、「第三の新人」は素材、感覚、文体上で「私小説」の伝統様式に近づく傾向と特徴を現している。

日本の文学界は普遍的に次のように認識している。「第三の新人」作家の多くは、家庭、個人の体験を素材とし、同時に生活の中の日常性に対する観察と描写を強調し、現実感覚的な描述を強調し、かつ「自我」の位相を相対的に低レベルな弱者の位置に定めた。このような特徴は、代表作家安岡章太郎の観念と作品の中から実証を得ることができる。安岡章太郎もかつて、自分が直面している任務は「戦後派」のトラクターが走り去ったあとに残った溝をならしていくだけだ、と言い切っている。「戦後派」の文学任務は相対的に広大な工事であった。彼らは、一方で精一杯戦争の罪悪と悲惨さを攻撃、暴露し、もう一方で戦後文学の再建と復興に力を尽くした、といえる。この過程で「戦後派」作家は、生活の中の「日常性」および「自我」心理の陰翳の類の、相対的に狭小な問題あるいは面を顧みる暇がなかった。

反対に「第三の新人」作家は、「戦後派」作家の偉業を受け継ぐ可能性はなかった。安岡章太郎の作品からは、この類の作家の多くの面が自然に伝統的私小説作家に近いということを見て取ることができる。たとえば、安岡章太郎の作品も常に自分の人生体験に題材をとり、彼の人生行路は挫折の連続であった。このため、この類の作品の中には常に「自虐的」ユーモアの感覚が含まれていた。

安岡章太郎の代表作品は、「芥川賞」をとった『悪い仲間』（１９５３）である。この作品中に表現された内容は、伝統的「私小説」の文学様式に接近している。『悪い仲間』は、不良グループの中で孤立無援になった弱い「自我」に基づき、主人公が劣悪な環境に直面したときの、どうしようもなさと逃避を表現している。これはまた、「第三の新人」作家が戦争と戦後の世の中の有様に直面した消極的態度である。『悪い仲間』の主人公も一人称の「私」である。小説は主に、「私」と学校の不良少年グループの交流と対立を表現している。「悪ガキ」たちの中で「私」は当然、弱者にすぎない。しかし、安岡章太郎が表現したかったのは、戦時中の少年たちの悲哀と反抗である。このような反抗は、別の変異的形式を以て示されている。同時に、危険に満ち、「自我」が閉ざされた情況の中で、安岡章太郎は主要人物の卑小な心理と劣等意識を表現した。

安岡章太郎は不良少年の異常な表現を通し、特異な方式で、既に喪失してしまった、あるいは喪失されようとしている人間性と「自我」の救済を試みている、と日本文学界は見なしている。作品中の「悪ガキ」たちはひたすら悪ふざけを繰り返す。彼らの行為は、人物の時代への無意識な反抗を表しているといえる。しかし「私」の感覚はみんなと同じではなかった。小説の中の「私」は、安岡章太郎本人であるというべきだろう。「第三の新人」の作家の中で安岡の小説は最も私小説の様式規約に近い。彼の小説の多くは、強い「自伝体」の色彩を帯び、かつての私小説作家のように、繰り返し同一素材を用いる傾向的特徴がある。彼は同様に、家族、家庭の膠着した感情の中で「自我」の卑しさ、嫌悪、苦痛を表現した。例えば、小説『剣舞』（１９５３）の中の父親は、いやらしく下品に描かれており、この小説の目的が、主人公の「自我」に内在する劣等感と羞恥心を表すことにあるということが分かる。このような感覚は、かつての多くの「私小説」作家が十分に関心を持ち、繰り返し表現してきたものだ。一言でいえば、私小説作家の人物、感覚、文体ないし「自我」の形態特徴というものは、ずっと以前に伝統的特定モデルが作られていた。現実中の作家が同様の環境や体験をもちさえすれば、また彼らが伝統的審美原則を感じさえすれば、創作の中で、伝統モデルのありきたりの形式や落とし穴に簡単に落ち込んでしまう。

安岡章太郎の小説「海辺の光景」（1959）もまた、家庭生活の「日常性」を描写対象とした重要な作品である。「海辺の光景」の主人公は「三人称」の女性である。しかし、これは作品の持つ前述の私小説の特徴を妨げるものではない。すでに述べてきたように、「私小説」中の主人公は、絶対的に「一人称」を要求されるわけではない。肝心なことは、人物を通して、できる限りありのままに作家の「自我」の内在感情と危機意識を表現することである。安岡章太郎の「海辺の光景」は、いつも自分の薄幸の身を嘆く女性を通して、安岡章太郎の前期の作品の中で扱われる精神の変異と心理問題を表現している。

安岡章太郎は人物と父親、他人との対立の中で、「弱者」の姿と影を揺らめかせた。

重要なのは、「第三の新人」のもう一人の代表作家吉行淳之介もまた、これに似た創作傾向と特徴をもっていることだ。彼の重要な作品「焰の中」（1955）は、「第三の新人」の代表的な作品である。小説は相対的に正統な「私小説」手法で、作者の「自我」の戦時中のありのままの生活と体験を記述している。ここには、「戦後派」作家が最も重視した主義と思想（吉行淳之介には無意味な心理的固執と映った）はなかった。彼が表現し追求したのは、観念から離れた、触れることのできる現実である。

吉行淳之介の代表作「驟雨」（1956）もまた、「芥川賞」受賞作である。

最後に取り上げるに値するのは庄野潤三だ。庄野潤三の小説の特徴は、生活の中の「日常性」を書くこと、および家庭の中の様々な波風を表現することにある。庄野潤三の芥川賞受賞作は「プールサイド小景」（1954）である。この作品は、家庭生活に題材を取った表現を特徴とし、小人物の哀れで悲しく、救いのない運命を描いている。このほかに、もう一つの重要な作品「静物」（1960）もまた、小人物を注目の対象とし、プライベートで不安な心理状態と日常生活の中の暗い影を表現している。庄野潤三の70年代の佳作は「野鴨」（1973）と「水の都」（1978）などで、作品は同様に庄野の家庭生活体験に題材をとり、前の佳作「静物」と同工異曲である。

要するに、「第三の新人」作家の文学創作は、多くの面で伝統的「私小説」様式傾向と特徴への回帰を現した。これらの状況は、同時に、日本の「私小説」発展史上の重要な現象を現している。

十、三浦哲郎「忍ぶ川」の抒情的文体

三浦哲郎は、第二次世界大戦後、最も知名度の高い私小説の代表作家の一人である。彼の代表作品は1960年に発表された短編小説「忍ぶ川」である。「忍ぶ川」はその年の雑誌『新潮』10月号に掲載され、同年の第44回「芥川賞」を受賞した。以前に何度もこの名称を出したが、「芥川賞」は日本現代文学の中で最も権威のある「純文学」の文学賞である。「芥川賞」を受賞するということは、作家が大出世したということにほかならない。

戦後、日本の多くの文学批評家の間では、「忍ぶ川」は正統な私小説の代表作であると見なされた。三浦哲郎に関して作家瀧井孝作は、三浦哲郎の「忍ぶ川」は素朴な風格に富み、日本伝統の詩歌形式「俳句」を連想させる、と述べている。しかし、第二次世界大戦前後の伝統的私小説作家と比べて、三浦哲郎の私小説は異なる作風をもっている。まず「忍ぶ川」の文体が人に与える印象は、昔特有の煩雑で重苦しいものではなく、短く洗練された言葉の中に三浦特有の「明るさ、のびやかさ」が現れている。次に、以前の私小説的な心境表現の中では取り除くことのできない心の重荷と危機意識が、

常に読者を息苦しいまでに圧迫する。たとえいわゆる「調和型」私小説作家であっても、薄暗い色調の心理感覚を反復強化し、それらは徹底的な域にまで達している。三浦哲郎の「忍ぶ川」は、このような面においてはっきりとした差異がある。

小説「忍ぶ川」の一人称の「私」はただ、自分と恋人志乃の感情体験の中で、取るに足りない現実の障碍と挫折を感じるだけである。このような小さな感情の波は、以前の私小説のような絶対的な「危機」感覚とは比べられない。同時に、三浦哲郎の小説の結末がまた完璧で、美しい抒情的散文を彷彿とさせる。

イルメラ・日地谷はその著名な論著の中でこれを取りあげ、三浦哲郎の文学的特徴に言及している。日本文学界の評価と殆ど一致し、論証の核心は次の二つの面に集中している。一つは三浦の小説の「純粋性」、もう一つはいわゆる「叙情性」である。日本の評論家河内光治も、三浦哲郎の文学資質と小説技巧に高い評価を与えた。三浦は作品を「純粋な抒情に昇華しえた[38]」、と彼は言った。

しかし、また別の評論家は、三浦哲郎は自分の小説の特質を出すために、結局「忍ぶ川」の芸術価値を大いに損なってしまった、と述べている。彼らは、「忍ぶ川」の中に現れた「虚構性」に厳しい疑義を示している。たとえば、評論家奥野健男は「忍ぶ川」に論及して言った。「自分の体験（結婚）を素直にありのまま書いた作品であろうか。ぼくは必ずしもそうとは考えない。おそらくここに書かれている事実、ディテールは、そのまま体験した事実であろう。だがこの小説全体から受ける雰囲気は、リアリズムと言うより、フィクションであり、作家の美意識によってつくられた架空の作品という気がする。現実とは違った次元に昇華され、美化されたお伽話のように思える。事実をそのまま使いながら、作者は夢見たメルヘンを書いたのではなかろうか」。奥野健男はさらに説明した。「忍ぶ川」は人々が思う「私小説」ではなく、三浦哲郎は「私小説」の形式を借用しただけだ[39]、と。

奥野健男のこの説には、一定の根拠と説得力がある。しかし疑いなく、彼は伝統様式は変わることがないという意味で上述の判断をしたのだ。もし判定基準に変化が生じれば、太宰治や三浦哲郎の類の様式を変化させた作家に対して、あら探しをするように過剰に否定することはないはずだ。

事実上、時間経過的な角度からいうと、様式の変化こそが絶対である。

三浦哲郎の小説世界は、確かに彼の先輩たちとは大いに異なる。しかし太宰治と比べても、いわゆる系譜的な影響において、変化を排除することは絶対的に不可能である。

三浦哲郎は言ったことがある。文学方向を確立した初期に、三人の作家の影響を受けた。それは太宰治、井伏鱒二、上林暁だ。もし太宰治を「私小説」作家だと認めるならば、全く疑いなく、彼は特異な「破滅型」の私小説作家である。なぜならば、前に述べたように、太宰治の小説の中には、逆説的で特殊な様式の「同一性」が含まれているからである。従って、多くの論者は、太宰治は明確な意識の中の「死」をもって芸術面での「生」を完成した、と見ている。

しかし、井伏鱒二はいわゆる公認の私小説作家ではなく、小説文体と言語特徴の上で極めて研鑽を積んだ作家にすぎない。井伏鱒二の小説構想は、巧みで味わいがあることで知られており、言葉の運用の上では巨匠の風格がある。小説中の文章の組み立ては簡潔明瞭でユーモアに富んでいる。井伏鱒二の多くの創作特徴は、三浦哲郎の小説の中にその痕跡を見出せる、といえるかもしれない。三浦哲郎の小説言語も洗練されて趣があり、咀嚼に耐えるものだ。

では、上林暁の基本的文学特徴とは、どこに現れているのだろうか？　多くの論者によれば、上林暁は純粋で高潔な私小説作家である。同時に、上林暁は深い愛情をひめて、陰鬱な視線で郷土と家族の間の絆と関係を直視し、表現した。彼は深い苦悩の中から、澄みきった光沢に富んだ小説言語を紡ぎ出した。

昭和期の日本の作家について考察する中で、ある論者は、このようないわゆる作家系譜をまとめた。三浦哲郎の小説系譜は、前述の井伏鱒二――太宰治――三浦哲郎――津島佑子（太宰治の娘）である。その他の系譜は、志賀直哉――滝井孝作――尾崎一雄――藤枝静男と、芥川龍之介――中野重治――佐多稲子――大江健三郎[40]などである。この系譜の紹介にはたいした意義はなく、ただ先輩作家と後輩作家の間の縦の関連と影響関係を説明しただけだ。

もちろん私小説の発展、沿革の上からみると、この帰納は興味深い。志賀直哉の系譜上の四名の作家はすべて、極めて代表的な私小説作家である。そして、三浦の系譜中の何人かの作家は、逆にすべて変異的特性を具えている。ここでは、系譜からはさらなる深い帰納と探求には進めない。しかし、これは少なくとも、私小説が早くに様式的な継承関係を形成したことを説明し得ている。変化もあったが、また継承もあった。

前に述べたが、「忍ぶ川」は三浦哲郎の最も有名な代表作品である。このほか早期の代表作品には短編小説「十五歳の周囲」、「幻燈画集」、「初夜」、「恥の譜」などがある。これらの作品は『忍ぶ川』と似た文体特徴をもっている。すべてが、幸せへの願望と再生を語る「物語」小説だ、と川西政明はまとめて述べた。

紙幅の関係で、「忍ぶ川」という一つの作品のみで、戦後日本の「私小説」様式と理念の分岐と変化を説明した。非常にはっきりとした現象は、中野重治のいわゆる革命的「私小説」であれ、太宰治の逆説的演技的「私小説」であれ、三浦哲郎の抒情的虚構的な散文調「私小説」であれ、伝統様式あるいは定義とのある程度の対立、抵触が発生した。

このような対立、抵触の発生は、必然的というべきだろう。イルメラ・日地谷は概括して言った。「忍ぶ川」には「私小説」のラベルを貼るべきではない。なぜならば、このようなやり方は余りに単純化し過ぎで、しかも「私小説」という小説形式は、明らかにもう時代遅れである、と。彼女は三好行雄の説に同意している。三好行雄の見方では、戦後の「私小説」は本来の素朴、自然な「私小説」様式と同じではなく、これにかわり、より反省意識を具えた創作方法である(41)。

十一、「私小説」と中国の現代文学

日本の近現代文学が中国の現代、当代文学に影響を与えたということは、常識といってもよい。しかし、中国の多くの文学読者は、日本の「私小説」と中国の現代、当代文学との間に非常に密接な関連と関係があるということをあまり理解していない。比較文学の角度からこの現象を考察、研究することは、疑いなくたいへん重要で、面白い課題である。本節ではこの関係における、いささかの表象を取りあげ、簡単に説明するにとどめる。つまり、魯迅と郁達夫という二人の現代文学の巨匠の体験と創作を通して、日本の「私小説」が中国作家にあたえた影響を簡単に述べるのみとする。

我々が特に注目するのは、中国作家の「私小説」に似た小説作品を究極的に「私小説」と呼んでいいものか、ということである。初歩的探求を通して、中国作家のいくつかの作品中の特徴と、日本のこの類の作家、作品の近似性と差異性を理解していただきたいと思う。中国において、日本近現代文学の影響が比較的大きい現代文学の巨匠として魯迅、夏衍、茅盾、郭沫若などの一系列の重要な作家の名前を挙げることができるのは周知のことだ。これ以外には、成倣吾、張資平、馮沅君、徐祖正、郁達夫、周作人などだ。ほかにもまだ、たくさんいる。

これらの作家は、すべて日本に留学した体験がある。例外なく、多かれ少なかれ、日本近現代文学の影響を受けているというべきだろう。当然、日本の「私小説」の影響も含まれる。理由は以下の通りである。これらの中国現代文学創設者としての現代作家が日本に留学した当時は、まさに日本自然主義文学隆盛期で、これに続きいわゆる「私小説」が生まれ、そして次第にこの小説様式が日増しに流行する時代を迎えた。

中国現代史の常識として、郁達夫の創作の中での状況と作風は、特に注目を引く。郁達夫の小説が日本の私小説から受けた影響は最も深く大きいということを、人々ははっきり認めている。研究者が繰り返し論じる作品の例は、すでに語り尽くされている代表作品「沈淪」である。実をいうと、筆者には中国現代作家と日本文学の関係を総体的に論じる力はない。よって、二、三人の代表作家の文学体験と傾向の特徴について考察し、初歩的な結論を示すしかない。筆者は、一部で全体を評価し、むやみに結論づけることはできない。よって、日本近現代文学ないし「私小説」の文学様式が、中国の現代作家に対し、影響を与えたかもしれない可能性と必然性を強調するために一つ問題提起をする。そして、中国作家の類似作品の特異性質を理解する過程で、日本の「私小説」様式の特殊性と固有の性質を逆の角度から見てみたい。

先に述べたように、非常にはっきりした事実は、中国の現代作家の中でひときわ重要な代表的人物の大多数が、みな日本に留学した経験があることだ。成倣吾は、1924年、「吶喊」に関する評論の中で、魯迅が日本に留学していた頃、日本文学界で隆盛を誇っていたのは自然主義文学だ、と述べた。ゆえに、中国の現代文学者は疑いなく日本自然主義文学から多くの影響を受けている。同様に、日本自然主義文学が隆盛の頃、あるいはその後すぐ続いて、いわゆる「私小説」文学様式が出現した。それで、ちょうど日本へ学問の探究に来ていた中国の現代作家たちは、好むと好まざるとに拘わらず、この自然主義文学から生まれた日本伝統文学の特有な小説様式に必然的に接触し、自覚無自覚にはかかわりなく、その影響を受けた。

成倣吾は、自分と魯迅などの一系列の現代作家は当時みな同じような境遇にあり、かつ大体同じような影響を受けた、と述べている。この影響の中でとても重要なのは、明らかに、日本自然主義文学の影響と日本の「私小説」の影響だ。成倣吾は魯迅の小説「端午節」を取りあげ、「端午節」中の「自我表現」はまさに「私小説」に特有の表現だといっている。この評論が正しいかどうかは別問題である。しかし、少なくともある観点を証明している。すなわち、魯迅のような中国の現実主義文学の大家も、その早期の創作の中では、同じように現代日本文学における主流様式の様々な影響を受けたのである。

成倣吾はまた、魯迅のもう一つの作品「不周山」を、同様に「私小説」的傾向の特徴が非常にはっきりとした特異な作品に挙げている。

魯迅は、成倣吾の上述の観点を知ったとき、怒りを露わにしたということだ。それで、自分の小説集を編纂、出版したとき、魯迅は故意に、成倣吾が高く評価した「不周山」を落とし、これを『故事新編』に入れた。このことでわかるように、作家の創作と他者の評論が常に共通の一致点をもつことは難しい。

周作人はこれに対し、異なる見方を発表した。実際に魯迅は日本に留学した当時、日本の文学、特に自然主義文学系統に対し、まったく興味を示していなかった、と述べた。その後の魯迅の文学観と全体的作風から見て、周作人の断定には道理がある。しかし、魯迅のその後の文学著述を考察すると、この断定は適切ではないようだ。

魯迅は、日本の「白樺派」作家、武者小路実篤と有島武郎などにある程度の興味を示した。そして日本では、「白樺派」文学は日本の「私小説」様式の先駆的存在を成した、と早くから言われていた。また、「白樺派」作家の小説創作の中で、いくつかの作品はすでに「私小説」様式の部分的特徴を示していた。魯迅と周作人はまた、重要作家芥川龍之介の代表作「羅生門」と「鼻」などを、翻訳、紹介した。しかも、芥川龍之介の「蜜柑」（1919）というタイトルの「私小説」作品は、魯迅が1920年に発表した小説「一件小事」とよく似ており、二作品とも「一人称」の小説叙事を採り、狭小な題材を取り扱っている[42]。

何徳功は、著書『中日啓蒙文学論』の中で、専ら魯迅と日本の「私小説」の興味深い関連を論述している。このような関心と努力は重要であり、その視点はまた先見性を具えている。しかし、まさに何徳功本人が述べているように、この研究はまだ初歩の段階で、さらに深い論証と研究が待たれる。

反対に、郁達夫の小説創作の中の「私小説」性は、周知の常識だ。郁達夫の日本留学の時期は、魯迅よりあとだ。魯迅は明治末年（1912年を境にして前）、郁達夫は大正年間（1912年を境にしての後）である。時間的差はそれほど無いが、日本文学界の状況と創作ムードはすっかり変わっていた。郁達夫が日本に留学した時期は、ちょうど日本の「私小説」が流行し始めた時期だった。その上、郁達夫本人の個人的性格、生まれつきの気質のため、彼の文学の初期の段階に「私小説」描写方式が大きな影響を与えることとなった。

自分の創作態度について、郁達夫はかつてこのように述べたことがある。「〝文学作品はみな作家の自叙伝である〟とわたしは思う。この言葉は、絶対に間違いない。……作者の生活は、作者の芸術としっかりと抱き合うべきだと、わたしは思う。作品の中の個性は決して失われることはない」。郁達夫は、幼い頃から孤独で、抑鬱的な性格で、これも彼が最終的に「私小説」式の文学表現を認め、受け入れた重要な原因である。

彼は自伝の中で述べている。「……幼い頃から孤独に慣れていて、暮らし向きが楽でなかったため、羞恥心と性の萎縮で、わたしは異常なほどに臆病だった」。日本留学時代、彼は自分の精神状態を「奇形」で「神経質」だ、と言った[43]。

郁達夫と日本の「私小説」の間の関連は非常に明らかだと分かる。郁達夫の当時の精神状況は、日本の「私小説」とすぐにぴったり合致した。彼のひどく敏感で、孤独で、陰鬱な心理あるいは心境は、まさに日本の「私小説」作家のなくてはならない素質の一つだ。「私小説」様式の文学創作方法は、独特の種のようで、適宜な土壌、気候環境に播いて、はじめて根を出し、芽を出し、実を結ぶことができるのだ。

郁達夫が日本の「私小説」文学様式の影響を受けた歴史的事実は、改めて証明する必要はない。ここでは、郁達夫の代表作「沈淪」がどんな作品であるか考察してみたい。疑いなく重要な事実は、この小説の主人公が作者自身の化身であることだ。「沈淪」は、ある抑鬱症の中国青年を生き生きと描き、彼が日本留学生活の中で、当時の青年に共通する精神の苦悩を体験し、性の抑圧と、心と肉体の衝突を感じていたことを書いている。この肉体と精神の苦痛は、個体化した特殊体験である。郁達夫は日本の私小説作家を模倣し、この日常の個人的体験を直接作品の中に融合させた。

この意味からいうと、郁達夫の「沈淪」と日本の典型的私小説作品に違いはない。

しかし、「沈淪」を読んだ後の、我々の明らかで強烈な感触は、これは日本の伝統的「私小説」とは異なるということだ。日本の私小説の中では、殆ど郁達夫のこのような告白は見ることができない。

――「……中国よ！　おまえはどうして強くなれないのだ。わたしはもう耐えられなくなった。故郷に美しい山河はないというのか？　故郷に花のような美女はいないというのか？　わたしが、こんな東海の島国に来る理由は何だったのか。」

郁達夫のこの類の「個人化」の精神的苦痛は、明らかに当時の祖国の深刻な災難と一体になっている。作者は小説の中で、主人公が「売春宿に泊まった」感想と事後の自責の念を細かく描写しているけれど、しかし、小説の結末はやはりこのような叫びだった。「祖国よ、祖国！　わたしの死はおまえのせいだ。早く発展して、強くなってくれ！　おまえの沢山の息子、娘たちが苦しんでいるのだ」[44]。このような率直な結末に向かい合えば、彼の小説をありもしない絵空事とは言い難い。もし郁達夫のこのような記述が絶対に真実なら、「沈淪」は日本の「私小説」文学様式と、少なくとも一つ合致点がある。

しかし、我々はここから同時に、中国作家と日本作家の根本的「差異点」を発見した。つまり日本の私小説作家が描いたものは往々にして、純粋な個人的の精神苦痛である。彼らは、国家、民族、大衆の危機と苦痛を、自身の極端に狭隘な個人的苦痛と融合させることはほとんどなかったようだ。これもまた、日本の「私小説」が中国の文学愛好家の共感を得られない理由の一つであろう。

これに反して、郁達夫の私小説「沈淪」は何代にもわたって中国の読者を深く感動させてきた。中国文学の中の「詩は志」の伝統は、揺るぎないものだ。いわゆる「家事国事共に栄辱」は、中国の作家が永遠に逃れられない、また逃れようとも思わない精神的桎梏なのかもしれない。ここでは、筆者は大ざっぱに郁達夫の小説の中の創作特徴を観察することを通し、このように得難い参照テクストを通し、日本の私小説が具え持っている狭隘性、閉鎖性、変異的な「純粋性」を取りあげ、説明した。

ここで、郭沫若の『郁達夫を論ず』の中の論述の一部を引用し、本節と本章の最後とする。「彼（郁達夫）の清新な筆致は、中国の疲れ果てた社会の中に、春風を吹かせ、即座に当時の無数の青年の心を目覚めさせた。彼の大胆な自己暴露は、千年万年の鎧に深く隠された士大夫の虚偽に対し、暴風雨的な打撃となり、一切の偽君子、偽才子たちを震撼させ、激怒させた。なぜか？　なぜならば、このような露骨な率直性が、彼らに偽であることの難しさを感じさせたからである」[45]。中国の現代文学が、日本の私小説の絶対的な真実、積極面の諸般の影響を受けたといってもよいということを、郭沫若の論述ではさらに進めて証明した。

注

1 久松潜一ら編修『現代日本文学大事典』増訂縮刷版、明治書院1978年版、762〜763頁
2 『日本近代文学大系21 徳田秋声集』角川書店1973年版、27頁
3 同右、25頁
4 同右、34〜35頁
5 『日本文学全集29 菊池寛、広津和郎集』集英社1974年版、220頁
6 同右、231頁
7 『日本文学研究資料叢書 私小説』有精堂1983年版、1頁
8 同右、2頁
9 同右、7頁
10 同右、21頁
11 同右、25頁
12 『日本文学全集 宇野浩二』集英社1978年版、329頁
13 同右、336頁
14 『日本文学研究資料叢書 私小説』有精堂1983年版、147頁
15 同右、148頁
16 『日本文学全集31 葛西善蔵』集英社1975年版、160頁
17 同右、145頁
18 『日本文学研究資料叢書 私小説』有精堂1983年版、172頁
19 同右、171頁
20 同右、173頁
21 同右、178頁
22 同右、179頁
23 『日本文学全集31 嘉村礒多』集英社1985年版、435頁
24 同右、438〜439頁

25 同右、441頁
26 『日本近代文学大系31　志賀直哉集』角川書店1971年版、135〜137頁
27 『日本の近代文学3　一冊の講座　志賀直哉』有精堂1982年版、24頁
28 同右、32頁
29 同右、34頁
30 イルメラ・日地谷『私小説――自己暴露の儀式』平凡社1992年版、335頁
31 同右、336頁
32 同右、348頁
33 同右、348〜349頁
34 同右、361頁
35 同右、368頁
36 本多秋五『物語戦後文学史』岩波書店1992年版、下巻259頁
37 高慧勤主編『東洋現代文学史』海峡文芸出版社1994年版、上巻第296〜297頁
38 イルメラ・日地谷『私小説――自己暴露の儀式』平凡社1992年版、369頁
39 同右、376頁
40 『昭和文学全集23』小学館1987年版、1009頁
41 イルメラ・日地谷『私小説――自己暴露の儀式』平凡社1992年版、383頁
42 何徳功『中日啓蒙文学論』東洋出版社1995年版、193〜234頁
43 同右、236〜237、244頁
44 桑遭康『郁達夫――生非容易死非甘（生は容易ならず、死は甘からず）』、四川文芸出版社1995年版、255頁
45 同右、229〜230頁

第五章　多面的見解および定義づけの試み

私小説が生まれて以来、日本国内の文学界は、一貫してこれに大きな関心を示してきた。これまでの章節において、私小説が生まれた背景、第二次世界大戦以前の多くの論述及び創作面での重要な状況について簡単に紹介してきた。本章では、著名作家の「私小説」論、様式の文化心理基礎、第二次世界大戦後の日本国外、国内の関連論述について再度簡単な紹介と論述をしたいと思う。

ここでもさらに、前に取りあげたドイツのイルメラ・日地谷の重要な見地を紹介する。彼女の重要な専門著書『私小説——自己暴露の儀式』に関し、日本の学者、評論家の幾人かは、なお多くの不足と常識的な誤謬がある、と考えている。しかし実際、日本の外にいる日本文学研究者にとって、その関わった研究の範囲の広さ、その深さが肯定されるかどうかは別にして、一部の「誤読」の発生は避けることができない。よって、国外の学者が日本文学の特定様式に関する研究著作に注目する主な目的は、単にその文学考証の技量と論証の緻密さと正確さにあるということではない。最も重要なのは、第三者の特別な視角と視点を理解することだ、といって差し支えない。また、第三者から見て、「私小説」を含む日本文学の様々な特異現象は、どのような存在様式、存在形態を示しているのであろうか？　その基本的特質は何か？　それに、日本の学者は常に方法論の面で比較的欠けるところがあり、西洋の学者はこの面では優れている。よって、同時的な、西洋の学者の理論方法と見解についての紹介は、日本の「私小説」認識の上での不足を補う手助けになることと思う。実際に、第三の国の学者の特別な視点、観点は、必ずしもとてつもなく大きな誤りとはいえない。このような特別な視点についての観察を通して、また、より新たな結論を得られるかもしれない。

前に述べたように、西洋の学者の文学理論、文化学、方法論の上での文学の分析と概括面では、日本の学者より勝っているような感じがある。日本の学界が与える印象は、「アリが群れて骨を嚙る」的なうっとうしい考証である。地道で精緻な学術考証を否定する気はないし、このような研究の意義と価値を否定することもできない。しかし、別の非常にはっきりとした印象は、日本の学者の研究成果は常に人にトータルな概括と印象を与えることができない、ということだ。彼らは、このことに関しては余り関心がないか、或いは先天的に、西洋の学者のように理論的概括能力が欠乏しているようだ。したがって、イルメラ・日地谷の、西洋の現代文芸学に基づく「私小説」分析と概括は、独自の価値と意義を具えている。

もちろん、同じようにはっきりとした対照をなすことは、西洋の学者の往々にして的確ではない印象的、理論的な論述である。これに関する論著はまたたくさん列挙することができる。日地谷の「私小説」論著のほかに、アメリカの学者ルース・ベネディクトの『菊と刀』とフランスの文化学者ロラン・バルトの『記号の帝国』などがある。

これらの論著の創作過程自体が非常に興味深い。たとえば、ロラン・バルトの『記号の帝国』は僅か十五日の訪日の印象に頼っている。おかしなことに、このような「我、六経に注する」（「我注六経」）的な突飛な論著が、西洋文学界の理論的経典になっていることである。バルトの日本文化に対する悟りと理解は誤っている、皮相的である、と誰が言えるであろうか？

一、川端康成と三島由紀夫の相関性

まず、二人の著名な日本の現代作家の「私小説」の評価と認識について理解してみるとしよう。川端康成と三島由紀夫は、個人の天性と文学理念の上でどちらも「私小説」とはほど遠い、ということを認めねばならない。彼らが見た「私小説」、彼らと「私小説」との関連は格別に面白く、重要であると言える。川端康成と三島由紀夫は、日本の「写実派」系統の作家ではない。あるいはこの二人の現代作家は、総じて、日本の古典文学の伝統と西洋の現代文学の様々な影響を具えている、と言える。よって二人の考える「私小説」、或いは「私小説」が、この二人の作家の作品や観念の中で現す特殊な様態といったものを一通り理解することは、間違いなく、我々がより立体的、全面的に「私小説」を認識する一助となるだろう。驚くのは、川端康成の小説の中にも「私小説」的な表現、影響があると認識する者もあることだ！

この説は成立するのだろうか？　まず川端康成の、「私小説」の代表作家志賀直哉についての論述を見てみよう。二人は同類の作家ではないが、しかし川端康成は志賀の小説に惜しみない賛辞をおくっている。川端の言説の中では、「私小説」様式の志賀文学の特別な役割を特に強調してはいないが、しかし実際、その批評は「私小説」様式に対する部分的肯定をすでに含んでいた。

川端康成は『現代作家の文章』という文の中で述べている。――「今日の小説壇に信奉されてゐる意味でのリアリズムでは、志賀直哉の表現は、その最高峰に達してゐる尊いものと云へよう。／志賀氏の文章は文法上から観て、正しい模範ださうで、その言葉や文字の使い方も、それ等の正しい意味と生命の理解を思はせる精厳なもので、……文体は菊池氏等と等しく簡素で、個文《センテンス》は短い。そして句法にも詞姿（figure of speech）にも……変化と多彩に乏しく、躍動とか流動とか自由さが少く、文章の抑揚やアクセントは目立たない。詳悉法を嫌つて、修辞学で云ふ『存余の原理』を生かしてゐる[1]」。ここでは、川端康成は主に小説表現の技法論的角度から、志賀直哉に対し印象的観察と論説を加えているのかもしれない。

しかし、火を見るよりも明らかであるが、川端康成の志賀文学に対する評価は、とても高い。別の面から言うと、この評価は「私小説」様式に対する肯定である。そして総体的にいうと、日本の私小説も、読者の鑑賞と判断を作者の表現する事実と真実性に任せ、私小説作家の方も、川端康成のいわゆる「知らぬものは何もない」という態度を嫌った。彼らは、作者の芸術理念と事実判断を読者に強制することに反対した。

いわゆる「余白原理」は同時に、志賀直哉のこのような代表的私小説作家が同様に、様々な事実に基づく素材の中で選択をしていることを証明している。そして、取捨選択が本当に分かっている作家こそが、優秀な私小説作家である。これもまた、久米正雄のいわゆる「私小説」の第一条件――やはり、小説は芸術であるべきだ――であり、まったく選択されない事実の羅列と簡単な告白ではあり得ないことになる。

このほか、川端康成はまた「三月文壇の一印象」の中で徳田秋声の創作及び評価問題にも論及した。川端がこの話題を提起した理由は、徳田秋声に関する不満からだが、しかしこれは、川端康成が強調する、作品評価そのものには影響をあたえなかった。彼は言った。「……当代の大家の誰よりも徳田氏の芸術を尊敬してゐる」。続いて、川端康成は、その論文の中で、徳田氏の小説「町の踊り場」を論評した。川端は言った。「『町の踊り場』は、それの自ら現れた神品である。忘れがちな故郷の田舎町へ、姉の死を機縁として帰つた時の、二三日の日記のやうなものである。その姉はもうかれこれ七十である。やはりもう老人の弟は、帰り着いた、……『芸術家の矜りなんかは、疾くにどこかへ吹飛んで』と、作中に自ら告白してゐる通り、作家振つた目をどこへも向けようとしてゐず、姉の死の枕もとで、直ぐ足が痛くなつたとか、腹が空いたとか、腥いものがほしいとか、勝手気ままなことを書いてゐるのであるが、自ら悟りのありがたさが感じられるのである。多分作者の予期しない効果であらう。努力よりも怠慢の妙味であらう。同じ名匠にしても、島崎藤村や泉鏡花のあの意識的な、考へ方によつては浅間しい精進とちがつて、強ひられるところがなにもなく、徳田氏の作品にゆゑ知らず頭の下がる所以である。……徳田氏の作風を日本の伝統の芸の美しさと思ふのは、少々軽はずみのきらひはあるが、縁がないとは云へないであらう。『町の踊り場』には、なんの計算もないやうに見える。効果を計算された一行一句もないやうに見える。小説らしくしようとしたところも見あたらない[2]」。

上述の論文は、川端康成の「私小説」作家、作品に対するある認識を示すのに十分である。このような認識はあきらかに肯定的なものだ。このような評論は、同時に、その他の「私小説」作家、作品論に用いることはできない。しかし、このような見解は日本の一流作家のもので、非常に重要な証拠である。それは、我々が日本の「私小説」の様式特徴と文学史的地位を理解、評価するのに役立っている。川端康成はまた同じ文章の中で、その他二名の著名な私小説作家、宇野浩二と広津和郎の評論をしている。

もちろん、川端康成の主要な業績は創作の方面に具現されている。以上の論述は、真の理論的文章ではなく、一人の著名作家の感想、随想でしかない。

時には、川端本人の認識も矛盾に満ちていた。たとえば、彼は同じ論文の終わりの部分でまたこう述べている。「徳田氏の芸の力も望んで得べからざるものであり、やはり消極的にはちがひない[3]」。作家の作品論と芸術論に対し、理論的な正確性と一致性を過剰に求めることはできない。しかし、時に作家の感覚と批判は、なぜか不思議に、より直接的で深みがある。

川端康成と比べて、三島由紀夫はさらに日本現代文学の中でセンセーショナルな作家である。ひとまず、彼の軍国思想と切腹自殺については論じないこととし、三島の文学創作についてのみ論じるならば、さすがに文学の奇才だということができる。

三島も私小説に近い少数の作品を書いた、ということだ。しかし、三島の文学的観念及び代表的小説の特色は、私小説とはあまり関連がない。三島由紀夫は、自身が「椅子」という題名の私小説を書いたことを認めている。この作品は幼年時代の感傷的な記憶、追憶を表現している。三島はこれを「連続性」の体現だと解釈している。

日本の芸術的基礎について三島由紀夫は、日本人は改めることのできない共同性を持っている、即ち日本人は永遠に理論的或いは理性的なものを信じない、と考えていた。それで、芸術の上で終始新しいものを想像することに執着していた三島は、このような良くない立ち後れた伝統を打ち破ろうとした。三島は次のように言った。「どうも日本人は、（いくら植物的に見えたところで、哺乳動物にはちがひないのですから）、いちばん先に、自分のなかの動物的要素を満足させて、それからゆつくり『もののあはれ』といふ事後の情緒に移つてゆく……日本人における動物的要素の解放と満足は、蜻蛉の交尾のやうに、青い空に一瞬とまつてゆらゆら揺れるだけの、淡泊で清潔なものだからにちがひない[4]」。一見したところ、三島由紀夫のこの言葉は否定的で、民族文化の普遍的角度、意義から日本の「私小説」様式の文化学的意義における様々な欠点に触れている。しかし、細かく見ると、三島のこの議論は単に否定しているだけではない。

三島由紀夫は「芝居と私」という雑文の中で、「日本の自然主義はその畸形的発達の一得で、描写万能には陥らなかつた……些事が重要か、強烈な感情が重要か、小説家はいつもこの二つの要請の間で戸惑つてゐるのだが、リアリティーといふものは、おそらくは、体験としては後者にあり、表現としては前者にあるので、この綜合の方法は矛盾に充ちてゐる。……いつも強烈な感情が些事を犠牲にし、些事を踏みにじつて進んでゆくのだ」[5]。ここでは、三島は私小説に論及していない。しかし、日本の私小説は日本の自然主義の奇形的発展の結果であるといってもよい、ということを我々は了解している。それで、三島のこのような観念の中から、我々は二つの面の認識を得ることができるかもしれない。ひとつは、三島は「私小説」についてまったく分析することなしに全面的に否定したのではないこと。もう一方は、この論述が、三島由紀夫の「厚情薄事」の芸術傾向をはっきりと表現していることだ。

日本の「私小説」はまた、いわゆる「情感的」表現がまったくないのではなく、ただ、ここでの情感表現は単純な写実的描写にすぎず、三島のあのようなリアリティの薄い人物の情感表現と心理表現とは、実際、相当かけ離れている。

三島由紀夫の情感表現は生涯積極的かつ主動的であった。これに反し、「私小説」の中の情感表現は往々にして消極的かつ受動的だ。

つづいて、三島由紀夫の小説「文体」に関する論述を、もう一度考察してみる。三島由紀夫は作品の中の「文体」の役割を非常に重視した。彼は言った。「……私は今では、……専ら知的に強靭な作家を愛してゐるのである。……文体の特徴は、精神や知性のめざす特徴とひとしく、個性的であるよりも普遍的であらうとすることである。ある作品で採用されてゐる文体は、彼のゾルレンの表現であり、未到達なものへの知的努力の表現であるが故に、その作品の主題と関はりを持つことができるのだ。何故なら文学作品の主題とは、常に未到達なものだからだ。さういふ考へに従つて、私の文体は、現在あるところの私をありのままに表現しようといふ意図とは関係がなく、文体そのものが、私の意志や憧れや、自己改造の試みから出てゐる[6]」。我々はここから三島由紀夫と日本の私小説作家の間の重大な区別を見ることができる。私小説が強調するのは常に、どのような素材、思想であったとしても、あるがままに作品の中に表現すれば、その存在の価値と意義がある、ということである。私小説作家が強調するのはいわゆる「個人性」であり、彼らは「普遍性」には興味がないし、「普遍性」の義務を引き受けることを望まず、さらに目標あるいは知性の努力がない。では、三島の芸術観念をもって見ると、私小説には「文体」の様式がないのであろうか？

疑うべくもなく、三島由紀夫は絶対的芸術理念をもった作家だ。彼が読者の歓心を買うために、心にもない言説を発表するはずはない。彼の恩師の川端康成に対しても、彼は遠慮なく直言して憚らなかった。彼は言ったことがある。「たとへば川端さんが名文家であるといふのは、私の意見である。なぜなら小説家における文体とは、世界解釈の意志であり鍵なのである。混沌と不安に対処して、世界を整理し、区劃し、せまい造型の枠内へ持ち込んで来るためには、作家の道具としては文体しかない。……ところで、川端さんがつひに文体を持たぬ小説家であるといふことは正に世評のとほりだが、川端さんの傑作のやうに、完璧であつて、しかも世界解釈の意志を完全に放棄した芸術作品とは、どういふものなのであるか？[7]」。

川端に対するこの評価は、多くの写実派の作家、特に「私小説」を創作する作家により適用できる。比較すれば、三島由紀夫の「私小説」様式に対する否定的態度はよりはっきりとしているようだ。

三島由紀夫の芸術理念を簡単に紹介しておくことも十分に重要だ、と筆者は考える。なぜならば、このように尋常ではない絶対化、ずばぬけた芸術観念の対照のもとでのみ、真にいわゆる芸術の「差異」性を示すことができるからだ。三島由紀夫はもともと強者を気取り、傲慢きわまりなかった。彼は、太宰治のような特異な「私小説」特徴をもつ偶像的作家を、顔も上げられぬほどにけなした。彼は、太宰は田舎者で意気地がなく、まったくの気質型の作家だといった。

気質について三島は論述した。「さて『思想の本質がもし発展性にあれば』といふ前の仮定に戻るとしよう。そこでは気質は気質にすぎず、決して思想ではないのである。……気質が個別性を代表するなら、思想は非個別性と普遍性を持たねばならぬ[8]」。これらの論述はまた、三島由紀夫の見下していたものが、そのような純粋気質型の作家と作品であったことを示している。偶然の一致でないのは、多くの「私小説」作家はみな太宰治と同じで、まぎれもなく、思想的に希薄で気質が濃厚な作家であることだ。三島由紀夫のこのような観念は必ずしも正しいとはいえないが、しかし少なくとも一家の言を現しており、かつ正確に「写実的」文学の特徴と弊害に触れている。

最後に特に、三島由紀夫の代表作のひとつ『仮面の告白』に触れることにする。しかし実際に、この作品は「私小説」様式の中に常用される「告白式」文体とは大きくかけ離れている。小説のタイトルが示すように、三島のこの小説の目的は「告白」がでたらめで、みせかけであることを証明している。彼は言った。「それにしても小説といふジャンルは、告白にはもつとも不便なジャンルで、この『まがひものの記録』のジャンルには、告白の信憑性を保證するやうなものは何一つない。告白と小説を結びつけた浪漫派の偏見は、人種的偏見とどつこいどつこいの不名誉な愚かな考へであり、文学は、詩・戯曲・小説の順に、告白に不適になるのである[9]」。

三島由紀夫は小説の中での記述を利用し断言している。「告白の本質は『告白は不可能だ』といふことだ」。三島由紀夫の多くのこの類の文学理念は、「私小説」の典型的特徴と相反する。

二、大江健三郎の対立性およびその私小説論

1994年、ノーベル文学賞を受賞した大江健三郎も、前に述べたように、文学界では特異な存在

である。彼の文学創作は、一貫して西洋の現代主義（モダニズム）文学の大きな影響を受けており、その結果、彼の多くの作品には、常に抽象的な理念的特徴が現れている。彼の小説は、多量に象徴、寓意の類の文学手法を用い、超然とした高尚な思想、思考の特殊性を感じさせる、といってよい。しかし別の面で、大江健三郎はその厖大な小説作品の中で、不思議にも日本の伝統的「写実的」文学のある要素を、執拗にその神秘に満ちた表現あるいは描写の中に溶け込ませている。大江健三郎は、二種類の対立的創作要素を粘り強く融合させている、といって差し支えない。このためか、大江健三郎の多くの小説は冗長、奇怪、晦渋な感を与える。

相対的にいって、日本で大江健三郎の小説の忠実な読者はあまり多くない。いささか奇怪に感じられることは、なぜ西洋現代主義（モダニズム）文学思想と文学方法をあんなに崇拝する大江健三郎が、創作の中で絶対的に伝統を排除しないのか、ということだ。

ここでは、大江健三郎の日本の文学伝統に関する重要な言説を強調する必要がある。大江健三郎はいろいろな場において、私小説は日本文学の極めて重要な伝統である、と幾度も表明している。このような評価態度が大江健三郎のような「観念派」作家から出ると、非常に興味深く、より説得力がある。なぜならば、大江健三郎の創作理念と作品の特徴からいって、彼は本来極力「私小説」的な写実伝統を排除すべきであるからだ。

大江健三郎の文学のスタートは、象徴的意義に満ちていた。日本では、多くの戦後の作家は「芥川賞」をとることを最初の成長の契機としていた。大江健三郎もまた例外ではない。1958年、大江健三郎の小説「飼育」が、その年の「芥川賞」を受賞した。大江健三郎は1935年に生まれた。文学の上で頭角を現した大江にとって、少し前に終わった戦争は、疑いなく幼少時の記憶にすぎない。敗戦後、彼はまだ学生であったが、彼の文学はスタート時に、日本の「戦後派」作家から多くの影響を受けた。年齢と専攻の影響により、大江健三郎は必然的に、当時流行っていた西洋モダニズム文学思潮の多くの影響を受けていた。彼は大学時代、すでにサルトルの実存主義思想と文学表現に大きな興味を抱いていた。彼の初期の若干の代表作品は、みな実存主義の文体特徴を具えていた。それらの作品は、「奇妙な仕事」（１９５７）、「死者の奢り」（１９５７）、「飼育」（１９５８）、「人間の羊」（１９５８）などである。

　注意に値するのは、大江健三郎の創作主題が１９６３年前後に明らかに変化したことだ。この時期から、彼は人類の疾病、核武器、核戦争など現実の問題に大きな興味を抱き始めた。その理由の一つは、この時期に彼が「広島への取材旅行」に出かけ、核兵器の巨大な破壊力を実際に見聞したこと。もう一つは、大江の不幸な家庭生活の体験および個人としての精神的苦痛である。血縁関係がもとの精神的苦痛は、以降大江健三郎の揺らぐことのない創作の根拠となった。大江の小説の中の、いわゆる「私小説」性の由来は、切っても切り離すことができずこれと関連しているのかもしれない。

　大江健三郎はいわゆる正統な私小説作家ではない。彼の小説は、日本現代文学における伝統的私小説とは、本質的に大きくかけ離れている。大江健三郎は、ただ、小説の素材、主題、文体特徴の上で、不思議にも「私小説」独自の創作様式に接近しているともいえる。彼が、それ以前の私小説作家と異なる理由は、彼が典型的に西洋文学の思惟方式と創作技法に傾倒するモダニズム作家であることばかりでなく、大江健三郎の小説の中の「自我」に対する独自の理解と定義づけによるものである。はっきりとした違いは以下のことにある。伝統的私小説作家の和らぐことのない個人の苦痛は、往々にして直接、純粋に作者自身の心理的精神的危機に関連している。作者の家族あるいは他人と過剰に緊密な因果関係はないか、よしんば関連があろうと、私小説作家の家族が演じるのはまた「殉死」の役割であり、受動的であって能動的ではない。それに反し、大江健三郎の家族はある種の積極的要素の触媒だ。大江健三郎は、社会、人類、家庭、家族の苦痛から出発し、彼独自の深い「自我」の問題に分け入った。伝統的私小説作家は「ナルシシズム」的な暗い傾向があるが、大江健三郎は完全な世界大同主義、家族主義者である。彼の精神的苦痛と内的憂慮は、常に間接的に、個人の「自我」の世界平和と人類の運命に対する明るい希望から出、或いは家族、特に先天性知能障害の息子――大江光に対する尽きることのない憂患と心配から出ている。当然、小説が触れる「危機性」の角度からいって、大江健三郎と伝統私小説には面白い接点がある。しかし、この「危機性」は本質的には同じではない。

大江健三郎の「私小説」様式の特徴をもった何作かの代表作品の中に、１９６４年「新潮文学賞」を受賞した長編小説『個人的な体験』があり、また、１９７３年発表された重要作品『洪水はわが魂に及び』がある。これらの小説の主題は、大江健三郎の家庭内の苦痛な体験と大江個人の精神的抑圧に密接な関連、関係がある。前者は主人公「鳥（バード）」が先天性脳ヘルニアの障害児をもうける。後者は、主人公が白痴の子供と一緒に核避難所の跡の廃墟に閉じこもり、何人かの少年少女たちと特別な人間的交流がうまれたことを語っている。

この類型の小説作品を創作すると同時に、大江健三郎は二つの面の技法の問題を思考した。一つは、やはり彼が長い間こだわってきた寓意と象徴で、これは彼が十分重視した小説の意義を示す叙述方式である。もう一つは、彼の独得で完全に個人化した「個人体験」――その小説『個人的な体験』の表題が示すのと同じように――である。大江健三郎の「個人体験」は非常に奇妙で、それは「観念派」作家特有の奇異な体験である。例えば、その小説『個人的な体験』の中で、彼は主人公バードを通して言っている。「『確かにこれはぼく個人に限った、まったく個人的な体験だ』と鳥はいった。「個人的な体験のうちにも、ひとりでその体験の洞穴をどんどん進んでゆくと、やがては、人間一般にかかわる真実の展望のひらける抜け道に出ることのできる、そういう体験はある筈だろう？　その場合、とにかく苦しむ個人には苦しみのあとの果実があたえられるわけだ。暗闇の洞穴で辛い思いはしたが地表に出ることができると同時に金貨の袋も手にいれていたトム・ソウヤーみたいに！　ところがいまぼくの個人的に体験している苦役ときたら、他のあらゆる人間の世界から孤立している自分ひとりの竪穴を、絶望的に深く掘り進んでいることにすぎない。おなじ暗闇の穴ぼこで苦しい汗を流しても、ぼくの体験からは、人間的な意味のひとかけらも生れない。不毛で恥ずかしいだけの厭らしい穴掘りだ、ぼくのトム・ソウヤーはやたらに深い竪穴の底で気が狂ってしまうのかもしれないや[10]」。このような体験は、大江健三郎の現実の生活の中で最も真実な体験、心理、印象のようだ。即ち、より「写実」に接近し、「象徴」或いは「虚構」ではない（もちろん、事実上、大江の作品は象徴と虚構に満ちているが）。大江健三郎本人も、また言っている。彼の多くの受賞作品は全て、脳疾患児の父親になった後に書き上げたものである。

彼は言った。「『個人的な体験』と『空の怪物アグイー』で、前者は、ともかく最終的には、畸形の赤んぼうを正面からひきうけて生きようとする人間をえがくものであったし、後者は、畸形の赤んぼうから逃れたあと、結局、自殺めいた疑わしい死へと自分を追いこんでしまう人間をえがくものであった。それらの出版のあと、僕はこの問題に関するかぎり、自分がすでに、ひとつの救済を体験しているのを感じた[11]」。

大江健三郎の一部の表現から見ると、大江は現実的な真実の体験を重視していた。問題は、作品の全体的構想、構成などの面からの考察からアレゴリー的、象徴的特徴に満ちてきた、というところにある。『個人的な体験』もまた例外ではない。

１９７３年、大江健三郎は『洪水はわが魂に及び』を発表した後、文化人類学に対し大きな興味を抱くようになった。よって、これ以降の多くの作品は、人文風土に対して特別な関心を現すようになる。同時に、大江はこの時期、西洋の構造主義とロシアのフォルマリズム文学理論の影響も受けはじめた。彼は、人類、世界などの宏大な主題に注目すると同時に、障害者の題材と現実的個人の主題に対し、より強く時間的に長い関心を示している。このように、大江文学の異なる側面を具現した。すなわち、これらの側面は、本節が強調しようとした大江文学と伝統「私小説」様式の一定の相関性である。

大江健三郎は、多くの障害者に関する題材と主題の作品を創作した。その中には、1967年のもう一作の長篇小説の代表作『万延元年のフットボール』を含む。

この小説は非常に特異で、ここから大江健三郎の唯一無二の「森林」寓話或いは「神話」が始まった。彼は象徴性に満ちた「森林」を背景として、自己の現実的精神体験を日本文学の伝統的想像力といささかぎこちなく結びつけたのだ。そして、ノーベル文学賞受賞後書き上げた小説三部作『燃えあがる緑の木』は、同じように我々に二種の要素の緊密な関連を見させてくれる。この長篇の大作は、彼の「森林」神話を継続し、さらに一貫した登場人物と主題を引き継いだ。『燃えあがる緑の木』は長男大江光を主人公とし、作品は宗教的色彩豊かに現実に存在する伝奇物語を語った。大江健三郎は飽きることなく、重い脳障害を負った息子が、どのような状況下であれ、ついに個性的な作曲家に成長し、尊厳ある自立の道を歩んだことを描いた。

少しの疑いもなく、大江健三郎の「個人体験」は独特で真実である。もしそれらの特殊な生活体験と精神的苦痛がなかったなら、大江はあのように反復的にほとんど同様の精神体験を繰り返し表現できなかっただろう。このような「危機性」の個人的体験と心理の反復的感触と表現は、従来の伝統的「私小説」様式における重要な判別標識に近い。

1994年、大江健三郎の「ノーベル文学賞」授賞式で、選考委員長シェル・エスプマルキは「賞状授与スピーチ」で、大江文学の主題は二つの面に及び、ひとつは脳機能に障碍がある息子の問題で、もうひとつは核兵器製造の悲惨な結果である、と述べた。人生の不条理、逃れられない責任、人間の尊厳など、大江が昔、サルトルを読むことで特徴づけられた哲学的要素も一貫している。しかし大江は別の点も主張している――はっきりせずとらえ難い現実が知覚されるべきだとすると〝モデル〟が必要である、と、大江自身も言っている。[12] これらの論述は非常に正確である。

大江健三郎本人は、自分の創作の中で八割の筋は虚構であると認めている。それが何であろうか？「幻想的な自伝を創造するため、ここに大江は日本の一人称小説の技術を利用している」[13]。大江健三郎の受賞後の「答礼スピーチ」から、大江は日本「戦後派」文学の多くの優良な伝統を受け継いだことが見て取れる。彼は、その文学的視野の中で、終始、世界、民族と人類の未来に対する深い思いを抱いていた。これと同時に、彼ははっきりと表明した。――「自分自身が、さまざまのレヴェルでの苦難との闘いを、家庭内の規模にはじまり、日本の社会との関わりにおいて、また二十世紀後半のこの世界に生きること自体において、一つの連続性において経験しながら――それは当の経験を小説に書きつつ生き延びることでした……このように個人的に語ることは、いま私の立っています場所と時にふさわしいものでないと感じられる方は少なくないでしょう。しかし私の文学の根本的なスタイルが、個人的な具体性に出発して、それを社会、国家、世界につなごうとするものなのです」[14]。これらの告白は、既に大江健三郎の文学の特性を非常にはっきりと表している。ここで見てみたいのは、大江文学の伝統的私小説との、完全な意義上での一致と類似ではない。コントラストが大きい対比の中で、わずかな類似、或いは切り離すことのできない潜在的関係を見ることができれば、期待した観測目的は達成されたといえる。

最後に、大江健三郎本人の私小説に関するある論述を考察してみよう。大江健三郎の小説理論に関する論述からも、大江健三郎の文学表現の中の晦渋な特徴が、実は大江の文学芸術における特異な観念性と密接な関連にある、ということが理解できる。

彼は理論書『小説の方法』（1978）の中で、全面的に、徹底的に、彼の小説観と芸術観を解説した。著書の中で大江は、自分の西洋文学及びその理論的要素についての理解を繰り返し論述した。特に文学言語の特殊な意味と文学の「異化作用」問題、文体、想像力、読者、アレゴリー及び荒唐な現実主義のアレゴリー体系などの諸問題に対し、大江は詳しい説明と論述を与えた。本質的に言って大江健三郎は、「小説の一節を書くことは、そこに想像力的なものを喚起する、言葉による媒体をつくりだす行為である。小説の実質とは、言葉によってそこに構成された、想像力的なものを読み手に呼びおこす仕掛けである[15]」と考えていた。疑いなく、大江健三郎の文学あるいは小説の本質に関する様々な論述は、大江の見る現代小説の準則を表明しており、それは日本伝統の「私小説」式のリアリズムとは明らかに相当な距離がある。前に述べたように、大江健三郎は、自分の小説の八割は虚構だと強調した。同時に、大江健三郎が極めて尊重しているのは文学言語の特殊性及び芸術的想像力である。彼は言った。「文学表現の言葉の想像力的な働きは、ひとつのイメージを打ち壊して、新しいイメージをつくりだす、その過程において生き生きとあらわれるものである。それはグロテスク・リアリズムが、変化の両極を、新と旧、死するものと生まれるものの、メタモルフォーズの始まりと終りを、両面価値的に表現することに対応しよう[16]」。

これらの理論はみな、大江健三郎が確かに現代小説形式あるいは言語の表現力という特徴を重視する小説家だということを現している。彼の様々な理論は、彼と日本文学の伝統的リアリズムあるいは現代日本文学の伝統を構成する「私小説」様式とは、まったく無関係であるように示していたが、しかし奇妙なのは、大江の「異化作用」の追求を通し、読者は依然として伝統様式の影を感じとることができるということだ。大江が、外国の学者が提出したこの類の問題に対峙したとき、彼はこのように認めねばならなかった。「若い頃、私は文芸誌に載る新作の私小説に、例外なく反撥していた。しかし、そのうち衰弱しているのはいま現にそれを書いている作家たちであって、大正、昭和前半の作品には私小説としてひとくくりに否定することができないものがあると、それまでの無知を自覚することになった。あらためて発見することをした、秀《ママ》れた私小説の『私』は、それぞれのなまなましい個性をそなえている、多面的なナラティブの主体だった。／私自身、障害を持って生まれた長男をモデルとした短篇、長篇を書くようになってからは、それを語るナラティブに、あきらかに『僕』『ぼく』を私小説の仕方で用いることをした。……／したがって、私がとくに長男との共生を軸にした作品において、それらを私小説に属するものと受けとめられるのは、むしろ当然のことであるだろう。しかし私は、私小説の作家ならば、倫理的な意味あいもこめてウソとして排除するはずの、フィクシヨンを自由にそこに導入した。そもそも、それらの作品の『僕』『ぼく』は、現実生活の私とそのまま重なる《ママ》として提示されているのではない[17]」。

　ここから次のように断言することができる。大江健三郎が彼の論述の中で我々に言いたかったのは、以下の特異な観点かもしれない。――実は、創作の中には、純粋な上にもさらに純粋な方法はなく、表面的に完全に対立する様式、方法は、十分に自然に特定の創作に融合することが可能である。

三、勝山功の私小説論史

　これまでに何度も触れた『大正――私小説研究』（1980）は、今日に至るまで、日本国内の文学界中で最も権威のある私小説研究のひとつであるのかもしれない。この重要な研究書の中で、勝山功は、広津和郎、志賀直哉などの代表的私小説作家について比較的適切な論評をしている。さらに重要なことは、彼は「私小説」論史の角度から、日本の第二次世界大戦前後の様々な代表的「私小説」論について割合に客観的なまとめと論評をしている。

このような仕事は疑いなく非常に重要である。このような相対的な歴史性、学術性をもった客観的総括と観察を通してこそ、真に「私小説」創作、研究の歴史的発展を理解することができ、さらに進んで、来歴や経過をより理解するという基礎の上で、様式の基本存在状況と本質的特徴を識別することができる。勝山功は、その論作の中で「私小説」の日本現代文学史上の重要な地位を繰り返し強調した。同時にまた、考え方が様々な「私小説」論に対し、比較的に客観的な評価を示した。彼は、論著の中で言っている。「……大正末年（20世紀20年代前後―筆者註）以後の文学論は多かれ少かれ私小説克服の論議であったといっても差支えないほどである。／このことは私小説の精神なり方法なりが、近代日本文学（日本文学における近代と現代の区分はつねにはっきりとしない―筆者註）の中に根強く生きていることの証左であり、私小説研究という立場から見れば、それが客観的歴史的研究というよりも主観的創造的乃至恣意的評論的な性格を持っていたことを示すように思われる（もちろん勝山功は考えている―筆者註）。私小説研究にあたって私の考えたことは、これを出来るだけ具体的実証的なものにしようとするならば、研究ということばにふさわしい作業をしようとするならば、まず従来の私小説に関するさまざまな論議を整理批判し、今後の研究方法なり態度なりを確立しなければならないのではないかということである[18]」。

勝山功は、日本の早期の「私小説」論は主に以下の数人の作家――（主に久米正雄、中村武羅夫、佐藤春夫、宇野浩二など）によるものだと考えている。その中で、久米正雄と宇野浩二の観点は、すでに前の章節で言及した。ここでは、さらに一歩踏み込んで勝山功の前述の論者についての論点の叙述を理解し、同時に彼の文学史評価と総括を理解しておきたい。

勝山功の文学史に関する記憶の中で、最も早く「私小説」という観念の用語を用いたのは、近松秋江と中村武羅夫である。しかし「私小説」の初期の定義に触れるにあたり、挙げるに値するのは、まず久米正雄の重要な観点である。久米正雄は、日本の「私小説」と西洋の「一人称」小説を比較し、とりわけ重要な差異はいわゆる「一人称」にあるのではないと考えた。――このような観点は始めから斬新であり、かつ以降の「私小説」論に長期の影響を与えた。久米正雄は、日本の「私小説」の最も重要な本質的特徴は、それが「一種の自伝的小説とみなされた」あるいは「最も直接的に〝自我〟を究明した小説」であることにあった、と考えた。

もちろん、久米正雄は同時に、この小説形式の芸術的前提を強調し、それは一般的意味での「告白小説」と「自伝」とは異なるものであるべきだ、と強調した。彼は、最も重要なものは、実は「自我」の内部に動揺して定まらない心情――(彼は、これこそが最も真実の物だと言った)である、と言った。「私小説」はこのような意味の上で往時の自然主義文学と区別され、さらに自然主義文学の客観性と相対することで、「私小説」もまたある種の主観的性質を具えることになった。

このような観念の基礎の上に、久米正雄は「私小説」の高級形態は「心境小説」であるという著名な論点を提示した。勝山功は、久米正雄の「私小説」定義は当時は独創的であると認め、同時にその他の作家の「私小説」に関する異なる定義を列挙した。例えば、正宗白鳥が提示した定義は「原稿生活者が自己の日常生活を描いて作中人物が実際の人物をさしていることがわかるような小説」。田山花袋はより簡明に定義している。「作者が自己の経験したものをそのまま書いた小説[19]」と。

勝山功は、初期の様々な「私小説」論の基本観点を簡潔に整理した後、批判的に当時の様々な基本的特徴を以下のようにまとめた。

1、当時の「私小説」の用語の概念ははっきりしていない。「私小説」と「心境小説」の関係、差異を論じる際に人によって違いがあり、さらに「心境小説」と「本格小説」の差異は、より曖昧模糊としている。

2、当時の理論は、多くは観念的、形式論的性質を具えている。たとえば、ある者は「本格小説」は実際に存在するかどうかという懐疑論の基礎の上に「私小説」の定義を探求した。またある者は、観念の定式の上から、「私小説」は「純文学」とイコールだと強調していた。

3、以後の様々な「私小説」論を対比すると、共通の特徴は、当時のそれらの論述自体が、適切な実証的性質を欠いており、多くの評論が恣意性をもっており、かつ多くの論者は（肯定的観念を持とうと、否定的観点であろうと）、最も代表的な「私小説」作家志賀直哉と葛西善蔵を見落とし、論説の中でも「私小説」と自然主義文学、「白樺派」文学の密接な関係に深く探求しなかったことにある。

4、当時の「私小説」論は、形式は素朴だが、伝統小説の観念に対する反省、批判、懐疑を含んでいた。しかし、当時の反省と懐疑から出発したのだが、論者はまだ小説革新の具体的方法へは発展していなかった。それらの反省と懐疑は漠然として、粗略で、明確な時代認識と社会批判の精神を具えていなかった。[20]

勝山功のこれらの概括には明らかに否定的傾向があるが、しかし、比較的客観的である。しかし一方で、このような評価は疑いなく後の人間の反省と回顧であり、文学批評の共時性の意義からいうと、歴史的状況が後世の理論、視点、観念と合致することを求めることはできない。一定の歴史条件下での理性的思索は、人々がある特定の文学現象を認識し、かつ後のより高次元の文学探究と基礎を構成する手助けとなれば、特定の歴史、文化価値を必ず具えている、ということを認めるべきである。勝山功の初期「私小説」論の観点の帰納と評論の主旨と目的もまたここにある、というべきだろう。

この他に、勝山功は、当時の日本文学界の基礎、文学環境と精神状況について必要な分析を行い、当時の「私小説」論はどのような状態のもとで展開したのか説明した。彼が、当時の「私小説」論の基礎を構成するものとして特に取りあげたのは、極めて表面的な関知方法にすぎない。或いは僅かに第二義的性質を具えているにすぎない。当時、より主流的な現象を具えていたのは、実は、人生観や社会観の変化をもたらすという意義において、かつての個人主義あるいは個人主義に立脚する大正文学――（この時期の文学の典型的代表となった「私小説」を含む）を批判することだった。

文学者は個人主義を脱却し、社会性を強調すべきだ、と強調する者がいる。このような観点は、明らかに20世紀20年代前後の日本の政治社会文化環境と密接に関わっている。このような批判は当然、すでに伝統となった「私小説」様式を消滅させることはなかった。「私小説」は形を変えて延命したのだ。

続いて、勝山功は昭和10年代（1935-45）前後の「私小説」論に論及した。この時期は二期の「私小説」論とも呼ばれる。代表人物は前述の横光利一、小林秀雄、中村光夫、尾崎士郎などだ。昭和初年の日本文学界は、日本のファシストが日増しに猛威をふるうようになった歴史的時期にあり、当時の社会、政治状況下で一時隆盛を極めたプロレタリア文学が突然残酷な弾圧を受けた。最も顕著な現象、象徴は、昭和8年（1933）2月、作家小林多喜二が惨殺された事件だ。当時、日本のプロレタリア文学は重大な打撃を受け、多くの作家は「転向」させられた。これと同時に、個人主義文学の陣営の作家たちも、似たような不安、苦悩、絶望と傍観的無力の境地に陥った、ということだ。勝山功は、このような社会政治的状況下で、「私小説」問題がまた議題にあがってきた、と強調した。理由の一つは、「転向」した作家の中に、比較的多くの「私小説」作品が出現したことだ。勝山功はその著作中で、横光利一の「純粋小説論」、小林秀雄の「私小説論」、中村光夫の「私小説について」、尾崎士郎の批判的観点などを重視して紹介した。

彼は、論の中で、横光利一の観点に論及している。横光は、日本の「純文学」は真の現実主義を自認していると考えていた。なぜならば、それは現実生活の中で最も多くの感動を現す「偶然性」を放り出し、忌避し、単に生活に懐疑、倦怠、疲労、無力感を与える日常性を選択したからだ。日本の「純文学」作家は、自分の身辺のいわゆる「日常的」経験を繋ぎ合わせることが、最もありのままの表現だと考えている、と彼は言っている。いわゆる現実主義とは、まさにこのような素朴な存在論に基づく「日常的」表現である。結果としては、創作の中での「偶然性」に対するはっきりとした拒絶であった。

勝山功はまた言った。横光利一の考えでは、小説は最初二つの面の意志を生み出す、と。一つはいわゆる「物語を書こうとした意志」、もう一つは「日記を書きつけようとした意志」である。前者の創造的精神は通俗小説の中で発展し、後者は日記を書く随筆的な趣味に向かう。まさにこのような随筆趣味が、いわゆる「純文学」を構成した。これと同時に、横光利一によれば、日本人のいわゆる「純文学」はまた、「小説に最も肝要な可能の世界の創造ということを忘れてしまい物語を編成する小説本来の本格的なリアリズムの発展をいちじるしく遅らせてしまった」。人々が上に述べたような事実を反省している時に、日本には「自我」意識過剰のこのような「現代的特徴の新しい自我」が出現し、そのため「純文学」をしてその小説に本来具わっている役割をより十分には発揮させなかった、と彼は言った。勝山功は横光利一のこの観点に賛成し、彼は論著の中で横光利一の「私小説」に関するこの類の批判的観点を十分正確に描き出した。

それから、勝山功はまた、その他数人の論者の基本的観点を論理的にまとめた。小林秀雄の『私小説論』に関し、その観点を三つの面にまとめられると考えた。一つは、日本の近代「私小説」は、近代の個人意識の覚醒と共生している。第二に、フランスの「自我」小説と比較するという土台の上で、日本の「私小説」は個人の具体的生活に拘泥しすぎ、「自我」の社会的位置の考察、或いは「自我」と社会の様々な関係に踏み込んでいない、と指摘した。第三に、日本の「私小説」が探究する「自我」は、社会性の欠乏した、狭隘な個人生活の範囲に限定されるが、その原因は「私小説」が日本自然主義文学が生み出された頃の特殊な影響にある、と小林秀雄は強調した。この特殊性とは、日本の近代市民社会は狭隘で、実証的科学精神、思想の土壌を受け入れることの欠乏である。小林秀雄はこれらの観点から、「私小説」に一定の批判と否定を提出した。しかし、勝山功は、小林秀雄の理論中の「私小説」に対する否定は、実は依然として徹底を欠いていると考えた。実際、小林秀雄もまた、日常生活に対する芸術化に疑問をいだいていた。また同時に、小林秀雄は日常生活は依然として「純文学」の欠くことのできない飼料であることを否定しなかった。

勝山功は当時、「私小説」に対し、より徹底した否定的態度を示したのは、20世紀20、30年代の日本のマルクス主義文学である、と強調した。マルクス主義文学は絶対普遍の思想性を強調し、かつ日本文学の伝統である「日常性」に対する過度の尊重を、歴史に対する尊重に転換した。日本のマルクス主義文学は、日常生活の中の形態的消極性の様々な陰翳とムードを徹底的に否定し、それをまぎれもなく低レベルで小市民的反映とみなした[21]。このほか、勝山功は小林秀雄のいくつかの論点に対し、異なる意見をもっていた。勝山功は、中村光夫などの「私小説」論に言及し、そこには多くの概念の混乱が存在すると考えた。彼は数人の論者の重要な観点を簡単に描述したあと、二期の「私小説」論のいくつかの特徴をまとめた。

1、前に述べたように、初期の評論は多くは作家の感懐で、これに反し、二期の評論は作家の様々な論説を含むが、しかし同時に、評論家の比較的厳しい論述を示している。

2、初期の「私小説」論は観念の上で相対的に偏狭で、二期の評論は小説の本質面の探究と結びつき、小説の存在方式に注目し始めた。初期の評論は、主に小説の技巧、真実性の表現に注目し、二期の評論は西洋の「自我」小説との比較、対照を開始し、さらに踏みこむかたちで日本の「私小説」の本質的特徴の究明をこころみた。3、前述の比較文学的な探究に相関連して、二期の評論は歴史的、客観的研究方法の運用を開始した。つまり、この時期に、自然主義文学と「私小説」の関係を相当深く踏みこんで探究することが始まった。

もちろん、勝山功は同時にまた、二期「私小説」論の論証面での不足するところも指摘した。「私小説」概念の把握の上で、この時期の論説はまだ以前の一般的な固有観念に従っており、ときに解釈の上で範囲が広すぎる傾向がある、と彼は言っている。その次に、西洋の「自我」小説と比較をする論述の中では、具体的作家、作品例が不足しており、また同様に、具体的な実証的論証と検討が不足している。また、「私小説」作家と作品は実際上も様々な類型と特徴を具えており、一概に論じることはできない。最後に、「私小説」に対する不備、欠陥を論じるとき、誇張しすぎる嫌いがあり、なおかつ、日本近代文学の多くの不備、欠陥を不適切に全て「私小説」に転嫁した、と述べている[22]。

では、戦前の第三期「私小説」論はどのような特徴を具えていたであろうか？　時間の限定の面からいえば、三期「私小説」論は、第二次世界大戦の戦争期間に限定される。この時期の日本文学は、全体として極度に荒廃した低迷期にあった。勝山功は文中で、主に伊藤信吉、岩上順一と山本健吉の三人の観点を取りあげている。たとえば、伊藤信吉は、彼の重要な論作「私小説の途」（1935）の中で、日本文学界の一般的定説に基づき、「私小説」は日本の自然主義文学の嫡子であると述べた。しかし、この嫡子は、ひとつの概念で概括することはできない。伊藤は、実は自然主義文学の遺産は二つに分けられると考えた。ひとつは、「自我」に関しての近代意識である。もう一つは、写実主義の創作方法である。前者の代表作家は正宗白鳥で、後者は徳田秋声だ。正宗白鳥の小説は「自我」の基本構造を確立し、徳田秋声の主要な特徴は「細部の叙述の美」にある、と彼は言った。

徳田秋声は、写実主義の技法で小説の客観性を編み出す作家で、その上で、「自我」の現実形態をもって作品の構成を完成させた。伊藤はまた、実は「私小説の姿を肉体の呻きに化し、詩と同質の密度に変貌させた作家」は葛西善蔵である、と言った。明治以来、「新作家の登場につれて新たな文学的性格は次々に形成されたが、私小説というひろい意味での文学的性格ほど鞏固な生命力を保っているものはない」とも言った。伊藤信吉のこれらの観点は、明らかに強烈な啓示性をもっている。一方で、伊藤はまた、「私小説」は実際、傾向、性格の異なる作家と作品を有しており、「私小説」現象は一言では表現できない、と指摘した。

岩上順一の関連評論は「主体の喪失」である。岩上もまた「私小説」に対して肯定的な観点をもっていた。彼が否定し批判したのは、戦争期の小市民性を体現した「私小説」の類、或いは「自我」批判精神を欠き、主体性を喪失した「私小説」の類である。

山本健吉は、『「家」の文学』という文章の中で、私小説の本質は日本人の生活伝統と結びついている、と強調した。日本の私小説は「近代自我の覚醒に依って生じた自己表現の欲望と言ったもの」などではなく、私小説は生まれるとすぐに「近代の観念」を「無視し否定し」、私小説作家が基盤とみなしたものは唯一「己の肉体のみ」で、それは一種の「純粋文学」で、その拠って立つところのものは「生活の伝統を極限まで生かす」欲求と言ってもよい、と彼は言った。山本健吉の観点は、私小説は人間の修行と「自我」の鍛錬に関連する、と強調したところにある。この観点は、大正期（1912-26）に、私小説を日本人の生活伝統に帰結させた「私小説」論と相通じるものをもっている。

時間・空間の特殊な限定による、第二次世界大戦以前の三つの時期の「私小説」論について、勝山功は明らかに重点を一期と二期に置いている。第三期の「私小説」論について勝山功はわずかに一筆で済ませている。

肯定するに値することは、勝山功の第二次世界大戦以前の「私小説」論史の三つの時期に関する描述が、我々に相対的に整った総合的認識を与えてくれることだ。日本の「私小説」様式は、多くの作家、評論家のこのような不断の探究の中で、徐々に漠としたものからはっきりとしたものへ移行していった。もちろん、「私小説」自体の特殊性及び日本の論者の理論的思惟が相対的に貧困であることの制約があり、我々はこれらの論者の論説を通して、私小説の本質的特徴について最終的に明確な認識や理解を得ることは、いまなお不可能なようだ。

四、第二次世界大戦以後の私小説定義と評論

本節で重点的に紹介するのは、やはり勝山功の文学史論の重要な論点である。目的は、勝山功の史論的総括の仕事を通して、第二次世界大戦以後の日本の評論界の「私小説」についての新たな観察と評価をさらに踏みこんで詳述することにある。勝山功は、大正期以降（20世紀20年代以後）の日本文学は、かつて数度の危機あるいは停滞状態に直面した、と述べている。その度ごとに、「私小説」は問題の中心となった。これは非常に面白い現象だ。日本の作家、評論家は、常にこのような伝統文学の反省と批判の中で、自分のいわゆる新しい文学を確立しようと思っていたようだ。しかし、勝山功は、このような状況が時には問題の限度を超えていると考えた。人々は、私小説の地位と役割に過度の関心をもっている。彼は続けて述べた。昭和の初年（1930年前後）から、私小説は確かにすでに、日本文学の発展を阻害していた。このような言い方は日本文学界の常識でもある。しかし、勝山功はこのような言い方に完全に賛成していたわけではない。日本文学の停滞、後退の原因をすべて伝統的

「私小説」のせいにすることはできない、と彼は考えていた。評論家寺田透もまた、第二次世界大戦以後により顕著になったこのような現象に対し、批判的観点を示していた[23]。

寺田透は、「私小説」という概念について非常に消極的に考えていた。つまり、作家は常に自分の表現が理性的であるかどうか、自分の作品の「擬態」に固執しているかどうか、或いは抽象的思想性を持っているかどうか、また話術の巧みさで読者の目を撹乱していないかどうか、さらに作家の特定な資質や方法に基づいて人間の愚劣さや意固地さを脱却できているかどうか、そうしたことごとによって「私小説」であるか否かが測られてしまい、逆に言うと見逃されてもしまうからだ。

しかし勝山功は、寺田透のこのような判定方式に依拠すると、「私小説」か否かの判定は、大まかに言えば、作家と登場人物（多くは〝一人称〟との距離に基づいてのみ）あるいは作家が観察した登場人物の位置＝視点の方法に基づいてのみ確定されることになってしまう、という。一言でいえば、それが「私小説」であるかどうか、その唯一の根拠はせいぜい読者あるいは批評家の肉眼に基づく観察であるといったところだ。勝山功は、このような見方は問題があると考えた。なぜならば、寺田透のこのような見方に依拠すると、日本の近代以降、「私小説」の創作様式と無関係の作家は、寺田透も言うように、僅かに幸田露伴、夏目漱石、泉鏡花の3人だけになってしまうからだ。しかし寺田透の見方では、表面的には「私小説」とまったく関係のないプロレタリア文学の作家たちも「私小説」或いは類似の作品を書いているはずなのだ。勝山功は、寺田透の上述の判定基準に同意しなかった。

確かに、「私小説」の基準化は手に余る問題だ。しかし基準がなければ、何をもって判定するのか？

第二次世界大戦以後の多くの日本プロレタリア作家は、確かにかつて類似の「私小説」を書いた。この事実は、あるいは時代をもっと前に移行させることができるかもしれない。日本の著名な現代文学評論家小田切秀雄は、1958年の論作「私小説・心境小説」の中で、特に日本の戦前のプロレタリア作家小林多喜二およびその代表作『党生活者』に論及した。小田切秀雄は、この作品を「私小説」の特例とみなし、分析した。そこで小田切秀雄はまず、自然主義文学自体がもっている「私小説」の傾向について強調した。続いて、彼は、昭和初期の日本プロレタリア作家は、もともと皆「私小説」と「心境小説」の強烈な否定者だが、しかしプロレタリア文学以降に出現したいわゆる「転向文学」の中で、以前の「私小説」否定者の多くが、なんとこぞって「私小説」的な創作方法に傾いたことか、と指摘した。小田切秀雄は、小林多喜二が最も典型的な例証で、『党生活者』は「私小説」の描写方法を成功裏に運用した、と考えた。小田切秀雄のこの観点は、「私小説」の普遍的文学史的地位と意義を強調するにあたってとても重要である。

この他、勝山功は、評論家荒正人の「私小説論」も注目に値する重要な論作であると考えた。なぜなら、荒正人のいくつかの観点は、戦前の「私小説」論の中で未曾有のものであるからだ。まず、荒正人は、平野謙が最も早くに提示した、いわゆる「破滅型」、「調和型」の私小説の二分法に対し、自らの批判的観点を示した。荒正人は、平野謙のその観点を否定する際に述べたが――「私小説作家なるものは、市民社会における正常な職業人ではない。……純文学として、特殊な意味で余技でしかないのである。……かれは、実人生に於ける敗北者――不能者とか性格破産者とかいつたものであり、そのため肉親、家族の者に迷惑を掛けてゐる。その罪の意識のやうなものを反芻してゐる」。荒正人は、平野謙のいわゆる「危機意識」の判定方法を否定した。彼は、一般市民の文学的関心では、私小説の「危機意識」は極めて些細なことだと考えた。

さらに言えば、荒正人は「私小説」の危機意識を認めるという前提の上で、このような「危機意識」は「家庭」の重い束縛を受けており、いわゆる「民族にも、階級にも、人類にも、繋りを結ばないのである」、と考えた。この概括は正確である。荒正人は私小説作家の家庭の「破滅」を否定し、真の私小説は「調和型」に属するべきで、「破滅型」にではない、と考えた。このような見方に立って、荒正人においては「破滅型」に属する代表作家は、平野謙が名指しした小林多喜二ではなく、原民喜、田中英光、太宰治などで、「調和型」に属する者も北条民雄ではなく、主には志賀直哉、瀧井孝作と尾崎一雄などであった。

観点を簡単に示したが、十分明晰で完璧な印象を与えることはもちろんできない。しかし、いわゆる完璧な印象というのは、このような段階の異なる観点の叙述の中で、徐々に完璧さに向かい、それを形成していくものである。平野謙の観点にせよ、荒正人の観点にせよ、彼らの「私小説」に対する分析と区分は、疑いもなく、実は重要な段階的意義をもっている。なぜならば、以前の日本文学界は、「破滅型」「調和型」二種類の差異がはっきりとした私小説をも一様に私小説として一括していた。これでは、認識或いは判断の中で疑念と混沌を生むことになる。

荒正人は、こう解説した。「破滅型」私小説は自然主義文学系統を源にしている。そして、「調和型」は、日本の「白樺派」文学（理想主義的文学傾向をもつ）を源とする。重要なのは、荒正人がこの基礎の上に第三類の「発展型」の私小説を提示したことだ。なにを「発展型」というのか？　このような言い方は牽強付会の嫌いがある。その実、荒正人のいわゆる「発展型」は、常に私小説様式の外に排除された。それは、西洋の「自我」小説の影響を受けた作品群、或いは「自伝的」な作品である。一定の総括を進めてから、荒正人は狭義の私小説とは特に「破滅型」を指すと考えた。荒正人もまた、寺田透と同様の観点を表明した。それは狭義の私小説に対するある種の否定である。彼はまた、「調和型」の私小説はつまり「心境小説」であり、これこそ「〝私小説〟の正道である」とも考えた。

荒正人は平野謙のある論点に反駁したが、しかし私小説分類の問題の上で、二人は共通点をもっている、と勝山功は述べている。平野謙は、その「大正文学と現代小説」という文の中で、「私小説」（破滅型）と「心境小説」（調和型）の差異について十分に興味深い論述を行った。平野謙は述べた。もし私小説が破滅の文学なら、「心境小説」は救済・贖罪の文学である。「私小説をどうしようもない混沌たる危機の表白とすれば、心境小説は切り抜け得た危機克服の澄明な結論にほかならぬ。前者が外界と自我との違和感に根ざしているとすれば、後者はその調和感に辿りつこうとしている[24]」。

平野謙のこの解説は、簡明で要点を押さえており、説得力のある判定基準を示した。しかし、勝山功は、ある面においては異なる意見を示した。彼は、二人の評論家の異なる観点或いは同じ観点の中の多くの問題は議論が尽くされていない、と考えた。彼は続いて、評論家伊藤整の論作「小説の方法」を取りあげ、伊藤整の私小説定義を紹介した。伊藤整は言った。私小説は「日本的な自伝風な環境描写の形式」であり、それは「特殊な自伝形式」である。実質的にいうと、この形式においては「一人称で書かれても三人称で書かれても、実質的には一人称である」。伊藤整は、方法と形式の面から出発し、以下の定義を導き出した。彼は述べた。前述の原因に基づき、私小説は「主人公の立場や環境を説明せずに、読者が作者なる主人公の経歴を知っているという約束のもとに書き出される」。明らかに、これもまた、多くの論者が反復強調する前提である。伊藤整はさらに踏みこんで説明した。「従って主人公の造型は作品の上では空白に残されていて、ほとんど描かれない」。そうであれば、読者は作者についての予備知識を要求されることになろう。例えば、作者の「私生活報告的な作品で得た知識の断片」や「文学界の噂」を加えることにより、作品の「主人公の立場や性格を推定」することができる。この意味から言えば、私小説は「半自伝的な随筆に似た性質を持っている[25]」。

伊藤整のこのような論述は、少なくとも、作品における「私小説」の属性を判定する上でより多くの指導的意義をもっている。しかし事実上、この判定方式は極めて混沌としており、信頼性を欠いたものでもある。読者のどこに、作者の現実体験や心理的経過を理解する余裕があるだろうか？　それに、たとえ時間があったとしても、自分の理解が正しいかどうか証明する自信があるだろうか？

よって、このような要求や条件は、実はある特定の研究者に向けて語られている。しかし、たとえそうであっても、ここから得られる結論もまた、ひとつの近似値でしかない。

勝山功は多くの論者の様々な意見をまとめ、一節を割き、日本の私小説の特質の問題を論じた。主に第二次世界大戦以後の代表的な理論観点を紹介、伝達している。

1、私小説は日本的な近代小説精神を体現した、と考える者がいる。では、どんな理由が「日本の小説に近代小説的虚構性の衰弱乃至喪失をもたらした」のか？　勝山功は、高見順の著名な論点を挙げている。――「本質的に支配している短歌的精神」、言い換えれば、いわゆる「「写生」主義」が、日本の近代小説の前述した弊害を導き出した。高見順は、実際に、日本の私小説は、「非近代性」あるいは「前近代性」を具えている、と考えた。そして、日本の近代文学の前述した状況を形作った根本原因を、完全に私小説のせいにしてしまうことはできない。前述の状況を生み出した原因は、日本近代文学自身の発育不良にあるということもできる。

2、私小説は、「非日常」（危機意識）的特質を具えている。明らかに、これは比較的特異な説だ。勝山は平野謙の論述の一部を援用する。平野謙は、「従来、私小説も心境小説も、その随筆的、日常茶飯的傾向を批判されるのが通説であるが、そして、その亜流的作品にはたしかにその誹議にあたいする安易な傾向をはらんでいたが、やや逆説的にいえば、その本質はむしろ非日常性にこそある。日常茶飯的ならぬ一種の危機意識こそ、それのうみだされる根源のモティーフにほかならぬ。生の危機意識に対する救援の希いが、私小説と心境小説とをつらぬく最大の徴表」(26)と言って差しつかえない、と述べた。ここでの「危機意識」は荒正人がかつて論じた。しかし、平野謙のこの観点は、確かに、一般的な「私小説」論とはいくらかの差異がある。肝心なことは、彼が私小説の「日常的」特徴を否定したことにある。
3、異質的要素の共存は困難だ。勝山功は、寺田透の著名な論点を援用した。寺田透は、「私小説」と呼ばれる作品を観察し、これらの作品がなぜ「私小説」と呼ばれるのかを研究した結果、一般に「私小説」と呼ばれる作品は、実は、つまるところ皆、極めて似たところをもっている、ということを発見した。極言すれば、「私小説」は実はいわゆる「心境小説」である。寺田透も、「破滅型」の私小説は純粋な「私小説」と称することはできないと考えた。彼はさらに「私小説」=「心境小説」であるという有名な論点を説明した。
実はこの種の作品の中で、頻繁に語られるのは、小動物に対するある関心である、と彼は言う。しかし、そこで暗示されているのは、人生の状態と人類の命運だ。作家の生存方式からいっても、素材の種類からいっても、語る内容はみな静態的、非動態的傾向がある。ここでの「わたし」は、いわゆる事件とはまったく関わりがないようである。それは、「異質的」要素の共存は困難であることを証明した。これは必然的な現象である。なぜならば、まだ抽象化していない「心象」（心理状態或いは内心形象）が一つの画面を作るならば、それはただの画面、つまり平面の制作だからだ。以後、「自我」の感性の中では、逆行的感覚を留めることができない。創作上のこのような考慮は、「心境小説」の主要な性質を体現した[27]。

以上が、勝山功が著書の中で述べた部分的な内容である。この他にも、彼は多くの論者の私小説に対する批判的観点を取りあげた。結論的な観点として、勝山功は、戦後「私小説論」の主要な特徴に言及した。戦後の「私小説論」は戦前の「私小説論」に比べ取り扱う範囲がより広範で、かつ基礎は総体的な観念にある。戦後の多くの論者は皆、私小説の定義、性質、成立、批判などについて論及した。つぎに、多くの論者はまた、私小説は否定、克服せねばならない対象であると強調した。当然、もう一方では、「私小説」は日本文学史上大きな役割をもった特異な存在で、存在する十分な理由がある、と認めている。

勝山功が取りあげたその他の重要な特徴は、これ以上一つ一つ述べないことにする。総じて、勝山功のこのような史論的研究の紹介と描述を通し、戦前、戦後の様々な「私小説」論の概説の助けを借りて、日本の私小説の特殊な歴史的位置、その特殊な文学的本質に対し、あるいはさらに踏みこんだ理解を生むことができるであろう。

五、イルメラ・日地谷の私小説定義

前にも取りあげたが、ドイツ女性イルメラ・日地谷（Irmela-Hijiya）の「私小説」研究は、海外の日本文学研究の中で非常に高い地位を占めている。彼女の著書『私小説――自己暴露の儀式』は、1992年日本の平凡社で日本語版が刊行され、日本文学界も彼女にかなり興味をもち、注目していることがわかる。日地谷以外にも、多くの西洋の学者が「私小説」に興味をいだいてきた。繰り返しになるが、「私小説」は確実に20世紀日本文学の中で、最も民族的で代表的な文学形式だ。

しかし、前にも述べたように、「私小説」作品が数も多く、錯綜していることと、定義の難しさから、本家本元の日本の文学評論界、研究界でも力作が少ないが、日本以外の日本文学者となると、真に理論的で概括的な「私小説」研究の専門著作は、さらに少ない。日地谷の「私小説」の著作も、出版後、毀誉相半ばしていた。しかし、それは日本以外の文学研究者（あるいは日本の「私小説」論者を含めてさえ）の最も重要とする「私小説」研究の専門著作のひとつである。

この点では、何も異論はない。聞くところによると、何人かの日本の学者は、この論作は多くの論点と論拠の上で成立しないとみなしている、ということだ。しかし、国外の学者は、彼ら自身の文化的背景、学術感覚と視角に基づいて理解し判断している。彼らは、日本の学者の観点あるいは研究方法に追随することはできないし、そうする必要もない。

以下において、具体的な観察を通し、日地谷の論著の中で注目に値する独特の箇所を簡明に解説していきたい。ここでは、まず、イルメラ・日地谷自身の上述の問題に対する見方を述べることにする。日地谷はその論作の「序論」の中で、もし我々が研究の対象としての「何か」に関心をもっただけで、研究方法の「どのように」を軽視するなら、学術研究の方向を逸脱することを免れない、と鋭く指摘した。彼女の考えでは、「方法」の存在は明らかに「対象」が生まれる基礎である。これは西洋の文芸学のずっと昔から公認された常識である、と彼女は言った。従来の参考文献を検索するとき、その研究成果的なもののみを査証することはできず、研究の方法論の前提、研究背景の認識、注目する焦点及びそれらの研究方法を同時にチェックするべきだ、と日地谷は考えた。このような認識の基礎の上で日地谷は、日本の学問に対して彼女独自の見方をもっていた。結局のところ、日本の学問は変異な感を与え、言い換えれば、自分の確立された基準を対照しながら理解を加える、と彼女は述べた。日本人の学問に対する理解、及び文学研究という学問が社会で担う役割について、ヨーロッパの状況とははっきりとした差異がある、と彼女は言った。まさにこのような認識に基づいて、日地谷は自らの、日本的な学術研究とは異なる独自の研究方法を定めた。つまり、彼女は日本の研究をもって前提、基礎とし、日本的な研究に対し必要な批判を加えると同時に、日本的な学問の諸般の前提とヨーロッパ的学問の間の齟齬が、研究の中の負の要素にならないよう努力をはらった。彼女はこれを、研究のより豊かで積極的な要素になるよう腐心した。彼女は、自分の研究を明確な意識的理論説明と実証分析を具えた混合体である、と称した[28]。

まさにこのような明確な方法意識のもとに、日地谷はその論文の第三部の中で、いわゆる「私小説」様式論の仮説的構造モデルを確立した。イルメラ・日地谷の論著はおのずと大量の日本語の原作と研究資料にも触れた。彼女の論著は五つの部分に分かれ、各部ごとに若干の章節を有する。全体で45万字に近く、大著ということができる。初めてこの書に接した際の第一印象は、西洋の学者の理論的強さといったものである。彼らは一定の素材を掌握し、一定の理論感覚を抱いたら、自分の注目する対象を、何が何でも、彼ら特有の理論的思惟の枠の中に納め、思惟定式のなかに納めてしまう。むろん、西洋と日本の状況の優劣については、読者の判断にお任せする。

実際、イルメラ・日地谷は真の意味での文学理論家ではない。しかし、彼女のこの日本文学の特定様式の研究書の中にわれわれは、日本文学界と日本の学術界とは異なる、力強い西洋学術の特徴と方法意識を感じとることができる。『私小説——自己暴露の儀式』は、同じように詳細な研究資料を重視するが、しかし、その主要な特徴は資料の詳細さ、論証の信憑性にあるのではないことは、はっきりしている。日地谷の最も称賛に値する研究成果は、まさに、それらのあまり信憑性のない定義と理論的概括の試みの上にあるといって差しつかえない。日本人の「私小説」作家、作品に関する論述は諸説ふんぷんだが、しかし、真に系統的な理論概括あるいは定義に関する試みは極めて稀少である。よって、日地谷の努力は特別な価値と意義がある。

もちろん、日地谷は研究の中で、日本の作家、学者の長期的な研究成果についても、多くの論述あるいは描述的な仕事をした。彼女は、同じように日本の文学界の研究成果の手を借り、その土台の上に、日本の「私小説」の誕生、発展、異なる形態あるいは代表的な論説と観点をまとめ上げ、描述した。より重要なのは、彼女の西洋文化理論の視野に基づく試みの概括と定義である。

簡単にいえば、イルメラ・日地谷の論述の中では、第一部は日本の「私小説」の生成条件を詳しく紹介した。第二部は、日本の「私小説」研究史を理論的にまとめている。第四部は、「私小説」の変質という題名が与えられ、主に風格がまったく異なる志賀直哉、葛西善蔵、林芙美子、太宰治などの多くの「私小説」作家を紹介し、彼らの重要な作品と創造の特色を紹介した。筆者がより興味と価値を感じるのは、第三部の「ジャンル論」と第五部の「文学の伝達関係の中の〃私小説〃」である。このような題名自体が、耳目一新の感を与える。明らかに、日地谷はまったく別の高くて独特な面と視点から、新しい観察と探究を推し進めた。

イルメラ・日地谷の「ジャンル論」中の「私小説」定義は非常に面白い。この定義は、読者が「私小説」の基本的形態と実質をより明確にするのに役立つ。論述の中で、日地谷はまず、日本の「私小説」の概念の歴史を振り返り、日本のこれ以前の「私小説」に対する様々な定義について述べた。この基礎の上に、日地谷は、自己のいわゆる「ジャンル論」の定義を示した。「私小説」の定義は、とても困難な仕事で、よって日地谷は自己の「私小説」様式論を提出する前に、日本の「様式論」について簡単な分析と叙述を行った。いわゆる「様式」の概念は、日本の文学研究の中で冷遇されている、と彼女は考えている。日本人の「様式」についての理解は、実は、単にある種の「類型」あるいは「種類」に対する理解にすぎない。さらに言えば、日本人は「様式論」を設定するというテーマを余計なことだと考えている。なぜならば、彼らが研究の中で採用しているのは旧態依然とした「実用本位」の態度である。これが日地谷の日本の「様式論」に対する基本的印象と理解である。このような状況のもとで、日本的な私小説研究を超越するために、日地谷は自己の「様式論」を提出した。このような「様式論」研究を設定した目的は、科学的な態度をもって、「私小説」という重要なその国独得の文学、民族文学形式について定義を行うことにある、と日地谷は強調した。このような開拓的意義のある仕事において日地谷は、彼女の研究が同様に日本人の歴史考察と価値判断を基礎とせねばならないことを認めた。このような基礎の上で、はじめて「私小説」の諸般の要素、側面に対し、特別で、正確で、説得力のある説明と規定を行うことができる。これは重要な前提だ。そのほかに、「私小説」をその他の文学様式と区別するには、判断基準としての多くの要素を確定する必要がある。

重要なのは、日本文学の血脈の中のどのような要素あるいは側面が、「私小説」様式の直接の基礎あるいは同時代作品の特徴を構成しているのだろうか、と日地谷は考えた。さらに言えば、これと相異なる観点を認める必要があるであろうか？　前にも述べたが、日地谷の最終目的は、西洋の現代理論と研究方法を利用し、日本の「私小説」に対して独自の解釈と定義を作り出す、ということだ。

彼女は、その論著の第三部第五章第二節の中で、いわゆる「私小説」の「構造モデル」の表題のもとに、「私小説」の肝心な要素に対して以下の概括を行った。

1、「私小説」は、まず「事実性」の要素を具えている。いわゆる「事実性」とは、すなわち、日本の読者の視点中の文学作品と実際の現実との特定関係である。つまり、「作品は作家の自らの経験の現実を表現しなければならない」。いわゆる「事実性」とは、文学作品の中に反映された現実、或いは文学と現実二者間の実際の関係を指すものではない、と日地谷は述べた。「事実性」とは、それらの関係を、文学交流（伝達関係）の過程の中に置いて理解を加える、といったほうがよい。つまり、作家は特定の作品の中にある記号に依拠し、自己の理解するある形式をもって、作品の「現実依拠性」を表す。これに相対し、読者はまず、前述の現実依拠に対するある種の「信頼」を前もって持つ必要がある。さらに言えば、テクストは情報を読者のもとに留める。それから、読者は自分の探索を開始し、かつ探索の中で、作者と「一人称」叙事者の「同一性」を発見する。この時、読者と作品ないし作者間の契約は成立した、とみなすべきだろう。読者はテクストのなかに潜在する信号に基づき、あるいは同類作品の中で得た経験に基づき、テクストと現実の対応を判断する、ということもできる。

実際、読者はこの時逆方向的な推論をすることができる。――もしかりに、作品の主人公としての「一人称」の叙事者と作者が同一ならば、彼の職業もまたかならず作家であり、彼はまた同じ経歴と性格をもっている、云々。[29] 重要なのは、日地谷は「私小説」と日本の自伝的文学の伝統との直接の関係を否定したことである。

2、「私小説」の成立は特定の歴史的条件を具えている。「私小説」が成立し得る前提は、文学界の存在である。日本のいわゆる文学界は、詩人、小説家、批評家が共同して構成する閉鎖的な文学者の世界だ。「私小説」誕生の初期段階では、作家、登場人物、読者は一体となっている。よって、新しい作品が発表されたとき、読者の最大の関心は、作家本人のほかに、誰がモデルとして作品に登場するかということと、そこでの描写が適切かどうかということだ。日地谷はかつて宇野浩二の作品を通して、「事実に忠実である」という様式の強制力を強調した。総じて、このドイツ人の女性である日本文学研究者は、日本の「私小説」のなかでは、読者についても作家についても「現実」が最高の判断基準であると考えた。様式としての「私小説」の発展過程においては、必ず作者、読者間の「事実的契約」関係を成立させねばならない。これがまさに、いわゆる条件の形成である。日地谷は、前述の、「私小説」の構造要素としてのいわゆる「事実性」が、様式固有の叙述形式を形成した、と強調した。

3、「私小説」は、いわゆる「焦点人物」をもつ必要がある。もし「事実性」が第一の要素なら、「焦点人物」はこの様式の第二の要素である。二者が互いに前提となって、作品の中で緊密に相関連している、と日地谷は言った。「焦点人物」の構成要素は、「共有の視点」を保持するという前提の中に体現される、といえるかもしれない。つまり、作者がわれわれに対し掲示したものは、ただ主人公の内在世界で、その他のあらゆる登場人物に対しては、いわゆる「外部」描写にすぎない。このような見方が実際の創作状況とぴったり合致しているかどうかは別にして、日地谷のこのテクスト分析は非常に面白い。前述の情況は、「共有」の視点を遵守する理想的形態だ、と彼女は言った。

当然、このようないわゆる「共有」の視点は、また常に打ち破られることにもなる。日地谷は志賀直哉の代表作『暗夜行路』の中のこの類の情況を例に挙げた。ここで例に挙げられた『暗夜行路』は、実際には「三人称」小説だ。この時の「一人称」あるいは「三人称」は、様式を区別する固有の基準ではない。なぜならば、意義を決定するものは、人称代名詞ではなく、叙事の視点であるからだ。全体的に言って、「私小説」の中で圧倒的な優勢を占めるのは、もちろん「一人称」形式なので、いわゆる「自伝性質的」見方が生まれた。しかし、様式の定義では、このようなことはないようだ。「三人称」を採ろうと、「一人称」の叙事方式を採ろうと、前提は「私小説」の作品構成と本質にあり、いかなる変化も生じなかった。

日地谷は本節の中で、時間の構造の問題にさらに論及した。「私小説」が「自伝」と区別される理由もまた、「自伝」の目的は個人の発展の軌跡を描くところにのみあり、一般の「私小説」は物語の現実的終点からは始まらない、というところにある、と彼女は言った。実際上は、日本の読者と作家が好むのはある種の幻想——（体験の主体と叙述の主体があたかも「同一」であるという幻想）のみである。このような「私小説」の理想形態は「私小説」様式の時間の構造を決定した。つまり、「私小説」はもともと作家の人生の中で、相対的に短いエピソードである。このエピソードの始まりはそれほど昔のことではなく、その終わりは可能な限り叙事の現在に設定される(30)。

4、日地谷はまた、「私小説」のプロットの側面にも論及した。これは「私小説」の描写対象に関わる重要な問題だ、と彼女は言った。「私小説」が描く対象は、実はある程度限定される。つまり、「私小説」描写の対象は、一般的に、日常の中の単調な生活、金銭問題、婚姻問題及び「自我」が自然の中で幸福に調和する瞬間などに限定される。しかし、人々は、「私小説」のこのような描写対象が、陳腐で単調な印象を与え、作家の想像力の貧困と局限を現していると常々感じている。日地谷は、これは誤りだと強調している。なぜならば、このような観点に基づくと、「私小説」のもつ典型的特徴を説明できないからだ。「焦点人物」と強い対応関係を作るのは、ある種の特殊な体験で、即ち、世界に対するある種の情緒的傾向である、と日地谷はより踏みこんで説明した。「私小説」の描写対象は、決して「自我」の観察と「自我」の批判などではなく、また決して、意義の探究あるいは「自我」と世界間の様々な葛藤に対する理性的克服等ではない、と述べた。「私小説」は、主観的文学と記述的文学の混合形態であるか、あるいは、主観的働き、すなわち表現的功能は、優勢な混合形態にある。この意義から、プロットの面に基づく事件は、「私小説」の中ではほんの「表面的」な要素であるにすぎない。

日地谷のこの見方は、割合に客観的で、「私小説」の要点、真髄に触れている。「私小説」の意義は、生活の断面を描いた後、そこに示された「典型的性格」を標榜することではない、と彼女は断言した。その意義は、作家個人の典型的性格を表現することでもない。よって、「私小説」作家の創作の目的は、社会を教化すること、あるいは読者の好奇心を満足させることにあるのではない。また、「自我」の解釈や「自我」の正当化のためでもない。なぜならば、「自我」の解釈、あるいは「自我」の正当化は、主体と自身が一定程度の距離を保つことを必要とし、あるいは理性的な思考過程を経ることを必要とするからだ。しかし、「私小説」について言えば、特に重要なことは主体のいわゆる経験を表現することだ。前述の理由に基づき、「私小説」のプロットの面からいえば、作者は苦心して読者の趣味的要求を満足させることはない。このような状況は、徳田秋声の『黴』の中に突出して現れている。[31]

5、日地谷は「私小説」のもつ「哲学」的基礎に論及している。「私小説」中の「自我」を特徴あるものにしているのは、非理性主義の人生態度である、と日地谷は考えた。ここでの「自我」は、永遠に被害者として作品のなかに現れる。どんなに苦しい生活情況であろうとも、完全に彼ら自身の原因によってもたらされたものである。「私小説」作家の描写の中で、「貧困」は破壊的な天災として扱われた。しかし、「自我」自身の様々な不満、あるいは満たされることのない虚栄心に関しては、個人が直面するある種の運命の力とみなされた。この時、「自我」は救いのない環境の中に置かれ、小説の全体的基調を決定するのは、主人公の独特の方式下での前述の状況に対する反応――(主人公の感傷的な反応)である。

実際、日地谷がここで取りあげた哲学的基礎は、やはり感覚中の多くの表象に基づいている。彼女はまた、日本の伝統芸術論の中のふたつの中心的概念は、「私小説」のいくつかの特性の解釈には慎重に適用されるべきである、と言った。この中心概念は、いわゆる「無常観」と「物のあわれ」(〝自然の悲哀〟などと訳すことができる)の美学だ。日本の「私小説」は、これら伝統的哲学観念あるいは美学観念とは抵触するところがなく、一脈の相継承する重要な特徴を具えている。(32)「無常」にしても、「自然の悲哀」にしても、どちらも東洋哲学・美学の肝心な要素だ。これに対して日地谷は、より詳細な解釈は試みていない。

いずれにせよ、イルメラ・日地谷は、「様式論」の中での日本の「私小説」の基本定義に関して、われわれのために明晰な様式図を描いてくれた。これらの理性的な総括的詳述は、日本の研究状況・視点と方法とは、明らかに大きな差異がある。より多くのこのような異質な理論的試みを通して、読者は徐々により多くの明晰な印象と認識をもつようになることと思う。

六、様式の衰退と「自我」の問題

20世紀の第二次世界大戦終結から現在に至るまでの間、日本の私小説創作は確かに、徐々に衰退の道を辿り、純粋「私小説」的な創作方法で創作する作家が少なくなったことは、認めざるをえない。現在、活躍している有名な私小説作家は、日野啓三、佐伯一麦など幾人かの中年作家と、柳美里など少数の若い女性作家だ。このような情況は、私小説総体の存在の勢いが、下降傾向を現していることを証明しているが、しかし、日本の私小説創作の火種が無くなってしまったわけではない。前にも述べたように、少数の作家とは、若い中堅作家までも含み込み、この創作領域をしっかりと守っている。同時に、これに類しない作家の創作の中にも、明らかに「私小説」様式の精神的実質が含まれている（例えば、大江健三郎）。20世紀後半の日本の「私小説」様式の存在、発展のあり様を簡単に考察してみたい。

第二次世界大戦後の日本文学界の全体的歴史状況からみると、戦後初期の私小説創作は、一時隆盛な時期があった。たとえば、終戦後の日本文学の先導者――太宰治、伊藤整、高見順などは、依然として「私小説」的な文学告白で創作を始めた。これらの作家の私小説作品は、本来の意味での私小説とは大きな違いが現れていたが、しかしこのような伝統の復活は重要な意義があった。そのことは、戦後の日本文学あるいは文化環境が、私小説という文化の象徴的意義をもった特有の様式を完全には排斥しなかったことを証明している。

重要なのは、前に述べたが、戦後の若干の代表的な私小説作家作品の中で、「無頼派」作家の太宰治の小説創作が特異な魅力と論争の余地を具えていることだ。太宰治の生まれながらにもった個人的要素――破滅、罪の意識、「人間としての資格の喪失」感、繰り返される自殺衝動などは、「破滅型」

私小説作家の典型的特徴を十分に現している。また一方、彼の創作は、はっきりとした「虚構」的要素を含んでいる。つまり、この天生の私小説作家は、また同時に様式を超越した変異性、異質さを兼ね備えていた。

伝統的私小説作家は、ほとんど絶対的に「虚構」を排除する、と繰り返し強調してきた。しかし、様式の絶対化は早くから日本の小説芸術発展の桎梏となっており、多くの作家がこの桎梏から逃れようと懸命に努力を続けた。しかし、多くの作家が、依然として、「私小説」様式、あるいは伝統的で重たい観念の束縛と影響を受けている、と言ってよい。このような束縛は潜在的、文化的、強制的であり、自覚しようと自覚しまいと、作家は様々な制約、制限を受けている。まさにこの意味において、太宰治の戦後の創作は、私小説に対して特別な象徴的意義をもっていたのかもしれない。彼の創作は、おのずからある種の様式革新の欲求と役割を具えており、同時に私小説の必然的衰退の歴史的趨勢を予兆していた。

もちろん、その他の幾人かの作家が、第二次世界大戦後、創作の中で私小説がかつて誇っていた隆盛を証明した。特に興味深いのは、戦前・戦中の日本プロレタリア文学が、根っから「私小説」的な創作方法を排斥、否定したことだが、しかし戦後、その中の代表作家宮本百合子、佐多稲子、中野重治などは、意外にも優秀な私小説作品——（中村光夫はこれを「社会主義的〝私小説〟」と称した）を書き続けた。このような見解には少し矛盾がある。しかし、これらの状況は、同時にまた、私小説の伝統の根深さを物語っている。

このような変化の原因は、戦時中の社会状況と思想状況が、プロレタリア作家の生活と創作を抑圧し、ねじ曲げ、彼らの個人生活と感覚を、いい具合に社会的、文化的伝統心理の趨勢に重ね合わせたことにある。つまり、戦時中特有の悪化した心理と状況のもとで、「私小説」は、いっとき、彼らの思想、心境を表現する最良の方法となった、ということだ。

また、戦後には、何人かの伝統的意味における私小説作家がおり、重要な作品が発表された。たとえば、上林暁の「聖ヨハネ病院にて」、尾崎一雄の「虫のいろいろ」、外村繁の「夢幻泡影」など。戦後の世の移り変わり、社会的心理の変化、文学界自体の変化にともない、私小説作品も減っていった。しかし、「伝統」は強固な文化的伝承の特徴を具えもっていた。私小説というこの20世紀の日本文学の中で、最も民族的性格をもった文学の伝統がすぐに跡形もなく消え去ってしまう、ということはなかった。日本文学界のその後の創作状況も、私小説が顕在的な文学界の現象として徐々に舞台前面から楽屋裏に後退しただけで、20世紀後半の日本文学の創作の中で、それは依然として重要な影響と作用を発揮していたことを証明している。

実は、多くの戦後文学中の重要作家も、内心とても愛着を持っている伝統小説の表現様式を捨てきれずにいる。三浦哲郎もその特異な創作により、戦後日本文学中で最も代表的な私小説作家といわれている。大江健三郎の多くの作品もまた、明らかに私小説の諸般の要素を含んでいる。

同時に、私小説現象は依然として、当代の日本作家、評論家が最も関心をもち、常に議論を繰り返す焦点問題のひとつである。１９９3年8月号の雑誌『群像』は、評論家三浦雅士と前述の二名の私小説作家日野啓三と佐伯一麦の「鼎談」を載せている。

この「鼎談」はとても興味深いもので、日本の私小説創作の中でとても重要な「自我」の問題について踏みこんだ探究を展開しており、示唆に富んだものである。鼎談の中で、三浦雅士はまず強調している。私小説は疑いなく、日本近現代文学の中で最も重要な要素と伝統であると見なされ、第二次世界大戦以後の私小説の創作上での中心的地位は動揺させられたが、しかし、前述の認識に大きな変化はなく、ただ、当節では「自我」の探究を離れて「私小説」を論じるむきもある。原因について述べれば、20世紀六、七十年代以降、「自我」が一つの謎になったことだ。——「自我」の意味が明らかに曖昧さを増し、なされるべき研究も観念の泥沼に落ち込んでいる。いわゆる「自我」の曖昧化は同様に、全体的な社会の状況と観念の変化を源とし、社会の加速発展により、現実は多面化した、と三浦は述べている。この時期の「自我」は、もはや20世紀初頭のように社会の感覚の中心をなしてはいなかった。ここで三浦雅士は、「私小説」研究と評論の角度から出発し、様式の要因について独自の観点を提出した。

極言すれば、彼は、「自我」の曖昧化こそが「私小説」創作の衰退の根本的な原因だと言っているのだ。この説は確固としたものだと言うべきだろう。少なくとも、三浦雅士のいわゆる相対的に明確な「自我」感覚と表現を逸脱したので、「私小説」は存在の基盤を失ってしまったのだ。

一方、私小説自体が、「自我」意識過剰な産物である。基本的前提を構成する「自我」が、小林秀雄のいう前近代の「自我」に属するか、その他の側面の「自我」のようなものであるかは、時には、あまり重要ではないようだ。では、三浦雅士の言う「自我の曖昧化」は、結局私小説の継続発展を抑制したのだろうか？　鼎談に臨んだ二人の私小説作家は、三浦の筋に従って、自らの観点を表明してはいない。しかし二人は同様に、私小説作家の「自我」の特殊認識に関しては、三浦雅士のいわゆる「自我」認識とは同じでないだけだ、と強調している。

日野啓三は、創作行為それ自体の特徴から出発し、「自我」の存在あるいは表現の意味を考察すべきだ、と述べている。日野啓三によれば、「自我」は「私小説」にのみ有るものではなく、いわゆる「自我の曖昧化」も必ずしも創作を圧殺することはない、ということだ。作家の一般的な認識論に基づけば、創作にまず必要なのは、自身の体験である。小説の中では、「自我」を書くことができ、他人を書くことができ、物体を書くことができ、樹木を書くことができ、夕日を書くことができる……。

一生の中では、何回となく夕日をめでることができるが、しかし「自我」が真に夕日を心にかけ、夕日に遭遇し、夕日によって観られる体験は、一生の中で非常に少ない、と日野啓三は述べている。このような体験こそが、文学の核心的所在である。日野のこのような意見は一般的で、文学化され、広くあらゆる文学創作を指し、もちろん「私小説」様式も含まれる。

しかしこのような意見は、三浦雅士の理論的詳述とは明らかに対話が成り立たない。日野啓三が探究しているのは、「自我」の歴史的存在自体に止まるのみではなく、また「自我」の形態と認知方式の変化が、「私小説」様式にもたらした重大な影響でもない。

日野啓三が言ったのは、ただ文学創作の中の「自我」体験の一般的、特殊的な現象にすぎない。実際に、これは、第二次世界大戦後の私小説創作における下降傾向についての解釈には、あまり認識的意味をもっていない。

同様に、佐伯一麦の「自我」意識も、作家の独特な感覚に基づいている。彼は、創作する時は、常に一気に20ページ、30ページ書く、と言っている。しかし翌日には棄ててしまう。なぜなら、「私」は不断に変化するからだ。探求される対象としての「私」は、現実中の「私」と同一とは限らない。佐伯一麦も「自我」の創作に対しての意味に極めて関心をもっている。あるいは彼は、「私小説」様式の絶対的真実性について、ある種の懐疑を表明しているのかもしれない。日野啓三は、最も難しい問題は、どの面に基づく自我を考察するか、あるいは、いかに複合的に「自我」を把握するかだ、と述べている。言葉を換えて言えば、対応するものとしての「非我」が何かということだ。答えは様々である。

しかし、対応するものは常にある。他人と「私」、世界と「私」、虚無と「私」などで、みな「自我」の対立的問題にかかわっている。

日野啓三はまた、実は「自我」は、初めは閉ざされたモナドではなかったと強調した。現実と「自我」の関係の中で、二者は「互損性」、即ち相互作用と相互変化を持つ。これら「自我」の相対性に関する認識は、現代の日本の私小説作家の認知方式を反映している。伝統的私小説作家が、この「自我」あるいは「自我」と外界の前述した関連を同様に取り扱うかは別として、この認識そのものは誤っていないということを認めるべきである。

前述の三人の「鼎談」の中で、評論家三浦雅士の観点には、理論性がある。三浦雅士は、二人の作家の、創作中における「自我」形態に関する認識には同意する、と述べている。

しかし、彼は、いわゆる「自我」は生まれるとすぐに他者との関係の中に置かれると強調している。「私」の概念はもともと他人の注視を含んでいる。他人の眼差しを方程式とすると、まずかならずXがあり、Xの変化値は無限大である。そうであれば、「自我」はひとつの不確定値となる。では、どのようにこの不確定の「自我」を、伝統私小説の特定の意味の中に限定するのか？　明らかに三浦雅士も、伝統私小説様式上の、そのような純粋性に懐疑をいだいている。

「私」が「私小説」に触れると、常に混乱が生じる。いわゆる「自我」は、つきつめれば人間の存在である、と彼は言っている。しかし、おかしなことに、一般的に「私小説」に論及すると、情況はこのようではない。伝統私小説は、ある意味で、前述の人間の存在をゆがめている。

伝統的意味の上での「私小説」の周知の基準、すなわち小説中の人物ないし人物の諸般の経歴は、必ず読者が前もって知っておくべきである、とも三浦雅士は言っている。つまり、ここでの現実と作品は、常に一つ一つ対応する関係を捜している。それは、創作と批評の上で共通に認定したモデルで、第二次世界大戦以前の大正と昭和を貫き通しているのかもしれない。では、本来の意味の上での私小説作品を読む際には、関連作家の様々な知識を持っておく必要がある。例えば、大江健三郎の作品を読むには、閲読の前提（前もって、大江健三郎というこの作家の過去の生活方式と経歴および特定の小説とは無関係のその他の小説、その他の行為、思想、心理情況を理解しておくこと）を具えておく必要がある。三浦雅士は極めて婉曲的に指摘している。日野、佐伯両名の作家の「私小説」の定義は、人に広範すぎる印象を与え、それで自分の指す感覚的な「私小説」とは異なっている、と。

明らかなことであるが、日本の現代作家、評論家は、「私小説」様式と対峙し苦心惨憺する時、常に大きな認識の違いをもっている。実は三浦雅士は根本的に、作家の「自我」と作品人物の「同一性」に懐疑を抱いている。つきつめて言えば、人類の奇怪な現象は、自分自身に対し嘘をつくことである、と三浦は言っている。「自我」について言えば、自分に関する物語を紡ぐとき、一種の嘘をも紡ぎ出している。しかし、体験は後になればなるほど、異なる様々な解釈の共存を許すことができる。

以上、日本の当代評論家、作家の「自我」に関する論述を簡単に紹介した。これにより、一歩踏みこんで、「自我」問題は「私小説」に対し非常に重要な役割を担っていることを理解いただいたと思う。もちろん、「私小説」のための定義は依然として極めて困難な仕事である。時には、いくつかの問題については、純粋な理性的方法に基づくだけでは、はっきりと説明できないかもしれない。とても奇妙なことは、時にははっきりとしない文学の描述が、かえって、より様式の本義に近づくことがある。例えば佐伯一麦の前述の「鼎談」の中に、極めて示唆的な見解が述べられている。彼は、人間の「自慰」行為の象徴について述べ、すなわちある意味から言うと、「自慰」こそが「私小説」様式の原型であると述べている。このとき、そのような想像において、観念は絶対的に「自我」を離脱している。「自我」は、この時点ですでに客観化されたか、あるいは突然に大きな変化を生じている。「自我」は生存の過程において、体験的な痛みを誇張されたエネルギーに転化する、と彼は述べた。

彼のこのような見解に基づくと、「私小説」は作家にとって、一種の「自傷的」享楽であるといえるのかもしれない。作家は、精神の「リビドー」の解放過程において、自己満足的に、「自我」の客観化がもたらす奇妙な快感を享受している。この説は、正当かどうかは別として、とても興味深く、考えさせられる。

七、『語られた自己』——鈴木登美の私小説論

20世紀末、日本文学には汎国際的な傾向が現れ、多くの若い作家の作品は、プロット、構想、小説背景、人物形象などの面で、人を困惑させるような状況を生み出した。作品の特定する国、あるいは民族的環境と背景が、しばしば判別、確認を困難にさせた。

最も典型的な例が、20世紀80年代に日本文学の旗手と称された村上春樹である。ある者は、村上春樹を日本の「後現代」（ポストモダン）文学の代表作家と称する。彼の小説の発行部数は驚異的で、既成作家の追随を許さない。彼の文学的虚構と現実的存在の境界が完全に混ざり合った創作観念と方法は、伝統文学、特に伝統の「私小説」的創作方法にとって強烈な衝撃であり、否定であった。ここでは、村上春樹の創作上の基本的特徴については論じないことにする。同様に興味深い現象は、日本文学の学術研究界にも類似した状況と傾向が出現したことだ。伝統的な研究の一枚岩を打ち砕いた者がおり、積極的に国外、特に西洋の研究方法に接近した。

言語媒体の役割は極めて重要だ。ここで触れる中年の学者鈴木登美は、強烈な代表性を具えている。実は、日本の作家、文学研究者が西洋を尊び、あるいは西洋に留学することは、19世紀の後半からすでに始まっており、それは特に珍しいことではなかった。しかし、日本の「私小説」研究の領域に限定されるということで、鈴木登美の状況は特に注目に値する。最近、鈴木登美は日本語版の著書『語られた自己』（原著は英文で書かれ、大内和子、雲和子の共同翻訳により日本語で出版された）を世に問うた。

鈴木登美は、1951年東京に生まれ、東京大学大学院で博士課程を修了し、アメリカのエール大学大学院で博士の学位を取得し、アメリカの多くの大学で講師、助教授を歴任し、現在コロンビア大学の東南アジア言語、文化学部の教授を務めている。鈴木登美が主に携わっているのは、比較文学、比較文化、日本近代文学の研究で、彼女は英語で書いた著書を多く出版している。よって、ある意味からいえば、鈴木登美は純粋な日本の学者ということはできず、彼女の研究視点は混合的、総合的要素をもっており、その重要な任務は西洋の文学の受け手に向かって、日本文学を説明・解説することなので、受け取る対象が異なっている。このほか、彼女はアメリカでの学問、研究、仕事の時間が長く、すでに日本の学術研究界とは異なる、新しい文化的ムードあるいは研究環境の中に歩み込んでいたというべきだろう。それで、彼女は純粋な日本的視線と方法で文学研究を継続することはなかったのだ。

以上の前提のもとで、鈴木登美の重要な象徴的意義は、彼女がすでに異文化混合後の新しい文学研究者となり、彼女の研究視点あるいは文化的視角にすでに大きな変化が生じていることである。当然、日本文化の様態性は非常に堅固で、彼女が国外の異文化の中で成長したのでなければ、日本人的に頑固な民族的性格を完全に変えることは難しかったであろう。

鈴木登美は、日本の文学界と時間的・空間的に相当の距離をとったのち、はじめて異なる文化の総合的位置に立つことができ、日本の私小説の特殊な歴史、意義について興味を新たにし、新しい認識を加えることができたのだ。同時に、彼女はまた精一杯、西洋的な研究方法を道具として、前述の民族的小説様式を見直そうと試みた。彼女はその論著の中で、「自我」、キリスト教と言語の関係を探究し、典型的な「私小説」作家の作品及び日本国内の重要な「私小説」論を振り返った。そして、第三部の幾つかの章節の中で新しい視点を提示した。彼女は、新機軸を打ち出すように二人の最も典型的な日本の唯美主義作家、永井荷風と谷崎潤一郎を取りあげ、「自我」、「自伝体」、「告白性」の角度から、彼らが「私小説」様式とは切っても切り離せない特異な関係にあることを証明した。つまり、鈴木登美は特殊な文化環境と距離感覚の中で、私小説の伝統の強大な様式の影響力を感じとったのだ。

鈴木登美は、その著作の冒頭で、日本の近代文学の評論と関連の論述を取り扱うなら、必ず「私小説」に触れないわけにはいかない、と言っている。最近、どうしたわけか、日本の各種の文学研究史はにわかに活気づき、英語を主にした海外の日本文学研究界にも多くの重要な研究著書や紹介の類の書籍が現れた。このような状況はいささか立ち遅れの感があるが、しかし共通の認識は、私小説は近代以来の日本文学の唯一で独自性を具えた様式、あるいは形態であると認めたことである[33]。

続けて、鈴木登美は「序論」の中で述べている。私小説は、現在、すでに日本の文学史において安定した位置を占めており、「私小説」という言葉も広く知られているが、しかし、「私小説」の概念は依然として曖昧で把握が難しい。このような状況は、周知の事実である。鈴木登美は、自分の、日本国内の学者とは異なる視点と研究を通して、「私小説」の基本概念をさらに明確にしたいと望んでいる。

鈴木登美は、また、その「序論」の中で西洋の学者の「私小説」論を重点的に取りあげている。たとえば、イルメラ・日地谷の『私小説——自己暴露の儀式』（1981）、エドワード・ファウラー『告白のレトリック』（1988）など。彼女は、これらの論著は西洋的批判意識の産物だと言っている。彼女の日地谷の研究成果に対する評価は最も高い。彼女は、日地谷の努力は卓越している、と述べている。なぜならば、その論著の中には、日本の文学研究界に対する批判的観点が含まれているからである。彼女は、日地谷の鋭い批判を取りあげている。日本人が「私小説」を論じる際には、必要な批評的基準を欠いている、と日地谷は考えている。同時に日地谷は、テクストから得た断言を「私小説」の概念の中に無理に押しつけてはならない、と西洋の文学批評家に警告を与えた。これとは反対に、日地谷本人は、独自にある「理想的形態」を構築し、「様式」の定義と成すことを試みた。

鈴木登美の『語られた自己』のより興味深い特徴は、二人の非「私小説」系統の作家永井荷風と谷崎潤一郎の特殊な文体に対する注目と評価である。

唯美主義作家永井荷風を論じる際、鈴木登美が用いたのは「越境」あるいは「異化」という言葉である。これらの言葉の運用は、本来の意味上での「私小説」におけるこの類の使い方と同じではない。一方で、永井荷風と谷崎潤一郎は「私小説」のパターンがもたらす影響から完全に抜け出してはいなかった。また一方では、彼らの創作は、ある様式上の変異性を示していた。日本では、たぶん、いかなる批評家も永井荷風を「私小説」作家と称したことはないだろう、と鈴木登美は認めている。しかし話をもとに戻すと多くの人が、永井荷風の『濹東綺譚』の類の作品を「私小説」として読んでいる。その人たちは、永井荷風の『濹東綺譚』はテクストを暗に作家の「自我」と見なすか、あるいは私小説の閲読と創作の実践を芝居化し、この異化の形式をもって巧みに私小説の現象を利用している、と考えている。永井荷風は一方で文学的、文化的制度としての「私小説」を浸食し、破壊している。もう一方では、彼は結局このような文学的文化的制度の中に深く参与し、巧みにその補充を行なった。[34]

鈴木登美が指摘するこのような現象は、とても重要で興味深く、人の耳目を一新する感がある。このほか、谷崎潤一郎を論じ、鈴木登美は同様に強調した。日本の文学史の中で谷崎潤一郎は、日本自然主義文学あるいは自伝的「私小説」の敵対者として描かれた。この定義づけは、谷崎と芥川龍之介の「小説の筋」をめぐる有名な論争（1927年2～6月）を通し、さらに強化された。論争の火種は、谷崎の連載随筆『饒舌録』中のある記述である、と言われている。彼は述べている。最近変な癖がついて、自分自身の創作の中でも、他人の作品を読むときでも、文学の「虚構」に対し興味を覚える。

わたしは過度に事実材料に拘泥した作品を読みたくもないし、書きたくもない。一言でいえば、わたしは写実的な作品には興味がない。わたしが月刊雑誌に発表された現代作家（20世紀20年代前後）の作品を読むことを拒絶している原因は、ここにある。なぜならば、作品を開いて五、六行読むと、すぐ嫌悪をもよおすからだ。「なんと、書かれているのはみんな身の回りのどうでもいい事ではないか」。

芥川龍之介との論争の中で谷崎潤一郎が特に強調したのは、「プロットの面白さ」と「構成の力強さ」である。彼が尊んだのは、スタンダールの『パルムの僧院』で、それは「構成に僅かな欠点もない」小説の典型だ、と彼は述べた。

　これにより谷崎潤一郎は、反「私小説」作家の代表と見なされている、と鈴木登美は解説している。しかし、とても面白いことは、谷崎潤一郎がまた、『饒舌録』の中で西洋作家のいくつかの「自伝的」作品に対し大変な興味を示し、1910年から20世紀20年代初めの時期に、谷崎潤一郎自身も若干の自伝的色彩の濃厚な作品を書いているということだ[35]。

　換言すれば、非常に面白い情況は、反自然主義作家あるいは反「私小説」作家と見なされる谷崎潤一郎が、実際には日本の自然主義作家の基本的前提と目的性との間に多くの共通点をもっていることだ、と鈴木登美は考えた。例えば、谷崎潤一郎は真実性の鍵としての人間の性欲を重視し、人生と芸術の一致性を重視し、自伝的「自我」描写を重視した。この点において、谷崎潤一郎と日本の「白樺派」文学あるいは日本の自然主義文学の実際距離は、人々が想像するよりずっと近い。彼は、口ではいつも「私小説」はいやだと言っていても、事実上は当時の文学界の大きな影響を受けており、多くの自伝的作品を書いている。これらの作品の中で代表的なのは、『神童』、『異端者の悲しみ』、『神と人との間』などである。

　鈴木登美のこれらの論述は、非常に重要で面白い。彼女はより多くの眼差しと筆を、伝統的な「私小説」作家とは最も距離がある（少なくとも、多くの論者から見て）二人の作家に集中させた。これは並大抵のことではない。なぜならば、このように強く「私小説」の創作方法に反対した作家でさえ、「私小説」と関係を断ち切ることができないのだから、その他の近現代作家については言わずもがなである。明らかに、ここには論理的倒置性も存在する。鈴木登美のそれらの論述は、まず先行する印象・感覚があり、そのうえで様々な根拠を探しているのだ。

もちろん、疑いのない問題は、「私小説」が間違いなく日本民族特有の小説様式であることだ。つまり、ある文化心理上の要素は、まさにこの小説様式の欠くことのできない存在基礎である。そうである以上、「私小説」以外の対立的な作家から示されるいくつかの共通性は、根本的問題を何も説明できないとしても、「私小説」様式の広い意味での美学的特徴を説明することはできる。同時に、この種の特殊な小説様式の概念あるいは実質を詳述することに対し、いくらかの手助けにもなるであろう。

ここでは一歩踏みこんで、鈴木登美の結論的論述を考察してみる。彼女の最後の章節においては、やはり谷崎潤一郎を主な研究対象としており、同時に、日本の近代言語の変遷と特徴の上から、「私小説」様式が形成する伝統的必然性を分析した。谷崎潤一郎の後期の小説『鍵』（1956）、『夢の浮橋』（1959）、『瘋癲老人日記』（1961-62）の中では、語る行為と書く行為をせいいっぱい芝居化している、と彼女は述べている。同時に、谷崎は自分の人生体験ないし「自我」の主体性の問題に終始注目していた。1955年、谷崎潤一郎は自伝的長篇随筆『幼年時代』を連載した。このような努力は、谷崎潤一郎の「私小説」様式と表面上のある相関性を現している。明治時代の中期以後、日本の小説家は、小説中の作者、叙事者（語り手）、登場人物の差違ないし地位、関係の問題にずっと関心をいだいてきた、と鈴木登美は言っている。しかし、とどのつまり、西洋文学のような規定性を得ることはなかった。いわゆる「西洋文学の規定性」とは、すなわち、叙事の即事性あるいは叙事の水準に対応する、あるいは現実世界の遠近距離に対応するということができ、さらには「虚構」と「現実」の両極間で位置を確定し、叙事水準の即事性を明確にするということである。

鈴木登美のこのような説は、一応紹介しておくにとどめる。彼女のこれらの言説は、基本的には西洋文学の論説基準を参照している。現在に至るまで、日本の近代小説は強い傾向性をもっており、テクストの中に存在する様々な差異を作者の「自我」（ある種の単一な「同一性」）に還元している、と鈴木登美は説明している。「私小説」の基礎は、まさにこのような「同一性」である。そして作品の分析と解釈においても、同様にこのような「私小説」閲読のパターン化に束縛されている。しかし、現代西洋の叙事法則において、有力な手段を提供し、われわれのために前述の作品のテクスト上の特徴を解き明かしてくれ、特に作品の中で作用をもたらし、複数の異なった声として現される。鈴木登美のこれらの説は明らかに的を得たもので、彼女自身の西洋的学術観点と研究方法に対する深い理解に基づいている。

しかし、人びとは早くからこのような状況を認識していても、常々ある種のどうにもならない状況に置かれている。鈴木登美も前述の状況を示した後、強調して述べている。叙事法則と或いは分析パターンの不当な運用は、常に人を同様の落とし穴に落とさせる、即ち、テクストを、意味の起源としての「主体」というイデオロギーの中に限定させる。多数の日本の近代小説は、みな西洋の近代性の原型の中にあり、前述の意味の起源としての主体を追い求めている、と彼女は言っている。しかし、この過程で、それは得られない幻影であることを認め、それゆえ、新しい問題認識の中で「神話化」を離脱する。(36)

疑いなく、鈴木登美の研究書は啓示性をもっている。彼女は、新しい視角から「私小説」様式の特異性を説明し、同時に、文化的意義を具えた研究方法論の問題に触れている。

八、鈴木貞美の批判的私小説論

文学研究者の風土的文化背景は、研究者の特別な研究方法と視点に対し、非常に重要な役割を果たす。鈴木貞美と鈴木登美は、僅か一文字の違いだけだが、前者は、日本国内での文学研究、批評分野で活躍している学者・評論家で、後者は国際的文化視野を具えた文学研究家・文学者である。鈴木貞美も日本の文学創作、文学批評史について、西洋及び中国の文学創作ないし理論、批評の基本状況について、相当に深い探究と理解をもっている。

ここで紹介しているのは、鈴木貞美の『日本の「文学」を考える』といった著書の中の観点だけである。明らかに、日本の「私小説」の多くの肝要な理念、観念あるいは認識を論じる過程で、鈴木貞美は異なる見解をもつ。日本のいわゆる「私小説」様式あるいは伝統的見解に対し、基本的には否定的な観点をもっている。また一方で、彼は例外なしに日本の「私小説」現象あるいは「私小説」に関する様々な論述に、大いに注目し重視している。日本の「私小説」の認識、観念の線引きの面に関して、鈴木貞美の観点は、現代日本文学理論界・評論界の最先端の理性的思惟を体現している、というべきだ。

鈴木貞美は、文学研究の領域において、思想史、文化史の意味上での「新たな見直し」(彼自身はこれを「再編」と称している)を唱道するべきだ、という観念を常に強調している。作家、作品の評価の面で、時代の価値観と批評角度の変遷がまちがいなく大きな影響力をもっている。同様に、日本文学の中で常に取り交わされる重要な話題である「私小説」についても、鈴木貞美は新たな見直しと整理を行うべきだと主張している。

このような考え方は、一般的認識としては極めて正しい。しかし、歴史上、日本文学の創作に関するいくつかの定説は、同様に一定の時間・場合において、特定の文学観念、特定の時代価値ないし批評の角度に基づいて出されるものだ。これらの定説は、必然的に時代の局限性を含んでいるが、しかし、同時にまた、時代の合理性をも含んでいる。

現在の価値・角度は、時代的観念の誤りと偏りを含んでいる可能性もある。さて、鈴木貞美の日本の「私小説」ないし「私小説」論のいくつかの論説を具体的に理解していただきたい。かつての多くの日本人作家、評論家の考えでは、「私小説」は日本の現代文学の伝統を構成していた。このような日本文化特有の民族文学様式の中には、当然のことながら、日本文化の重要な特質も含まれている。このような観念は、長い間ずっと反問されることのない定理だった。しかし、鈴木貞美はこの定理を否定した。かつて重要だった文学現象あるいは関連の評価について、新たな見直しを行う際、このような反問的態度は重要である。再認識と反省は、文学研究の進歩と発展にとって十分に必要なものだ。鈴木貞美がまず設定した問題は、「私小説」は日本文化の特徴、特質を体現することができるかどうか、ということである。この問題はとても面白い。もし答えが否定的であれば、これまでの多くの定説はすべて覆されてしまう。もし答えが肯定的であったら？　鈴木貞美の反論は立論の基礎を失ってしまう。どのようであろうとも、この問題の提示と探究は注目するに値する。

彼のこのような関心と思考を触発したのは、ドイツの日本文学研究者イルメラ・日地谷の関連研究と成果だった可能性がある、ということを鈴木貞美の関連論説の中に見て取ることができる。鈴木貞美の、日地谷の研究成果についての見方には、根本からの否定的態度が見られる。自分は文芸と文化の間の関連について憂慮している、と鈴木貞美は率直に述べている。歴史上で横行している「定説」は、「私小説」は日本の「純文学」とイコールであり、日本文学、文化のある特質を集中的に体現しているというものだ。この「定説」は一度はなりを潜めたが、現在また復活しつつある、と彼は言っている。

鈴木貞美は、1992年に発表された日地谷の日本版研究著書『私小説——自己暴露の儀式』を取りあげ、この著作には重大な誤謬があると指摘した。著書の中で、日地谷は小林秀雄、伊藤整、中村光夫、平野謙などの「私小説」論を重視し、「私小説」は日本においてまだ満足な定義を与えられていない小説様式だ、と指摘している。その上で日地谷は自身の著作の中で、独自の理解と総括に基づいていわゆる様式の「定義」を導きだし、その「定義」に従い、日本近代文学と現代文学の中の代表的「私小説」の名作を分析した。日地谷は論述の中で、「私小説」を日本文化の特殊性と関連づけた。

日地谷の論作は、20世紀70年代末、ドイツで出版され、後に欧米の日本文学研究界に大きな影響を与えた。鈴木貞美もこの著作に大きな関心を示した。しかし、彼がいだいたのは否定的態度だったと言えるだろう。この書物のマイナス的効用は、日本近代文学(＝実は「現代」と称するべき)の「神話」——日本近代(＝現代)文学の主流は「〝私小説〟が代表する純文学だ」、を復活させたことにある、と彼は述べている。これは、虚偽的傾向——日本の「私小説」を深く分析すれば、近代＝現代日本人の心的特徴を理解することができる——を生み出した。鈴木貞美はこの観点に疑問を呈した。

しかし、鈴木貞美は前述の説を呈示した際、日本国外の日本文学研究者に、必要な区別、区分、考慮を与えなかった。イルメラ・日地谷が当時西欧で新しく興った研究方法を用い、鋭敏な視線で多くの作品の分析を行ったことを認めている、と鈴木貞美は述べている。彼はまた、イルメラ・日地谷のこの論著が、海外の日本文学研究者の優秀な研究成果を現していることも認めている。日地谷の努力に称賛を示しているが、また一方では、彼女の研究あるいは努力を根本的に否定している。その理由は、実は1960年以前に日本の文学批評界が早くも疑問(「私小説」を文学の様式として考察することへの反対)を示していた、というものである。そして1970年になると、日本の文学批評界はこの問題の設定自体に対し、懐疑を示した(37)。論者は明確に、十分な否定の根拠をもっているようである。

そのほかに面白いことは、鈴木貞美が日本の「私小説」の伝統の問題について論じるとき、特殊な言葉——「発明」を繰り返し用いたことである。「私小説」に関する重要な論断・判断について、伝統の「発明」だ、と称した。「発明」は、当然「発見」と同じではない。「発明」とはもともと無かったもの、存在しなかったものを人為的努力を通して創り出すことだ。たとえば、電灯の発明、コンピュータの発明等々である。しかし人文科学の領域において、もし、ある方法を発明したと言ったら、理屈は通るかもしれない。かりにもし、文学の伝統を「発明」したと言ったら、でっちあげの偽科学の嫌疑を受ける。

いずれにせよ、鈴木貞美は「私小説」伝統の類の説は認めていない。しかし、「私小説」と「心境小説」を論じる際、彼も極めて大きな関心を払った。この類の小説の中では、いわゆる「醜悪な告白」が最も重要な特徴の一つだ、と彼は言っている。特に代表的なものは、田山花袋の創始的意義をもつ重要作品「蒲団」である。島崎藤村の「新生」(1919)も「〝自我〟の醜悪な告白」であるが、「蒲団」のように主人公の内在的精神の中の「醜悪な告白」とは同じではない、と鈴木貞美は言っている。ここでの重要な差異は、作家=主人公の内在的な、マイナスの「醜悪な心理告白」に関わっているか否かにある。彼によれば、もしもその「告白」が、現実的な社会行為、あるいは人物の行為の中の道徳倫理に触れるだけであれば、「私小説」あるいは「心境小説」の類型あるいは表現には属さない。

鈴木貞美のこのような提示は、また重要な意義がある。鈴木貞美は、「私小説」、「心境小説」における告白の重要性を強調した。しかし、日本の現代文学史において唯美主義文学は、まばゆい輝きを放ち、独特の美意識を具えた文学様式であると言われている。興味深いことは、唯美主義文学で知られた代表的作家永井荷風、谷崎潤一郎、三島由紀夫などの作品には、飽きもせず繰り返しの心理あるいは気持ちの「告白」があり、その描写は同様に「自我」内心の様々な「醜悪」に触れている。このような情況と前述の「私小説」中の「醜悪な告白」とはどのような関連、区別があるのだろうか？もちろん、鈴木貞美はここでの論述では、「私小説」と唯美派作家の「自我」告白の中の異なる特徴を対照、分析していない。しかし、このような対照——唯美主義文学と「私小説」の間の共通性、あるいは共通性の中の異質性は、とても面白いというべきだ。「唯美」的な内在傾向もまた、日本現代文学の伝統の中の「要素」のひとつである。

関連の論述の中で、鈴木貞美は「私小説」作家の顕在的な創作傾向を肯定した。すなわち、日本の「私小説」作家は、往々にして極端に「〝自我〟の真実」を強調する、ということだ。——このような追求は絶対的で、いかなる相談の余地もないようだ。

重要なのは、鈴木貞美が、このような追求においては往々にして他人や家族を傷つけることがある、と強調したことだ。これは、昔から取りあげられてきた古い話題である。このような理由で、彼らが単純な利己主義者あるいは「自我」主義者である、ということはできない、と彼は言っている。なぜならば、これは創作における、あるいは芸術上の必然的な制限であり、善であろうと悪であろうと、必ずあるがままに書き、世に問わなければ、いわゆる「自己欺瞞」になってしまうからである。ここに存在するいわゆる「核心」は、「自我の真実」に向かう「潔癖」（鈴木貞美はそれを「潔癖」と称している）である。この「潔癖」は、唯美派作家の主観的抽象的意識の追求と明らかに近いところにある。

前の章節で取りあげたが、日本の「私小説」は20世紀初頭の大正年間に始まった。これについて鈴木貞美は、日本の大正期の文芸においていわゆる「真実」と「自我」の本義は実際は顕在化していない、と指摘している。当時のいわゆる「真実」は、「自己欺瞞」を逃れる努力にすぎない。あるいは、鈴木貞美の考えでは、このような意欲は唯一で、最高至上のもので、「真実」の半面は「自我」の生命に置き換えることができる、ないしは、生命の中の耐え難い煩悩――（煩悩を引き起こすものは「自我」の欺瞞）にである。よって、最も肝要な問題は「自我」に忠実であらねばならない、ということだ。

鈴木貞美はさらに、当時の「真実」とは「自我」に忠実な態勢の中に貫かれねばならない、と言っている。もし抑圧に遭遇すれば、必然的に強い反抗が生まれる。抑圧状態に屈服すれば、それがまさに、いわゆる「自我」欺瞞の状態である。反抗は必然的な結末である。また一方、もし「自我」の忠実を貫き通すなら、「自我」の欺瞞は存在せず、自らが恥辱を感じる「自我」を隠すことは、疑いなく「欺瞞」の状態を生じさせる。よって、「真実」の「自我」を外界に向かって公開せねばならない。[38]

鈴木貞美のこの論述は、当時の文化的雰囲気、文化環境の視点から「私小説」の生まれた根本的理由を描き出した。つまり、当時の日本作家は、西洋文学の中の「真実」あるいは「自我」の意味を深い理解のもとに受け取るのではなく、自分の認識・理解のみに基づいて、西洋自然主義の概念と方法を借用し、彼らから見た独自な「自我」実現、あるいは「真実」の表現を始めたのである。

鈴木貞美のこの説は、作品の具体的分析から得たものである。日本の「私小説」作家がさらけ出した「真実」は、その時その場所で、彼らが信じていたいわゆる「真実」にすぎない、と彼は指摘した。実際、ここでの「真実」自体、空虚なものである。前に述べたように、鈴木貞美はまた、このような「真実」の追求を作家の「自我」の「潔癖」と称している。ここでの、いわゆる「自我」も実は空虚なものである、と彼は言っている。なぜなら、このような「自我」はほとんど信仰の対象に近いからである。

鈴木貞美は、一歩進めて詳述している。この意味で、その空虚な「自我」は青年期の「自我」、あるいは反抗期の少年少女の「自我」に似ている。重要なのは、このような未熟な「自我」に似ている作家の「自我」が、実はまた浪漫的な精神を内包していることである。近代市民社会の原理は、一方では「自由」、「平等」、「博愛」を追求することにあり、もう一方ではまた自ずといわゆる「功利」性を追求することにある、と鈴木貞美は強調している。反対に、浪漫的な理想主義は、「功利」条件の下での自由競争の市民社会を軽蔑している。よって「功利」的な競争社会は規則を設けねばならず、それから、契約社会の生存方式に適合した「自我」意識を形成せねばならない。このような「自我」意識の形成があって、はじめて、いわゆる成熟した個人主義が存在する。しかし、浪漫主義はこのことにおかまいなしに、前述の成熟した「個人主義」を排除し、超越する。[39] ここでは、多くの紙幅を使って鈴木貞美の様々な論述を紹介したが、目的は、異なる文化視角から日本の「私小説」の基本認識を深めることであった。

鈴木貞美の一部の関連論述は、尖鋭で突出しているが、多くの観点が現実の状況と符合している。以前にも、少数の作家、批評家が「私小説」と日本浪漫主義文学の関連を論じたが、しかしその論述の中では、最後の一枚の障子紙は破られていなかった。

鈴木貞美の論述はまた、いわゆる大正の「生命主義」と日本「自然主義」文学、あるいは「私小説」の必然的関連にも触れている。前述の空虚な「自我」と「真実」は、普遍的意義を具えた「生命」観念の中に埋められている、と彼は言っている。

それで、「自我」の人生は、芸術または文学とイコールということになる。日本の近現代文学がこのように異様な態勢を示した理由は、いわゆる「芸術論」、「人生論」の一元化傾向とも密接な関連をもっている。鈴木貞美はさらに、自らの「私小説」に関する最も肝心な認識について論じた。彼は、昔の「私小説」の名作を分析する際、自ずと先人の種々の論説を引用した。彼はまた、田山花袋の「蒲団」に描かれた性欲は、人物の「内心の醜悪」を現している、と述べている。彼は4年後に、武者小路実篤の「幸福者」の中では肯定的要素になる、と言っている。つまり、明治の末年（１９０８年前後）から大正初頭（１９１２年前後）のほんの数年の内に、日本文学中の性愛表現には急激な変化が発生したとも言える。

このとき、いわゆる原始生命力は解放を勝ち取った。典型的例証は有島武郎の小説『或る女』だ。もう一方では、性愛の陶酔は個体の意識を超越し、性の解放は統治的地位にある社会道徳に対する反抗を意味していた。「自我」の醜悪を暴露するという意義からいえば、「蒲団」と「新生」には共通点がある、と鈴木貞美は指摘している。しかし、大正期の日本の小説界においては、もう一つの脈絡あるいは関連を導き出すことができる。——すなわち、田山花袋の「蒲団」を起点とし、谷崎潤一郎の「刺青」を経過する発展の脈絡、あるいは手がかり。鈴木貞美は「私小説」と唯美派文学の内在的関連に着目している。

鈴木貞美は自身の独特の視点に基づき、第二次世界大戦後の「私小説」創作の中の代表的作家と作品にも論及している。この論述の前提は、依然として、いわゆる「私小説」の伝統をいかに見るべきか、ということである。

鈴木貞美の観察スパンは非常に大きい。彼は、早期の「蒲団」と「新生」から、いっきに大江健三郎の近作長編小説『懐かしい年への手紙』（１９９０）等までを語っている。彼はまた、志賀直哉の「和解」、近松秋江の「黒髪」、宇野浩二の「枯木のある風景」及び徳田秋声の「町の踊り場」等に論及し、同時に太宰治、石川淳、永井荷風などの大いに個性的な創作についても論じている。しかし、彼は日本の「私小説」関連における伝統的影響の存在については否定している。

なぜならば、鈴木貞美の考えでは、真のいわゆる日本文学の伝統あるいは特殊性は、徳川後期（明治維新以前）の「戯作」文学あるいは伝統的「語り物」文芸の中に現れた特定の文体であるからだ。

鈴木貞美は著書『日本の「文学」を考える』の中で、第二次世界大戦以後の重要作家について触れている。それらの作家の創作の大多数は、戦争体験の中の自我に触れ、あるいは戦後に精神喪失状態に置かれたときの「自我」、及び価値観の急激な変化の中で誰のいうことに従ったらよいのか分からない「自我」について触れている。彼が列挙した戦後の作家と作品の主なものは、太宰治の「パンドラの匣」、島尾敏雄の「孤島夢」、坂口安吾の「白痴」、梅崎春生の「桜島」、石川淳の「焼跡のイエス」、豊島与志雄の「白蛾」、椎名麟三の「深夜の酒宴」、野間宏の「顔の中の赤い月」、武田泰淳の「蝮のすゑ」、安部公房の「終わりし道の標に」、大岡昇平の「俘虜記」、埴谷雄高の「意識」、三島由紀夫の「仮面の告白」、田宮虎彦の「足摺岬」と井上靖の「闘牛」などである。これらの作品の多くは、1945年から1949年の間に発表された。鈴木貞美の考えは、これらの作品は全て、いわゆる「自我」の問題に触れているが、しかし、いわゆる「私小説」の伝統とはあまり関連がない、ということだ。これ以後現れた「第三の新人」作家グループは、創作文体の上で「私小説」に近いものだ、と彼は認めている。しかし、鈴木貞美の観点に基づくと、戦時中ないし戦後の大量の小説創作の中で、どれが「私小説」で、どれが「私小説」の創作方法を用いているか、どれが「私小説」様式外の作品かを識別することは、まったく意味のないことである。なぜなら、彼は「私小説」の方法化のようなことを否定し、いわゆる「私小説」の伝統の類の観念の桎梏から解き放たれるべきだと考えているからだ。

鈴木貞美の結論的叙述はたいへん説得力がある。結局のところ、いわゆる「私小説」の伝統云々は、日本の現代化の相対的遅れを強調する立場から言うと、日本の小説の近代的歪みを攻撃する思想的産物にすぎない。「私小説」という言葉は、二つの方面の内容を含んでいるというべきだ。一つは、想像力の欠乏、政治的・思想的欠乏を強調するいわゆる批判的意味、もう一つは素朴な体験主義あるいは実感主義を指す。否定すべきは、素朴な二分法――(「虚構」にせよ「事実」にせよ、「思想」にせよ「実感」にせよ)である、と彼は述べた。このような二分法は、必然的に、読者の異なる作品の豊富な表現方法に対する理解――(異なる作品は異なる個性ないし方法の開拓を含んでいる)を阻害する、と鈴木貞美は考えている。もし、この現実を無視し、方法の多様化を単純に「私小説」の伝統に帰結するなら、それは明らかに妥当性を欠くことになる。鈴木貞美は、このような状況は、否定するにしても肯定するにしても、小説の新しい発展に対しては疑いなく停滞・抑制力になる、と断言している。

九、「私」概念の日・中比較による視点の変換

日本で「私」という概念に言及する場合、様々な論説がある。たとえば、「近代的自我と自我意識とは、少なくとも現実には、多弁なデカダンスに陥る危険をもっている」という中野重治の近代「自我」についての言い方もあった。もちろん、中国の近現代文学も、この「近代的自我」や「自我意識」等の概念に強く関わっているが、しかし、中国では、「私」という概念について、長いあいだ無視されてきたことも事実である。その原因は、20世紀以来の政治状況からの影響だけでなく、中国の伝統文化とも強く関わっていた。たとえば、千年も続いてきた「百善孝為先、万悪淫為首」と言われた観念がある。簡単に述べれば、多くの善のなかでも一番大切なのは親孝行だということ。あるいは他人のために生きるべきだということである。ここで強調されていたのは利益と精神的励ましだと言われている。続く「万悪淫為首」は、つまり「セックス」に関する社会的認識であり、それは個人的なことあるいは「私」に関わることである。このように古代中国では「セックス」を夫婦の間に制限することによって、生育の制度を保護しながら社会道徳を維持していたと言われている。こういった基本的な歴史・社会・文化事情があったために、20世紀90年代ごろの中国の若い女性作家陳染らのい

わゆる「私小説」の流行、あるいは文学ブームのあったのは、確かに無視することのできない中国現在の文壇的な事件でもあった。

一方、「私小説」のなかの「私」という文字の語意に関する問題意識においても、日本の「私小説論」からの影響は強かった。たとえば日本近代以来の文学発展史の中で「自我」の的確な探求と表現を持ってきたのは間違いなく「私小説」作家たちであり、それが「私小説」の存在する大前提、あるいは根本的な地盤であるとするのは、伊藤信吉の意見であった。また広い視野に立った研究として、三枝博音の「私小説——〝私〟の源」、山本成雄の「私・私小説・私性」、小笠原克の「私小説における〝私〟——問題の起点・伊藤整の方法に絡めて」、高橋英夫の「元素としての〝私〟——私小説序論」、山県熙の「私小説における〝私〟の位置」及び佐伯彰一の著書『自伝の世紀』のなかの一節「〝私〟の彼方」など、上げれば枚挙にいとまはない。それらの所論は当然さまざまな立場によったものであるが、問題意識の育成には啓発的であった。こうしたなかで、しかし初歩的だが、また根本的でもある問題は、日本の「私小説」の「私」は「自我」に関わる一人称代名詞であるということである。中国でも、「私」の語が個人的な「自分」を表す場合がないわけではないが、大づかみに言って、日本のように「第一人称」として通用していたことはまずなかったのである。

そうだとすれば、中国の「私小説」というものと、日本の「私小説」とは最初から根本的な違いが生まれても不思議はないように思われる。

『新漢和大辞典』(学習研究社)を引いても分かることだが、「私」という漢字の自称の人称代名詞としての使い方は、国語つまり日本語に限られていると書かれている。安永寿延の『日本における「公」と「私」』が指摘する、日本人にとっての「私」の概念は、筆者にとっては「コロンブスの卵」であった。それによれば、一人称である「わたくし」が同時に私的領域を意味する「私」とまったく同じ言葉で表現されるという事実は世界にその例を見ないとされている。さらに日本人にとっては、「個人的」という言葉は「私的」という言葉とほとんど同義であると強調されていた。明らかに、日本人の学者もこういった現象に注目しているわけだ。もちろん、日本の「私」という漢字も、中国から伝来してきた文字だった。しかし、「ワタクシ」といった言葉の音声は日本元来のものだと言われている。日本ではこうした「公」と「私」についての研究はずいぶんあるが、日中の「私小説」の概念に関わる「私」という文字が持つ意義の差異ついての研究はまだ見たことがない。その問題で、初めにぶつかるのは日本の「第一人称」としての音声「ワタクシ」と、伝来してきた漢字の「私」とが一体何時結合し、一人称の表現になっていったのか[42]ということであろう。

さらに、たとえば吉川寛の「私――外国人的／主語の省略／私度[43]」に言われているような、日本文化と西欧文化を対比させる時、「日本には自己がなく、西欧には自己の確立がある」とか、「日本文化は〝私〟より全体を優先させる文化であり、西欧ではその逆で個人主義の文化である」といった認識が一般的な論のようであるが、いま筆者が考えたいのは、この理論が正しいかどうかという問題ではなく、これが成立すると仮定すれば、その上で日本の「私小説」の「私」の問題を考えた時、次のような前提を想定しなければならないであろうということである。つまり、この第一人称の「私」が西洋的な「自己」に向かう運動が、日本の「私小説」の実質の一部に関わっていたということである。むろん、日本のような「私」の第一人称としての使い方がなかったとしても、同じような「自己」の西洋化運動、「近代的自我」への志向は中国の近現代文学のなかにもあったはずである。それゆえ、近代化＝西洋化は日本の戦後の際立った特色だったとしても、明治以来の歴史にもその傾向があった。中国の儒学あるいは宋学の影響を受けた「理＝公」の否定は、近代の「人欲＝私」の肯定と表裏になっていると[44]、日本の近代史あるいは思想史のなかでも解明が試みられていたことも事実のようである。

問題はつきないが、ともかく、日中両国の「私」そのものに関しての差異をいろいろな角度から探ってみる必要があろう。

「私」という漢字の中国での昔からの使い方は、次のような用例が多かった。たとえば、「反公為私＝公に反するを私と為す」〔買子・道術〕、「無信多私＝信なくして私多し」〔左伝・昭二十〕、「八家皆私百畝、同養公田＝八家みな百畝を私し、同じく公田を養ふ」〔孟子・滕上〕など、例は多い。一方、現代的な用語法、普通の使い方の用例もたくさんある。「隠私＝内緒事」、「私情」、「私語」、「私通」、「私営」、「私交」、「私見」など、これらは日本でもよく使われている熟語であろう。しかし、「第一人称」としての使い方は、やはりほとんどなかった。中国での「第一人称」は「我」という一語だった。それに近い一人称としては、方言では「俺」「咱」、文章語では「予」「吾」及び皇帝の自称としての「朕」などがある。実は、中国の近現代文学の歴史の中で、「近代的自我」の成長あるいは確立といった言い方もよくあったにもかかわらず、「私」という漢字の一人称としての「私」という使い方はやはりめったになかったのである。こういったわけで、日本の「私小説」にどんな名称が合っているかと考えると、「自我小説」と「私小説」の両方だという感じが、まず強い。この両方を併せれば、日本の「私小説」という一語の意味に、一応は合うであろう。(45)

これらの例からみて、中国での「私」は長い間「第一人称」として使われてこなかったが、公に対立する意味での「私」は、前述したように昔からずっと使われていた、ということになろう。よって、推論できることとしては、中国の長い歴史のなかでは「私」と「公」との対立が厳しかったゆえに、「私」という文字の意味合いが必然的に暗く、負の面の感じやイメージが強くなったということである。たとえば、最近の中国での研究に劉志琴の「公私観念と人文啓蒙」(46)という論文がある。これには、中国思想史のなかでは、善と悪・道と術（器）・礼と欲・理と性・義と利など、合言葉のように対を為す観念についての研究が盛んにあったが、何故か「公」と「私」に関する研究は全くなかったことが指摘されている。この現象は面白いし、また重要である。そして、なぜこうした研究がなかったのかと問うて、劉志琴の一応の推論として、中国の伝統社会では長い間「褒公貶私」、「崇公滅私」（「公」を尊い、「私」を滅する）といった観念に支配されていた事実を上げている。そこには、たとえば次のような例証もある。

「以公滅私、民其允懐」（『尚書』）、「凡立公、所以棄私也」「法之功、莫大使私不行」（『慎子』）、「兼覆無私謂之公、反公為私」（賈誼の『新書』）、さらに、「忠者、中也、至公無私。天無私、四時行、地無私、万物生、人無私、大亨貞」（東漢馬融『忠経』）、「私不去則公道亡」（西晋傅玄『傅子・問政篇』）などなど。このように中国の歴史伝統には「崇公滅私」の理念が支配的で社会生活のあらゆる方面に影響を及ぼしていた。なかでも宋明理学はもっとも厳しく、「崇天理、滅人欲」（天理を尊い、人欲を滅す）とまで言っている。こうして「私」という文字のイメージはどんどん悪い方向に傾いていったのである。

劉志琴の考証で重要で面白くもあったのは、「私」という「第一人称」に使われた語が、初源の語意としては、実は「個体観念」から起源した語彙ではなかった、という指摘である。――言うまでもなく、「公」という語は群れあるいは団体的特徴のある言葉だったが、「私」という語も本義から言えば決して個人的なことを意味する言葉ではなかったという。字源から見れば「私」という文字の最初の使い方として、旁の方は「ム（む）」と書かれていて、その文字の構造から見るならば個人的な語の表現ではない。また、偏は「禾（ひいず）」と書かれているが、「禾」の原意は農夫の組合だったということである。さらに考古学者の考証では、中国の「甲骨文」では「私」という文字が「携帯（携える）」という意味を表していた。つまり、「私」の本義としては家来あるいは臣下が上納品を、あるいは貢物を携えて王室に奉るということを表していたわけである。こうして劉志琴は、「私」という文字の原初は人間の個体とは関係なさそうだと結論づけている。

むろん、こうした研究は「私」という文字自体についての考証であって、「私小説」から出発あるいは遡ったものではないが、しかしそれは大変啓発的な研究であることは間違いない。確かに、中国では、古代でも近代以降でも、「私」という文字の第一人称としての使い方はなかったと、まずは言えるわけだ。

ところで、これらとは反対の考証資料もまったくないわけではない。商務印書館『古代漢語詞典』と台湾商務印書館『修増・辞源』によれば、「私」という漢字の「第一人称」としての使い方が、実は中国でも行われていたという証拠もあった。めったにない例証ではあるが、確実なものであることも疑い得ない。『晋書・荀勖伝』のなかの言い方だが、曰く、「若欲省官、私謂九寺可并于尚書」(47)と。つまり、節約の為に役人が少ない方がよいから、「私」の考えによれば、九寺という役職は尚書という役職と合併した方がよいという意味である。全体の意味はおくとして、ここには「私」という一字が、確かに第一人称の「自分の謙称」として使われていた事実が示されている。こうした例が見られたことは、中国の古代にも「第一人称」としての「私」の使い方があった事実と、また日本の「第一人称」としての「私」の使い方も古代中国から伝わっていったはずだという両国の関連が想定できる。しかし、中国での「第一人称」としての「私」は明らかにごく限られた場合と時代にだけに使われていたのであり、かつだんだんと使われなくなって、近代以降の中国ではほとんどなくなった。これらの問題について比較文化あるいは比較文学の角度からもっと深く探ってみれば、「私小説」に関連する興味ある概念問題がさらに明らかになってくるはずだ、というのが、筆者の現在の問題意識である。

注1　魏大海訳『川端康成十巻集』河北教育出版社２０００年版、３５９頁（『川端康成全集』第三十二巻、

新潮社1982年版、第52～53頁）
2 同右魏大海訳、391～392頁
3 同右魏大海訳、394頁
4 三島由紀夫『残酷の美』中国文藝出版社2000年版、305頁（『三島由紀夫全集』28、新潮社2003年版、第229～230頁）
5 同右中国語訳、378～379頁
6 同右中国語訳、415頁
7 同右中国語訳、423頁
8 三島由紀夫『太陽と鉄』中国文藝出版社2000年版、61頁
9 同右、135頁
10 大江健三郎『個人的な体験』中国文聯出版公司1995年版、153頁
11 同右、266頁
12 同右、283頁
13 同右、284頁
14 同右、291～292頁
15 大江健三郎『小説の方法』河北教育出版社2001年版、51頁
16 同右、128頁
17 大江健三郎『私という小説家の作り方』新潮社1998年版、50～51頁
18 勝山功『大正・私小説研究』明治書院1980年版、174～175頁
19 同右、177頁
20 同右、184～185頁
21 同右、195頁
23 同右、207～208頁
24 同右、214頁

25 同右、219〜220頁
26 同右、221頁
27 同右、232頁
28 同右、234頁
29 イルメラ・日地谷『私小説——自己暴露の儀式』平凡社1992年版、33〜34頁
30 同右、241頁
31 同右、255頁
32 同右、261〜262頁
33 同右、265〜266頁
34 鈴木登美『語られた自己』岩波書店2000年版、1頁
35 同右、180頁
36 同右、203〜206頁
37 同右、252〜254頁
38 鈴木貞美『日本の「文学」を考える』角川書店1995年版、21頁
39 同右、130頁
40 同右、131頁
41 中野重治『身分・階級と自我』（小田切秀雄編『近代日本思想史講座　自我と環境6』筑摩書房1960年版、365〜366頁）
42 安永寿延『日本における「公」と「私」』日本経済新聞社1986年版、29頁
43 『語源由来辞典』によると、「わたくし」は中世前期頃まで「公（おおやけ）」に対する「個人」の意味で用いられ、一人称の代名詞として用いられ始めたのは、中世後期以降である。
44 竹内実・西川長雄編『比較文化キーワード』サイマル出版社1994年版、226頁
45 間宮陽介『丸山真男——日本近代における公と私』筑摩書房1999年版、116頁
46 劉志琴『公私観念と人文啓蒙』（劉沢華監修『公私観念と中国社会』中国人民大学出版社2003年

版、２５４～２６５頁）

47　『四部備要』第19冊、３４６頁、「晋書・荀勖伝」中華書局１９８９年影印発行。『晋書』は二十四史の一つ。晋代の正史。唐の太宗の時、房玄齢らの奉勅撰。紀元６４８年、帝紀10巻、志20巻、列伝70巻、載記30巻よりなる。

結　語

日本の私小説は、20世紀の「神話」的特徴に富んだ日本だけの独自の文学形式であり、研究者の毀誉褒貶は別として、その日本現代文化史・文学史の中の特異の存在、及び文化学の意義の上での特殊な地位を否定することはできない。鈴木貞美もこの種の文学の客観的存在を、まったく帳消しにしたいと考えたのではないと思う。彼の目的は、日本文学界あるいは文学研究者に、凝り固まった怠惰なパターンあるいはお決まりの思惟方法で文学の想像力・思惟能力を抹殺消滅させることのないよう、警告を発することにあったのだ。

筆者は、本書の冒頭と文中に、日本の私小説作家と作品は非常に多く、それは日本の近現代文学という特定の文化系統の中で、必然的に極めて一般的な現象、存在となっていることを繰り返し述べた。このような状況は、人々の認識力と概括力に一定の制限を加えることになり、作家・作品が極めて多いことによって多くの研究者の「私小説」研究は、全面的、総体的な結論・定義を不可能にしている。このため筆者は、まだ十分に私小説全体の創作状況を理解、説明できないという情況のもとで、信頼度の欠けた印象のみの定義・結論を出すよりは、一部の代表的な私小説作家と作品を紹介し、選択の余地を残しつつも、比較的に重要な「私小説」論述・論著を評価し、おおまかで基礎的な論述と総合的論述を通し、なお散乱のきらいがある重要な研究成果の紹介と評説を通し、読者に自らの初歩的結論を出してもらえたらと考えたのだ。この基礎的研究を通じて、中国の文学読者が、20世紀日本文学の中で最も代表的な小説の現象あるいは様式について、相対的に明確な印象と認識をもつことができるかもしれない。これが達成されれば、本書の意図した目的は果たせたことになる。本書は、あきらかに基礎的、導入的な研究成果である。しかし、現在の情況のもとでは、このような研究成果はやはり必要だと思う。なぜならば、前に述べてきたように、中国の多数の文学読者が、この特定の日本の文学様式に対して歴史的、感性的、理論的認識を欠いている情況下で、考証的でミクロな研究あるいは純粋理論的分析研究を示されることはかえって徒労無効であるにちがいないからだ。読者は、相応の反応を生むことができず、さらに必要な共鳴と理解も生むことはできない。筆者はこの機会を借りてある印象を述べたい。――中国のいわゆる日本文学研究で、現在より重要なのは、そのような考証的なあるいは文化学、比較文化学的意義の上での文学研究ではなく、やはり黙々として顧みられない基礎的な文学史研究だといって差しつかえない。これは実用主義の態度であるのかもしれない。そして、なんと言っても、古い世代の日本文学研究者の基礎的研究面での功績は無視できない。若い世代の研究者はよりしっかりとした、着実な理論素養を具え持ち、新しい世代の研究者は、研究の方法論の上で、より当今の潮流に適合しているのだろう。しかし、まさに古い世代の日本の文学研究者の弛まぬ努力と献身のもとに、中国の現代文学界は、日本文化の昔から今までの文学歴史の上で活躍した多くの重要な代表作家および彼らの作品様態に対し、比較的広範で深い認識と理解をもつに至ったのだ。

周知のように、日本の近現代の国家としての政治・歴史の中で、日本は消し去ることのできない汚れをもっている。日本の文学者も当然、責任と影響を完全に断ち切ることはできない。しかし、日本の大多数の文学者は、歴史性と社会的責任感に富んでいるというべきだろう。彼らの創作には、様々な民族的、歴史的な面での限界があるが、しかし、同時に、彼らの中の絶対多数は、社会の進歩と人類の平和を追求している。文学芸術の上で、彼らは常に絶対的執着と献身の精神を体現した。彼らは、特定の、個体的な近代「自我」に対し、常に恒久的な途切れることのない注目と弛まぬ探究を体現してきた。

それに、日本の近現代文学は、中国の現代文学の生成と発展に、間違いなく、非常に重要な影響と効果をもたらした。よって、日本の近現代文学の基礎的研究は、中国の現代文学研究あるいは別の角度から見た中国の当代文学の創作を一歩進んで認識することに対しても一定の啓示的作用をもった。

結びの言葉として、筆者は、この十万字余りの「私小説」概観は、わずかに一部を見て全体を評価する初歩的な要求を実現したにすぎない、ということが言えるのみである。主な理由は、筆者がもともとこの著作を基礎的、概観的初歩的な研究と位置づけたところにある。その目的は、まず、読者に基本的な印象を与え、私小説は20世紀の日本文学の中の伝統的文学様式であると称するに堪え得ることを理解させることにある。その創作面での基本的特徴および関連する重要な評述を理解することを通して、中国の読者に、この種の文学様式の文学的地位、背後に存在するある文化学的背景およびその基本定義などを認識させることになる。

このような評価を確立する理由は、中国の多くの文学読者が、日本の「私小説」作品に触れた時、閲読習慣あるいは興味の角度から、単純にこのような作家と作品を常に否定、排除することにもある。たとえば、ある者は、日本の私小説の代表的作家林芙美子の代表作『放浪記』を、読むに値しない作品で、日記形式で20世紀前半の普通の日本の女の貧しい生活を記述したにすぎない、云々と評した。読者のこのような基本的印象は間違っていないのかもしれない。しかし、こうした単純で徹底的な否定は、国内の読者の排他性を示している。このような状況を生む根本的な原因は、まずそれぞれの国の文化の違いにあり、同時にまた、中国の日本文学研究界にある。——この種の日本の近現代文学の中での極めて重要な文学様式は、全面的な基礎研究を通じて、中国の文学の受け手に未だ有効で客観的な基本認識を生じさせてはいない。

話はもとにもどるが、「私小説」というこの種の日本民族特有の文学様式は、当今の若い世代の日本の文学者の視野の中では、あるいは「古い胡麻粒、腐った粟」（訳注：どうでもいい些細な物、の意）であるのかもしれない。このような状況の下では、自ずと、他の国あるいは他民族の青年読者層に賛同と愛好を得ることは難しくなる。

総じて、様々な主観的・客観的制限により、日本の学術研究界ないし西洋の日本文学研究界における「私小説」に対する研究、評価は、なお不確定な、統一見解のない模糊とした状況に置かれている。よって、この独特な日本の文学様式を理解、認識する前に、またはその過程で、どうしてもいくつかの基本的前提を理解しておく必要がある。

1、一国の文学の特定意義、あるいは特定の文学・文化背景を認識する側面から言うと、公平に、適正にこの種の文学現象を認識すべきである。単純に否定あるいは排除することは、世界の文化遺産の享受あるいは交流に利をもたらさない。自国、自民族の文学ないし文化の多元化的発展に対しても、有害無益であり、特定の文学現象・文化現象には、必ずその存在と発展の特定の理由があるものだ。積極的な態度とは、客観認識を兼ね備えたものである。それに、好きか嫌いかは、対象価値の判定基準にはなり得ない。たとえば、ある読者が否定、排除する日記体、伝記体文学（全て「私小説」の重要な特徴に属する）について、幾人かの著名な文学理論家は、完全に異なる見解と考えをもっている。例を挙げれば、日本の「私小説」も、同様にジャック・デリダのいわゆる「臆説」（デリダはあらゆる文学が、みな「虚構」の体裁に属するのではなく、あらゆる文学はみな「虚構性」を具えている、と述べている）に属する。実は、絶対的写実を主張する「私小説」も例外ではない。理由は分からぬが、デリダはたまたま

「自伝類」の文体に対し、好感をいだいている（ようである）。彼は、「最も簡単な〝自伝〟の中に、歴史、理論、言語学、哲学などの文化的な最大の潜在能力を蒐集することができ、これは私にとって興味深いことである」と言っている。「私は、ただこのメカニズムに興味をもっているだけではない。私はその法則を理解することに努め、境界を定めたいと考えている。どんな原因が、これらの法則の形成を、永遠に収束できず、完成できなくしているのか？」[1]。それは、ある偶然なのか、純粋な誤読なのか分からない。どちらにしても、ジャック・デリダの不思議な論述は、日本の「私小説」様式について述べたものであるのは確かなようだ。この言説は明らかに、肯定的観点をもつ研究者に対し、深い考察をもった励ましとなっている。

2、一方、このような様式が特定の文化的価値あるいは意義を具えていることを認めると同時に、この類の文学が具え持つ先天的な欠陥を正しく認識することも必要だ。欠陥の承認は、日本文学の評論家を含めた共通認識であるべきだ。当然、日本以外の読者あるいは評論家の見方では、このような欠陥は誇張され過ぎるきらいがあるのかもしれない。

疑いなく、「私小説」という奇妙な文学様式が、日本という国に伝統として形成された理由は、日本の文化地理的環境、日本の文学・文化の伝統ないし日本民族特有の文化心理的特徴と非常に密接な関連がある。この方面の研究に関し、以後のさらなる研究が待たれるし、また国内の同士のさらなる注目及びより高度な研究成果が期待される。

ここでは、「私小説」のもつ先天的欠点を説明するために、アメリカ人で日本で活躍している作家リービ英雄の関連論説を紹介してみたい。リービ英雄は長きにわたり日本に滞在し、現在は日本の法政大学国際文化学部の教授を務めている。彼は、日本の文学・文化に、より多く、より強いアイデンティティを抱いている、といってもよい。しかし、彼は最近『連続的なアイデンティティの冒険』と題する談話の中で、日本の「私小説」の類の伝統に対し、多くの否定的見解を発表した。彼は言っている。日本の私小説は「自伝を書いているわけではない。自伝をフィクション化しているわけですが、普通の西洋の作家と違って、結構『私』にこだわっているところがある。それはまあ、想像力が足りないから実際にあったことを細かく拾って、少し変えることとしか出来ないのかも知れない。所謂日本の私小説を弁護するとしたら、一九世紀の西欧文学、リアリズムへの一つのアンチ・テーゼとしてあるわけでしょう。つまり、西欧文学というのは『私』を離れて社会を非常に客観的に書く、バルザックやドストエフスキーみたいに。私小説はそれへのアンチ・テーゼで、その自我と世界のストーリーの構築された、細かく構築された古典主義的な面白味ではなくて、随筆のように、感じるがまま、思うがままに自分と世界の関係を書くということでしょう。もしこれが日本独自のものであるとすれば複雑な問題ですね」。

明らかに、リービ英雄は、本質的にやはり西洋式の文化的背景、思惟方式をもっている。彼はきっぱりと日本の「私小説」の創作様式を否定したのだ。彼から見れば、「私小説」式の創作方法は非常に消極的で、文学的想像力を欠いた表現なのだ。

リービ英雄の大江健三郎に関するある論述も大変興味深い。彼は言っている。大江健三郎は、ノーベル文学賞を受賞した時、評論家柄谷行人と対談をしたことがある。柄谷行人は、大江健三郎が長期にわたり「自我」の描写にこだわり続けており、これは称賛に値する創作方法である、と語っている。しかし、リービ英雄は言った。「それは多分、戦後、ノーベル賞を取るだろうと言われた二人の候補、三島さんと安部さんとの比較で言っていたと思うんです。三島さんや安部さんのようなことではなく、『私』の在る地点からプライベートなことを書き続けながら、地球の問題を相手にする文学を書き続けて良かったということを言ったんですよね。あれがまさに個人的な体験というか、私的な体験で、障害を持った息子のことを二〇年も三〇年も追って書き続けながら、地球の問題とぶつける。……極めてプライベートなことによって世界を書こうとする。……正直言って僕は初期の大江のほうが好きですよ。つまり、戦後の青年、セックスと暴力とアメリカの占領がもの凄く重い影であった時代。あの辺が、劇的でむしろ面白い。その後で、ずーっと家族のことを書き続けていますよね。あの子供が生まれる前と生まれてからでは、作品世界は綺麗に二つに分かれているんですよね。だから、あるところまで来るとわりと静かな生活を書くようになった。もしかするとセックスと暴力よりも、世田谷の静かな生活を書くほうが現代の日本の現実に、よりマッチしているかもしれないね。現代の日本の現実が面白いかどうかというと、また別の問題になるんだけどね。だけど現代を代表する一人の大作家がこういう問題をひきずっているということは確かなんですよ」(2)。

ここで、おびただしい紙幅を用い、リービ・英雄の上述の論点を引用したが、目的は「私小説」という、日本の近現代文学の中で長期間にわたり汎文化的影響、作用をもったこの文学様式を説明するためであった。「私小説」の、日本の現代文学に対する影響は消し去ることができない。大江健三郎の創作は、ひとつの例証である。同時に、リービ英雄による論説の中で、「私小説」様式はまた、その誕生と同時にもっていた文化的偏向あるいは様式の限界を具えている、ということを理解することができた。

3、日本の私小説の基本的歴史、作家・作品と一般的特徴について、ざっと輪郭をのべたあとで、最近の文学界の事件を扱うことで、本著の結語とする。このような形象的で、生々しい現実の事件は、理論的な概括や総括よりも、さらに具体的に「私小説」の歴史的地位と現状を説明している。

2001年9月、中日両国の女性作家が中国の北京で新境地を切り開く国際文学シンポジウムを開催した。その前に、この会議の開催準備のために中国文聯出版社は20巻の中日女性作家系列叢書を出版した。叢書は、両国の最も代表的な当代女性作家の中から、各自10名あまりの主要作家を選び出し、各人一作を発表した。日本の女性作家のいわゆる「日本勢」の10巻の中には、日本の在日韓国人女性作家柳美里（1968年生まれ）の主要な作品『女学生の友』が含まれている。

『女学生の友』は長編小説で、息子、娘の尊敬を受けていない定年退職した老人と、家庭の崩壊により売春に走った女子高校生との奇妙な交流を描いている。この作品が、生粋の「私小説」であるかどうかは別として、非常に重要で面白く感じさせられるのは、日本の文学評論家川村湊の観点である。彼は言っている。「日本の（現代の）女性作家たちは〝私小説〟を利用して、新しい文学の創作のための、別の実験をしているようだ。……この実験は大きな成功を勝ち取っている」[3]。川村湊のこの結論的な言説は、最近の柳美里の小説創作傾向あるいは特徴についての観察と評価を含むだけでなく、現代日本文学界の全体的状況についての印象的論述でもある。川村湊の観点が代表性と説得力をもっていることを認めるべきであろう。彼は、現代日本文学の創作状況に特に関心を示している中堅の評論家である。

重要なのは、若い女性作家柳美里は、現在の日本の文学界で非常に有名であることだ。彼女は、現代の日本の若手作家（男性作家も含む）の中の成功者であり、『魚の祭』で岸田国士戯曲賞、『フルハウス』で野間新人賞と泉鏡花文学賞、『家族シネマ』で日本で最も重要な文学賞、芥川賞を受賞した。このほかに、彼女は次々と小説『ゴールドラッシュ』、『女学生の友』、『命』、『魂』、『ルージュ』とエッセイ『魚が見た夢』、『言葉は静かに踊る』など影響力ある作品を発表した。

しかし、柳美里が文学界でもてはやされるのは、ある特殊な理由によるものとも思われる。――1994年、日本の雑誌『新潮』9月号に発表した小説処女作『石に泳ぐ魚』のため、彼女は、人びとの注目を集めた長期にわたる法廷闘争に巻き込まれたからだ。

彼女を告訴したのは、韓国人の彼女の昔からの女友達――『石に泳ぐ魚』の中の女主人公のモデル――である。実は、女友達は、当初は柳美里が小説を書くことを知っており、小説の中に自分が登場するのも知っていたが、その時彼女は特に反対の意志を示さなかった。しかし、小説が発表されると、女友達は小説が個人のプライバシー（顔の瘤など）に触れているとして、柳美里と出版元の新潮社を訴えた。女友達は、この小説を発禁にするよう求め、法廷は柳美里にいわゆる「損害賠償」を命じた。

１９９９年、東京地裁は判決を下し、原告の提訴を認め、作者に『石に泳ぐ魚』の発行停止を命じ、被害者に対する経済的賠償の支払いを命じた。柳美里は、判決に不服で、この法廷闘争の場は後に東京高裁に移された。２０００年2月15日、東京高裁は、柳美里側の控訴を棄却し、東京地裁の一審判決を支持した。東京高裁の棄却理由は、作家は「自己の作品を公に発表するに当たり、他人の尊厳を傷つけてはならない。このように他人を傷つけることは、芸術の名のもとにおいても、容認することはできない」ということだった。棄却後も、柳美里と新潮社はこれを不服とし、２０００年3月再度上訴した。

明らかに、裁判所は現今の日本社会、文化、政治状況を考慮し、いわゆる「プライバシー」問題を重視せざるをえなかったのだ。しかし、もう一方の情況は、注意に値する。この現象は、被告、原告がともに純粋な日本人ではなかったことに関連がないだろうか？　時には、異なる側面の問題が、非常に緊密に溶け合っていることも十分にあり得る。

文芸評論家福田和也は、法律がこのように文学の「創作の自由」に関与することは有害無益だと述べている。柳美里と福田和也の「対談」の中で、二人は、文学創作と法律の関係、法律基準の判定問題にまで話を進め、人びとがより一層関心をもつことになった「私小説」にまで言及した。まず、「表現の自由」と「個人のプライバシー」が対立関係をもった。これがキーポイントだった。「プライバシー」といえば、基準と限度がある。いったい、どのような情況が「表現の自由」の限界を越えることになるのか？　もし、東京高裁の現在の判断に基づくなら、伝統的「私小説」中の多くの表現は、法律の問題に触れることになる。これは不思議なことだ。非常に重要で象徴的意義をもつことは、文学作品が「発禁」の類の強行的な措置に遭うことは、第二次世界大戦以後、日本で初めてのことだということだ、と柳美里は述べた。福田もまた「対談」の中で、世の中には絶対的な「表現の自由」はなく、同様に絶対的な「人権尊重」もない。そのような天国はもともと存在しないのだ。「表現の自由」あるいは作家の様々な意志は、いつも特定の人権状況と摩擦をおこす。あるいは矛盾・相克の状態の中で、ある種の部分的一致あるいは完全な一致を実現している、と彼は言った。

「私小説」に触れ、評論家福田は、文学の世界は完全に現実世界と対応することは不可能で、文学の中にはまた絶対の「現場」と絶対の正義はない。そうでなければ、作家は一行も書くことはできない、と述べている。逆に、相対的な世界の中でのみ、文学の中の取って代わることのできない真実と善悪を判別することができるのだ。福田和也は、事物存在の普遍的規律の上から、文学創作の一般的規則を強調した。ある意味からいえば、彼のこの観点も、また日本の伝統「私小説」を的確に語っている。伝統的「私小説」作家が必ず彼の観点に賛同するとは限らないが。

柳美里は、さらに語っている。「いつの時代も、表現の自由に対する力というのはあったと思います。無制限の自由なぞというものは存在しえないし、望んでもいません。自由は自らが獲得するもの、その範囲も表現の中で自らが見つけるもので、何を書いても許される聖域なんてどこにもないし、あってはいけないと思っています。しかし法廷で俎上にあげられたときには、憲法で保障されているという前提で『表現の自由』という言葉を使うしかない」。明らかに分かるように、若手「私小説」作家としての柳美里と高等裁判所との間には、「表現の自由」の原則と尺度の上で、大きな観念的差異が存在している。この差異は、おのずから「私小説」様式の中の自由の限度にかかわり、同時に、「私小説」の現代日本文化社会の中での特殊な地位を現している。

対談の中で、柳美里は高等裁判所の判決（『石に泳ぐ魚』は「現実との間の関係が断ち切れて」いない）に触れた。柳美里は、この説はまったく成立していないと述べている。福田和也も疑問を呈している。「表現の自由」の限度の問題はさておいて、小説創作は、どうして現実との間の関係を完全に断ち切ることができるだろうか？　それに、日本の現代文学の歴史の中では、もともと「私小説」の類の極端な写実的文学の伝統がある。「私小説」が特に強調しているのは、小説と現実存在の絶対にも近い「同一」ではないのか？　伝統的「私小説」作家は、小説中の人物、事件、筋、人物の心理あるいは情感は、可能な限り現実中の実際の状況と合致していなければならない、と考える。このような小説こそがより高い芸術価値をもっている、と彼らは考えた。

日本の社会文化環境と日本文学の基本的存在状況を見ると、明らかに大きな変化が起こっている。現在、「私小説」の理想的な創作環境は実現可能なのかどうか、すでに疑問を持ち、考察するに値する問題になっている。

上で述べたように、両者の「対談」の話題は自ずと「私小説」に触れている。柳美里は、自分は日本ペンクラブ言論表現委員会委員長の猪瀬氏の考えに同意する、と表明した。猪瀬直樹は、現在の日本文学界の全体的趨勢は「私小説」の表現様式を否定している、とのべた。この判断に誤りはない。しかし、柳美里は、そうであっても、彼女が最も好む文学様式はやはり「私小説」である、と述べている。柳美里は、「私小説」の隆盛を期待し、彼女自身も努力を続けている。彼女は悲観的に言った。書くに値する「自我」を失うことは、日本の小説の真の衰退を意味していると。

このような様々な表明は、非常に興味深いものである。なぜならば、このような現役作家の創作観念の表明は、我々が日本の「私小説」の存在状況を認識することに、あるいは日本の現在の文学界の基本的特徴を認識することに対し、特に重要な証明的役割と意義をもつものであるからだ。

柳美里はまた指摘している。猪瀬直樹の『朝日新聞』上でのもう一つの見解は事実の根拠を欠いたものである。猪瀬直樹はこのように述べていた。日本の「近代の（日本文学中、しばしば近代、現代は時期的に混乱している—筆者註）私小説は、部数が千部、二千部程度で、読者も閉じたサイクルの中に限られていた。モデルが訴えないだろうという甘えを前提に成り立っていた世界で、広範な読者をかかえるメディアが出る以前の一時的な方法論だった」。

猪瀬直樹の、日本の「私小説」作家と作品の量の判断に関しては、偏りがあるかもしれないが、しかし彼の「私小説」の文学界に対する影響についての基本的評価、日本の「私小説」が生存あるいは発展の拠り所としている社会文化環境とムードに関する説明は、正当である。

最後に述べておくに値することは、福田和也も、前述の問題に注目するという観点で、日本の著名な俳人正岡子規の画論「写生と理想」を挙げている。日本には早くから、俳句芸術と「私小説」の間には血縁的な「近親性」がある、という見方がある。

よって、福田和也の「正岡子規論」は話題から外れているのではない。彼は言った。子規のいわゆる「理想」は、頭の中での「虚構」を指しており、「写生」は目の前の「現実」の描写を指している。正岡子規の考えでは、「理想は単純で、平板的なもの」で、「写生」は、多種多様で変化に富んでいる。正岡子規は考えていた。相対的に言って、「写生」はより吸引力をもつ。なぜならば、目の前に現れた現実は、頭の中の虚構に比べ、より複雑で、より面白いからだ。こう述べた後、福田和也は強調した。正岡子規の前述の芸術に対する考えは、疑いなく近代以来の日本の現実主義文芸の基礎であり、同時に、日本近代社会の複雑怪奇な本質を体現している。このような認識を離れては、現実の中の真実の形象を表現することはできない。彼は、また述べた。このような認識もまた、日本近代小説あるいは近代文学の進歩を体現していると。

このような様々な論説はみな、日本の現代文学の中の「私小説」創作、観念、伝統、影響と非常に密接な関連をもっている。正岡子規の文学理念および福田和也のいわゆる「進歩」は、ある意味の上で、また日本の「私小説」文学様式に焦点を合わせたものである。

柳美里の小説裁判を通し、かつては日本の現代文学の伝統と崇められた「私小説」が第二次世界大戦後の創作の中で日々衰退していった、ということを理解することができる。このような趨勢は、戦後の日本社会、文化の状況と密接に関連していた。呈示するに値することは、福田和也がまた、「表現の自由」と「個人のプライバシー」の関係をさらに説明し、「私小説」特有の象徴的意義を再度強調したことだ。より重要なのは、『石に泳ぐ魚』の発禁がもたらした社会的な負の影響あるいは象徴的意義である、と彼は述べた。このほか、日本文学あるいは日本文化というこの特定な芸術環境あるいは文化的文脈の中で、「私小説」が、すでに往時のようではないが、依然として脈々と途絶えることのない影響力と生命力を持ち続けているということを、われわれは感じとることができる。いわゆる「柳美里現象」は、極めて実力のある現代の日本の若手作家が、不利な社会・文化的ムードの中で、しっかりと伝統的文学の領土を守っている、ということを実証している。

柳美里は、談話の最後に述べている。「くだらない小説だと言われてもかまわないけれども、議論をしてほしい。「石に泳ぐ魚」は、はたして戦後初の発禁処分に値するような極端な小説だったのか、読者ひとりひとりに問いたいと思うんです……」。傍観者として、我々は裁判の理非曲直について正しい判定を下すことはできない。しかし、上述の情況は日本の現代文学界の興味深い動向を示しており、このような動向は、我々が大きな関心をもっている「私小説」に関する情況と内容を包含している。

注

1 ジャック・デリダ『文学行動』趙興国など訳、中国社会科学出版社１９９８年版、10頁、引用文は現在まで邦訳なし。原題は“This strange institution called literature, an interview with Jacques Derrid”

2 『私小説研究』法政大学大学院私小説研究会２００１年４月版、51～52頁

3 柳美里『女学生の友』中国文聯出版社２００１年版、４１２頁

主要参考書籍目録

坪内逍遙『小説神髄』劉振瀛訳、人民文学出版社1991年版。
桶谷秀昭『二葉亭四迷と明治日本』文藝春秋社1986年版。
柳鳴九主編『自然主義』中国社会科学出版社1988年版。
相馬庸郎『日本自然主義論』八木書店1982年版。
田山花袋『田山花袋集』筑摩書房1983年版。
田山花袋『田山花袋集』角川書店1972年版。
勝山　功『大正・私小説研究』明治書院1980年版。
『近代日本文学評論大系6』角川書店1982年版。
『近代日本文学評論大系7』角川書店1982年版。
『日本文学全集29　菊池寛・広津和郎集』集英社1974年版。
『日本文学研究資料叢書——私小説』有精堂1983年版。
『日本文学全集　宇野浩二』集英社1978年版。
『日本近代文学大系21　徳田秋声集』角川書店1973年版。
『日本文学全集31　葛西善蔵』集英社1975年版。
『日本文学全集31　嘉村礒多』集英社1985年版。
『日本近代文学大系31　志賀直哉集』角川書店1971年版。
『日本近代文学3　一冊の講座　志賀直哉』有精堂1982年版。
イルメラ・日地谷『私小説——自己暴露の儀式』平凡社1992年版。

高慧勤主編『東洋現代文学史』海峡文学出版社1994年版。
鈴木登美『語られた自己――日本近代の私小説言説』岩波書店2000年版。
『私小説研究』創刊号、法政大学大学院私小説研究会2000年版。
『私小説研究』第2号、法政大学大学院私小説研究会2001年版。
本多秋五『物語戦後文学史』岩波書店1992年版。
中西　進編『日本文学における「私」』河出書房出版社1993年版。
鈴木貞美『日本の「文学」を考える』角川書店1995年版。

解説

『私小説――20世紀日本文学の「神話」』に寄せて

勝又浩

本書は中国語で書かれた日本の「私小説」研究の、今のところ唯一の単行本である。著者も記しているように中国では最近、陳染などを代表とする元気のよい女性作家たちの体験告白、暴露的な小説が評判となり、改めて「私小説」ということばが注目を集めている。しかしそれらは、日本の私小説を知っていてそれに倣ったというのでも、あるいは私小説を戦略的に使ったというのでもなくて、むしろ中国近代文学の歴史のなかから自然発生的、あるいはアンチテーゼ的に生まれてきたものに、商業的に「私小説」のレッテルを貼った、そんな現象というのに近い。従って、それらを中国版私小説だというのは全くの間違いだとは言えないにしても、何処か微妙な違い、あるいは問題のずれがあって、両者、私小説も中国小説も分る人には違和感のあることは否定できない。

本書、魏大海氏の『私小説――20世紀日本文学の神話』（2002年9月、山東文芸出版社刊）は、そんな背景のなかで書かれている。言い換えると、まず、中国の読者に日本の私小説とはこういうものだと、その歴史を踏まえた紹介、概説をする、そうした性格の一冊なのである。それゆえ、日本の読者、とくに私小説について関心のある研究者には、文学史的な解説部分など、むしろあらずもがなな所も少なくない。おそらく、何事にも歴史を重んずる中国人らしい姿勢、発想が、こんなところにはあるのだと思われる。また難を言えば、とくに私小説論史の部分などは特定の文献に寄りかかりすぎていて、ために視野と論の展開に偏りがあるのも問題かもしれない。このあたりはもう少し突っ込んだ外国人らしい見地からの観察や分析、遠慮の無い裁断が欲しいところだ。

もっとも、そうは言っても我々研究会の経験からすると、日本の研究者や批評家、あるいは作家でも、みな私小説への自己流の認識は持っているものの、トータルな見方ができている人は、実は案外に少ないのが実情だから、そういう人たちには是非本書を読んでもらいたいという気持の大きいのも事実である。

本書の特徴的な色合いとしては、他にも、たとえば日本の私小説論のなかではほとんど問題とされることのない林芙美子『放浪記』が大きく扱われていることや、やはり私小説論としては無くても済ませたであろう川端康成や大江健三郎などに大きくスペースを割いているところがある。これらは明らかに中国の読者を意識した結果なのであろう。逆に日本の私小説論なら外せない牧野信一や藤枝静男などが欠落しているのも、我々には物足りなく思われるところであるが、これにはどんな事情があるのだろうか。ここでは、何故かという議論はしないが、そこにはおそらく、魏大海氏個人の知見の問題を超えて、中国読者の事情、また実は私小説そのものの厄介さ、難しさが関わっているはずである。

そうした問題、偏りはありながらも、しかし本書がやはり外国から見た日本の私小説理解として、思いがけない観点や示唆に富む指摘のあることも言っておかなくてはならない。

たとえば大正末から昭和初年代にかけての私小説・心境小説議論を概括して、こんなふうに言われているところがある。

日本の作家は西洋文学と同族の文学の差異に直面して、常に劣るところがあると感じていたのである。このような状況は小林秀雄の『私小説論』の中に、より明確に反映されている。もちろん日本作家の自己卑下は、消極的な効果ばかりではない。まさにこのような、人に劣っているという反省と定義づけのなかで日本現代文学の内在的品質は引き上げられたのだ。

小林秀雄『私小説論』の、西洋の市民化され、「社会化された私」の文学と、対するに日本の未だ「封建的社会」の文学——我々には馴染みのこうした概念も、魏氏によれば、それらの当否以前、まずそんな分析概念を立ててしまうこと自体が西洋コンプレックスに発しているということになる。「社会化された私」とは何かと、これまで多くの議論が交わされ、たくさんの論文が書かれてきたが、それらの議論の土台、前提そのものを、こんなふうに指摘した論説は無かったのである。私にはまさに「目から鱗」「コロンブスの卵」であったが、教えられたこの発見、そこから転じてもう一歩進めてみれば、日本に私小説というものが生まれ育ったという事実にもまして、その私小説についてこんなにも大真面目に議論し、研究し続けていること、つまり意識し続けているそのこと自体が、まず極めて日本的な現象なのだと言うべきかも知れない。

だが、こんなふうに考えると、ここで本書には次のような一節のあったことも思い出す。

西洋の学者の文学理論、文化学、方法論の上での文学の分析と概括面では、日本の学者より勝っているような感じがある。日本の学界が与える印象は、「アリが群れて骨を囓る」的なうっとうしい考証である。地道で、精緻な学術考証を否定する気はないし、このような研究の意義と価値を否定することもできない。しかし、別の非常にはっきりとした印象は、日本の学者の研究成果は常に、人にトータルな概括と印象を与えることができない、ということだ。彼らは、このことに関しては余り関心がないか、或いは、先天的に、西洋の学者のように理論的概括能力が欠乏しているようだ。

日本人が「先天的に」「理論的概括能力が欠乏している」かどうかはしばらく措くことにしよう。それはともあれ、実際、日本の学会での発表を聞いたり、研究論文などを読むと、私のような者にも、ここに指摘されていることは真にごもっともだと言わざるを得ない。「アリが群れて骨を囓る」（龍の骨?）とは面白い言い方だが、日本ならさしずめ「重箱の隅を突っつく」と言うところだろう。それぞれの比喩自体、俚諺そのものにお国柄が現れているが、ともあれそうした研究に、私のような者でもしばしば呆れるのが実情だ。魏氏も言うとおり、私もそういう研究を全て否定する気はないが、要は、その微細綿密な研究が問題全体のなかではどういう意義を持つのか、そうした根本モチーフが見えないことが多い。それで私は前記の一節を引いて、研究者はすべからくこうした外国人の目を持って欲しいと、当時たまたま読んだ加藤周一『日本文化における時間と空間』（２００７年３月、岩波書店）と重ねて、学会誌に雑文を書いたことがある（「細部と全体」『日本近代文学』77集、２００７年11月）。そして、そこでも少し触れたが、加藤周一の言う日本文化の「今ここ」主義、細部には限りなく精緻だか、全体像では何処か人任せ、自然任せになる特徴は、もしそれが日本的な性格なのだとすると、当然、学者や研究者だけのものではないはずで、当の小説家にも言えなければならないことになろう。とすれば私小説の、作り物を嫌い、限りなく日常密着に傾く性格などは、それが私小説の全てではないにしても、明らかにこうした日本文化全体の性格と相通じているのに違いない。「アリが群れて骨を囓る」とは、結局のところ日本の研究論文の性格ばかりではない、良くも悪くも、私小説問題を含めた、日本文化全体の性格なのである。

しかし話が飛びすぎたかもしれない。私がここで言いたかったのは、この一冊、中国人によって書かれた日本の私小説に関する著述は、そんなふうに日本人を刺激し、さまざまに触発するという事実である。

翻訳上の問題について一言付記しておきたい。この度の日本語版公刊のために著者が書き下ろして付加された一章、「『私』概念の日・中比較による視点の変換」にも書かれているように、まず「私」の語について日中での受け取り方にニュアンスの違いがある。知られるように現在の中国で使われる一人称としては「我」（稀に文語として「吾」「予」など）の一語のみで、日本語のようにたくさんの一人称を使い分ける習慣はない。従って「私小説」は、素直に訳せば「自我小説」となって、現にそう訳している例もある。しかし、実は昭和の初め、1920年代に、日本への留学体験のある中国作家たちによって「私小説」の語は既に伝わっていて、文壇や学会ではなかば登録されている。それで、「私小説」の語で、日本発祥の特異な小説様式だと、概念としては充分伝わるのだが、現代では使われない「私」の語には中国的な特異な意味――極私的、反秩序的、反倫理的等々――を帯びてしまい、日本のような白紙状態の「私」とはならない。そのため、どちらがより日本語のニュアンスを伝えるかというと、結局「自我小説」と「私小説」の両方合わせたところだろう、というのが著者の結論である。

翻訳には、他にもこうした語義語感の差の問題がたくさんあって、この度は、本書に引かれている日本文献によってそのことをつくづく実感した。ここに詳しく上げることはしないが、日本の小説や批評文が中国語に訳され、それが再び日本語に直訳されたとき、我々には記憶にあるあの作品、この評論が、こんなふうに理解され伝わっているのかという発見や驚きがずいぶんあった。それはまるで、衣装を替えて現れた旧友に出くわしたような驚きである。その一種の面白さを残す意味もあって、本書の初出である『報告書』にはあえて引用チェックはせず、直訳のまま載せた。しかし一般市場に公刊するについてはそんなわけにも行かず、慣例に従って引用文は全て原典に当たって正した。ただし、日本語文献の限られた外国での事情もあって、引用には二次文献からのもの、いわゆる孫引き部分も多いが、その場合にはその形を生かしておくこととした。これらの点も併せて、外国での研究の実情、姿が見えるのではないかと判断したからである。

＊

法政大学大学院の私の教室では長いこと私小説を中心に読んできたが、そこから、教室での勉強とは別に自主的な研究会が生まれた。それは1年に1冊、80ページほどの小冊子「私小説研究」を公刊してきて10年余続いている。そうした活動のなかで、中国で唯一の私小説研究の単行本である本書の存在を知り、著者の魏先生とも連絡が取れて、「私小説研究」にエッセイを寄せていただくようなこともあった。

それからさらに数年して我々の研究会は、大学からの要望もあって文部科学省の科学研究費助成制度に応募した。題して『アジア文化との比較に見る日本の「私小説」――アジア諸言語、英語との翻訳比較を契機に』としたテーマであったが、幸い採用されて予算を貰えることになった（２００６、２００７年度）。そこで、かねて手探りでしか読めなかった魏先生の著書を一冊そっくり翻訳する計画を立て、著者のご了解をいただいた。また併せて、その頃たまたま魏先生が京都の国際日本文化研究センターに客員研究員として来日中であったことを知り、一日、法政大学までお出向き願って、お話を聞く機会を持つこともできた。

翻訳作業については、ご専門外の仕事であったが、幸い中国の現代小説を数多く翻訳されている金子わこ先生にお引き受けいただき、一年ほどの突貫作業のなかで何とか「研究成果報告書」に収めるまでに頑張っていただいた。なお、付記すれば、前述のように今度の公刊に当たっては全引用文を原典に従い改めたが、その作業は研究会メンバーの齋藤秀昭君が当たってくれた。

本書の日本語版はこうして実現した。しかし、「報告書」は、関係諸方面に贈呈はしたものの、もともと極めて小部数の非売品であって、関心のある方たち、また日本の学界に行きわたるまでにはとうてい行かない。このまま国会図書館や近代文学館の片隅にひっそりと置かれただけというのはいかにも惜しい。そんな事情を、古い友人である鼎書房の加曾利達孝氏に漏らしたところ、思いがけず、加曾利氏は魏先生と相識であって、その友誼からも、鼎書房からの公刊を引受けてくれることになった。

こんな経緯があってこの書の公刊が実現したことを補記して、改めて関係諸氏に感謝申し上げる次第です。

著者紹介
魏大海（ウェイ・タイハイ）。男。1953年生まれ。1982年西安外国語学院（日本語専攻）を卒業。1987年中国社会科学院研究生院（大学院）日本文学専攻課程を修了。現在、中国社会科学院外国文学研究所研究員。中国日本文学研究会秘書長、副会長。主要著作は『日本文学簡史』、『「私小説」の中の自我形態』、『川端康成の虚空と実在』、『日本当代文学考察』など。

訳者紹介
金子わこ（中央大学、法政大学講師）訳書に『シー・ウルフ海狼』（小学館）、『じゃがいも』（小学館スクエア）などがある。

20世紀日本文学の「神話」
――中国から見る私小説

発行日　二〇一一年二月一〇日
著　者　魏　大　海
訳　者　金子わこ
発行者　加曽利達孝
発行所　鼎　書　房
〒132-0031　東京都江戸川区松島二-一七-二
TEL・FAX　〇三-三六五四-一〇六四
印刷所　太平印刷社
製本所　エイワ

ISBN978-4-907846-75-6 C0095